Татьяна Полякова

– Уходи красиво –

ЭКСМО
Москва
2011

УДК 82-3
ББК 84(2Рос-Рус)6-4
П 54

Оформление серии *С. Груздева*

П 54   Полякова Т. В.
        Уходи красиво : роман / Татьяна Полякова. —
    М. : Эксмо, 2011. — 352 с. — (Авантюрный детек-
    тив).

        ISBN 978-5-699-50659-0

Деньги не гарантируют отсутствие проблем. Скорее наоборот.
Следователь посоветовал мне проявлять осторожность. Ход его
мыслей был предельно ясен. Погиб мой брат, убийство явно заказное, и цель его — прикарманить чужое добро. Я — единственная
наследница, а значит, и единственное препятствие к осуществлению чьих-то замыслов. Препятствие, легко устранимое для людей,
которые не брезгуют ничем. Что же делать? Либо уехать, забиться в
нору, вздрагивая от каждого шороха, либо... попытаться разобраться в том, что происходит. Я выбрала второе. Итак, я снова в родном
городе, откуда сбежала шесть лет назад, сбежала от пагубной страсти и предательства...

                                            УДК 82-3
                                            ББК 84(2Рос-Рус)6-4

Он был точно бельмо на глазу. Мужчина за шестьдесят в светлом плаще, какие носили лет двадцать назад. В это время года посетителей немного, а мужчины в таком возрасте даже в самый разгар сезона редкость. По моему мнению, пенсионеры тяготеют к санаториям и домам отдыха, а не к спортивным базам, но исключения, конечно, встречаются. Однако по виду не скажешь, что дядя увлекался спортом. Невысокого роста, полный, живот торчал так, словно под плащом он прятал арбуз. Я слышала, что подобные приобретения называют пивным брюшком, но в данном случае такое определение не годилось ввиду весьма выдающихся размеров.

В целом дядька выглядел вполне симпатичным, седина, щеточка усов, тоже седых, глаза с прищуром смотрели доброжелательно. Он явился минут двадцать назад, взял бутылку пива и устроился за столом в трех шагах от стойки, откуда и поглядывал на меня. А я на него. В основном оттого, что делать было нечего. Вот я и гадала: откуда к нам занесло дедулю?

Официально сезон начинался первого мая, до этой даты еще почти месяц покоя и абсолютного безделья. Зимовали на базе всего несколько человек, из тех, кому податься некуда. Сторож, который жил здесь уже лет десять, менеджер Ирка, по совместительству повариха и бухгалтер, и я. Вообще-то, я числилась инструктором по дайвингу, но была мастерицей на все руки, выступая то в роли спасателя, то в роли тренера по всевозможным видам спорта. До ближайшего населенного пункта пять километров, да и этот населенный пункт ничем не примечателен. О нашей базе знали три сотни энтузиастов, которые приезжали сюда понырять, половить рыбу или просто побыть в тишине. Хозяин десятка домиков, моторок и необходимого снаряжения, старательно переписанного в толстую тетрадь в ядовито-синей обложке, давно свихнувшийся на дайвинге тип сорока двух лет появлялся здесь редко. Его носило по всему миру, на что хватало и времени, и денег. Почему он до сих пор не прикрыл нашу лавочку, для меня загадка. Я искренне надеялась, что эта здравая мысль еще не скоро придет ему в голову, потому что в ближайшие год-два покидать насиженное место не собиралась.

Здешняя жизнь мне нравилась. Зимой можно вдоволь валяться на диване с книжкой в руках, бродить по берегу, слушая шум волн, или торчать в Интернете. Отсутствие компании в это время года с лихвой компенсировалось летом. Только заскучаешь по друзьям-приятелям, а тут уже и начало сезона.

В настоящее время в баре мы работали с Иркой посменно, открывали его в шесть вечера, но если проезжающие мимо туристы желали перекусить или выпить кофе, стоило лишь постучать погромче. Обычно и я, и Ирка обретались где-то по соседству, в задней комнате, прозванной библиотекой, потому что там стоял шкаф с десятком книжек, или в ангаре, где мы со сторожем Василичем возились со снаряжением.

Мужчина в плаще появился ровно в шесть, я открыла дверь бара, давая понять миру, что гостям мы рады, и увидела, как он выходит из такси. Машину он отпустил, что показалось странным. Я привалилась к дверному косяку, наблюдая, как мужчина направляется в мою сторону.

— Здравствуйте, — сказал он, поравнявшись со мной, такси к тому моменту развернулось и поехало к поселку.

— Здравствуйте, — ответила я и пошла к стойке, мужчина двигал следом.

— Пиво у вас есть?

Я кивнула, достала из холодильника бутылку, подала ее посетителю вместе со стаканом. Он взял их и устроился за столом, а я начала теряться в догадках.

Прошло минут десять, дядя посматривал на меня, я на него. Вопрос вертелся на языке, но я предпочла помалкивать. Не мое это дело задавать вопросы. Лично я их терпеть не могла, может, посетитель тоже их не жалует.

На эту базу я набрела случайно, болтаясь в то время по побережью без всякого дела. Сезон кончился, отдыхающие разъехались, надо было решать, оставаться на зиму или искать местечко получше. Жила я экономно, но деньги к концу сезона почти закончились, с работой здесь вообще туго, а на рынке труда мне предложить было особо нечего. За плечами одиннадцать классов и полтора семестра на филфаке. В целях экономии передвигалась я автостопом, иногда пешком, если расстояние от пункта А до пункта Б казалось мне незначительным. Все мои вещи уместились в рюкзаке, впрочем, в этом смысле за шесть лет мало что изменилось... Вот так в пасмурный октябрьский полдень я зашла в бар выпить кофе и разговорилась с Иркой, тосковавшей за стойкой. По счастливой случайности хозяин базы в то время обретался в своих владениях, ему нужен был работник, а мне пристанище на зиму, и мы ударили по рукам. В июне я собиралась покинуть гостеприимные стены, но вышло иначе. В то лето народу понаехало неожиданно много, инструкторов не хватало, а мои таланты без внимания не остались. И я задержалась здесь на целых шесть лет.

К дайвингу меня приохотил брат. Парень он спортивный и не реже чем трижды в год отправлялся к морю. Семья наша из нас двоих и состояла, оттого с одиннадцати лет я ездила с ним и к шестнадцати годам вполне могла считаться профессионалом дайвинга. Так как это единственное, что я умела по-настоящему, пришлось сделать из увлечения профессию. О чем я совсем не жалела. Зимнее безделье навело на мысль продолжить учебу, и я поступила в пединститут, заочное отделение которого и закончила прошлым летом. Полученное образование на моей жизни никак не сказалось, но думать о том, что у меня теперь есть диплом, было приятно.

Я взглянула на часы, висевшие над стойкой, и отметила, что старикан сидит в баре уже двадцать минут. Он допил бутылку и перебрался ко мне.

— Выпьете еще? — спросила я, забирая у него стакан.

— Нет, спасибо. Как вас зовут?

Вопрос мне не понравился, хотя не было в нем ничего необычного. Почему бы, в самом деле, старичку не поинтересоваться моим именем, учитывая, что мы здесь вдвоем и он вроде бы не прочь завести беседу. То ли его внезапное появление насторожило, то ли было что-то такое в его взгляде... в общем, я соврала без зазрения совести:

— Ира.

— Очень приятно. А я Константин Иванович.

— Вы у нас впервые, — сказала я.

— Немного у вас посетителей, — кивнул он.

— Не сезон, — согласилась я. — Летом народу хватает.

— Давно здесь работаете?

— Подрабатываю иногда. Я студентка. — Еще одно вранье, причина которого мне и самой не очень-то понятна.

— На базе сейчас кто-нибудь живет? — спросил он и, заметив недовольное выражение на моей физиономии, поспешно пояснил: — Собственно, я хотел узнать, можно ли остаться на ночь?

— Нет, — смиренно ответила я. — Домики не отапливаются. Да и закрыты на зиму. Тут постоянно только сторож живет.

— Да? — он вроде бы усомнился в моем ответе, а я насторожилась еще больше.

Старикан сложил руки на стойке, красноватые, с загрубевшей кожей, и с отеческой улыбкой смотрел на меня. Точно знал, что я вру, но не собирался выводить меня на чистую воду.

— Вы не местный? — с ответной улыбкой заявила я. — И на туриста не очень-то похожи. Можно узнать, что вам здесь понадобилось? Я не из любопытства спрашиваю. Место людным не назовешь...

— Я абсолютно безопасен, — усмехнулся дядька. — А сюда меня привело одно дело. Я ищу девушку.

— Вот как? — не дождавшись продолжения, произнесла я.

Он кивнул.

— Вы ее, должно быть, знаете. Кристина Протасова.

Я пожала плечами:

— Первый раз слышу.

Он вновь улыбнулся и покачал головой, точно призывая меня к порядку.

— Возможно, она назвалась другим именем.

— Возможно, — не стала я спорить. — Хотя это довольно странно. Зачем человеку скрывать свое имя?

— Разные бывают обстоятельства. Предположим, она не хочет, чтобы близкие знали, где она находится.

— Мои родители в курсе, где я нахожусь.

— Не сомневаюсь. Здесь ведь еще одна девушка работает? Так мне сказали в поселке. И зовут ее Кристина. Разве нет?

— Может, и зовут. Но она уехала на пару дней. И я не уверена, что она захочет с вами встречаться, пока не узнает, кто вы такой и что вам от нее надо.

— Ровным счетом ничего, — развел дядя руками. — Только убедиться, что у нее все в порядке.

— У нее все в порядке, — сказала я. — Так что вы вполне можете двигать отсюда.

Старикан с минуту пялился на меня, потом не

спеша достал бумажник, положил банкноту на стойку и сказал:

— Сдачи не надо. — После чего направился к двери.

Через минуту, выглянув в окно, я могла наблюдать, как он прохаживается вдоль дороги, прижимая к уху мобильный. Может, такси вызывал, а может, делился с кем-то впечатлениями от нашей беседы.

Матерно выругавшись, я вернулась к стойке. Шесть лет я считала это место надежным убежищем, и вдруг сюрприз. Впрочем, шесть лет большой срок, так что на судьбу роптать не приходится. Тем более что кое-кто о моем местонахождении точно знал, правда, не досаждал визитами. Жаль, если насиженное место придется покинуть. Я вздохнула и, включив телевизор, стала смотреть новости.

Через полчаса я вновь выглянула в окно, старичка возле дороги не было. Однако его отсутствие вожделенного покоя не вернуло. Зрело предчувствие, что одним визитом дело не кончится.

Заперев дверь бара, я воспользовалась служебным выходом и по тропинке припустилась к ближайшему домику. От прочих он отличался тем, что в нем была печка, в этом домике мы и жили. Две комнаты занимали мы с Иркой, в третьей обретался сторож, в настоящий момент он ударился в очередной запой. Как правило, запои длились дней пять, а то и неделю, и охранять хозяйское добро приходилось нам с Иркой. В трезвые периоды своей жизни Василич был мужиком покладистым и безотказным, оттого мы безропотно терпели его пьяные выкрутасы. Впрочем, и в подпитии он особых хлопот не доставлял.

Для начала я заглянула в его комнату и убедилась, что Василич дрыхнет без задних ног, причем прямо на полу. Пустая бутылка валялась по соседству. Добраться до кровати у страдальца сил не хватило, и он рухнул, не дойдя до нее трех шагов. Еще одним положительным качеством Василича было отвращение к курению, так что пожара мы с Иркой могли не опасаться.

— Киса, — услышала я голос подруги из-за соседней двери и поспешила туда. Как из имени Кристина она умудрилась сотворить Кису, для меня до сих пор загадка, но последние шесть лет меня звали именно так все, кому не лень. Я успела к этому привыкнуть, и настоящее имя временами казалось мне чужим и не имеющим ко мне никакого отношения.

Ирка лежала на диване, листая журнал полугодичной давности. Ей было тридцать, за шесть последних лет она дважды выходила замуж, каждый раз свято веря, что ее любовь будет длиться вечно. Но вечность оказывалась чересчур короткой. Первый брак длился месяца три, второй — и того меньше. Отправляясь в загс, она твердила, что ноги ее здесь больше не будет, а потом возникала на пороге бара с грустной улыбкой и надеждой, что настоящая любовь еще впереди. То ли парней она выбирала неподходящих, то ли вовсе была не приспособлена к семейной жизни. Сюда ее, как и меня, привел случай. В юности Ирка занималась спортивной гимнастикой, подавала большие надежды. Потом была травма, колено, собранное по кусочкам, хромота и большая обида на судьбу. По

ее словам, видеть ей в те времена никого не хотелось, она было запила с горя, но и это вскоре наску-
чило. Хозяин нашей базы приходился ей дальним
родственником и пригласил ее сюда отдохнуть.
Она приехала с неохотой, «лишь бы отвязался»,
как пояснила Ирка, но здешняя публика приш-
лась ей по душе. Родственник отправил ее на кур-
сы бухгалтеров, и теперь Ирка вела всю бухгал-
терию, заведовала кухней, была кастеляншей и
заменяла хозяина на время его отсутствия. Представить базу без Ирки невозможно, и ее замужест-
ва вызывали у хозяина нервный тик. В первый раз
он горевал и даже взял на работу женщину из поселка, но во второй уже не торопился, буркнув
с намеком на уверенность: «Может, вернется».
И оказался прав. За шесть лет Ирка раздобрела,
любой спорт считала глупым времяпрепровожде-
нием, а ныряльщиков — психами, что не мешало
ей крутить с этими самыми психами любовь все
лето. Склонность к многочисленным связям она
объясняла тем, что находится в постоянном поиске «единственного», и свято верила, что количество непременно переходит в качество. Мое нежелание заводить романы вызывало у нее подозрение в
моей нормальности, и зимними вечерами мы вели
долгие споры о сущности любви, что, безусловно,
скрашивало нашу жизнь.

— Ты чего бродишь? — спросила Ирка, отбра-
сывая журнал. Круглую мордаху с зеленовато-
желтыми глазами красивой не назовешь, но привлекательной — вне всякого сомнения. Прибавьте
к этому копну рыжих волос, а также готовность
смеяться по любому поводу, и большой интерес к

ней мужчин всех возрастов становился вполне понятен.

— Подмени меня в баре, — сказала я, устраиваясь в единственном кресле.

— В поселок хочешь смотаться? — спросила она, поднимаясь.

— Нет.

— Нет? А чего тогда?

— Посетитель у нас. Странный тип. На всякий случай лучше вместе держаться. Ты за стойкой побудешь, а я в подсобке посижу.

— Что за тип? — насторожилась Ирка.

— Старикан какой-то. Приехал на такси. Вопросы задавал. Кто здесь живет и все такое.

— Может, просто любопытный?

— Может.

— Ладно, идем.

Сунув ноги в тапки, Ирка направилась к двери как была в шортах и майке, прихватив вязаную кофту. Кофта была ее гордостью, она угробила на нее четыре месяца. Бойко стучала спицами, бормоча под нос «раз, два, три»: видно, петли считала. Рукоделие давалось ей с трудом, тем радостней была победа.

По тропинке мы вернулись в бар. Ирка распахнула входную дверь и устроилась за стойкой, я примостилась на стуле в подсобке, друг от друга нас отделяла штора из стекляруса, я могла наблюдать за баром, не привлекая к себе внимания, и вдоволь трепаться с Иркой, у которой мое поведение вызывало очень много вопросов.

— Чего там старичок-то? Ну, поинтересовался, кто здесь зимует, что с того? Чем он тебе так не приглянулся?

— Всем, — лаконично ответила я.

— Он точно не из поселка?

— Точно.

— Только идиоту придет в голову нас грабить.

— Так я у него справку не спрашивала, вполне возможно, что он идиот.

— По мне, так ты дурака валяешь, сказала бы просто, что работать лень.

— Тогда какого хрена я здесь сижу?

— Вот именно. Какого хрена ты торчишь за занавеской?

— Я в засаде. Враги решат, что ты легкая добыча, а тут я.

— Тьфу, нечистая сила, еще накаркаешь. И что мне за радость от твоей засады?

— Ментам успею позвонить.

Ирка впала в задумчивость, с неудовольствием косясь в сторону двери, а я почувствовала угрызения совести: ни к чему ее запугивать.

Тут послышался треск мотоциклов, и через пару минут в бар ввалилась компания мужчин. Это были ребята, которые летом работали у нас на базе. Все как на подбор рослые, плечистые и загорелые. В поселке имелось два кафе и бар, но парней тянуло сюда точно магнитом, вечера они предпочитали проводить здесь. То ли место и впрямь притягивало, то ли ежевечернее путешествие вносило приятное разнообразие в их жизнь, которая до наступления сезона событиями не баловала.

— Привет, Солнце, — забасил бородатый здоровяк, первым появившийся в баре. Ирку по имени, как и меня, мало кто называл, предпочитая прозвища, рыжим цветом волос Ирка была обязана своему. Сам здоровяк куда охотней отзывался на кличку Борода, чем на собственное имя Витя.

— Привет, привет, — ответила Ирка с заметным облегчением, в компании парней почувствовав себя в безопасности. Если кому и придет охота нас сегодня грабить, он об этом горько пожалеет. Народ здесь тусовался из тех, кого пугать вредно и даже опасно, сами кого хочешь напугают.

Парни прошли к стойке и не торопясь расселись на высоких стульях. Ирка выставила шесть бутылок пива по количеству собравшихся и, решив, что миссию свою выполнила, вновь плюхнулась на табурет.

— А Киса где? — спросил двухметровый блондин по имени Коля, прибыл он уже навеселе, а выглядел совершенно несчастным. Третий сезон он набивался мне в женихи и неудачи топил в пиве. Правда, водкой тоже не брезговал.

— В подсобке сидит.

Раздвинув нитки стекляруса, я помахала прибывшим рукой в знак приветствия.

— Киса, выйди к людям! — завопил Борода. — Чего ты Кольку мучаешь?

— Не могу отойти от телефона, — ответила я. — Жду звонка, который изменит мою судьбу.

Коля, по прозвищу Терминатор, вытянул шею, поглядывая на меня с сомнением, и на всякий случай нахмурился.

— А кто звонить должен?

— Адвокат моей семьи. С минуты на минуту ожидаю наследства.

В тот момент я и представить не могла, как недалеки мои слова от истины.

— Наследство — это хорошо, — загоготал Борода, остальные его поддержали, а Коля слегка расслабился. Я не производила впечатления девицы, на голову которой в скором времени свалятся миллионы.

— Ну, чего ты там сидишь? — вновь подал голос Коля.

— Отстань! — рявкнула я, и он затих, по опыту зная, что если я перешла на крик, то лучше в самом деле оставить меня в покое.

За спинами парней входной двери не увидишь, и появление старичка я пропустила. Заметила его, только когда он материализовался у стойки. Новый посетитель вызвал интерес. Парни замолчали и принялись его разглядывать. Ирка, метнув взгляд в мою сторону, нахмурилась и с вызовом посмотрела на дядю в светлом плаще.

— Пива, пожалуйста, — очень вежливо попросил он.

Ирка с большой неохотой подала ему бутылку, он тут же отошел и сел за ближайший стол. Парни молча рассматривали диковинного посетителя, тот делал вид, что этого не замечает. Борода перевел взгляд на Ирку с немым вопросом, та досадливо пожала плечами. Дядя сидел и пил свое пиво, парни понемногу разговорились, перестав обращать на него внимание. Я из подсобки не показывалась, ожидая, что будет дальше. Особой оригинальностью предполагаемый сценарий не блистал, я была уверена: дядя начнет задавать вопросы — и криво усмехалась чужой наивности. Ему быстро дадут понять, что отвечать на них тут никто не собирается. И укажут на дверь. Если не дурак, поспешит отсюда убраться и вряд ли появится вновь.

Может, старичок и сам понял, чем закончится

его попытка, потому что голоса не подавал. Пиво пил по глоточку, тянул время. Рассчитывал, что парни скоро уедут? Зря. В одиннадцать мы закрываемся, а раньше их отсюда не выпихнешь. Тут грохнула дверь, и в баре появились двое молодых мужчин. Я как раз отлепила зад от стула, чтобы достать чипсы, повернулась, услышав шум, и смогла наблюдать их эффектное появление. Чужаки. Обоим около тридцати, один блондин с ямкой на подбородке, второй брился наголо. Короткие кожаные куртки, джинсы, высокие ботинки. Физиономии малоприятные из-за застывшего на них выражения легкой брезгливости. Ясное дело: наше заведение ничего, кроме презрения, вызвать у них не могло. «Кого это черт принес?» — подумала я, вслед за этим пришла мысль, что вести себя парням следовало бы повежливее. Чужаки с такими минами запросто могли оказаться на улице без вожделенного пива, зато с синяками. Их эта мысль вряд ли посетила. Не обращая внимания на сидевших у стойки мужчин, парочка приблизилась. Один замер в трех шагах, сунув руки в карманы куртки, второй, довольно невежливо оттерев Вовку-Летчика (прозвище он заработал, потому что летал на мотоцикле точно угорелый), так вот, оттерев его плечом, парень придвинулся к Ирке, смерил ее взглядом и сказал:

— Я ищу девушку. Мне сказали, она здесь работает.

— Здравствуйте, — кивнула Ирка, улыбаясь.

— Привет, — неохотно ответил парень, сообразив, что вежливость иногда не лишняя. Я устроилась на стуле, продолжая наблюдать за незваными гостями. Мужики смотрели на них с неудовольствием, но тем, похоже, было на это наплевать. Бритый достал из кармана куртки фотографию и выложил на стойку, щелкнул по ней ногтем, пододвигая ближе к Ирке:

— Ее зовут Кристина, фамилия Протасова.

Ирка без особой охоты взглянула на фото и покачала головой:

— Малолеток на работу не берем.

— Сейчас она на шесть лет старше.

— Никакой Протасовой тут нет.

— Возможно, она сменила фамилию, — не унимался Бритый. — И я точно знаю, что она здесь работала.

— Может быть, летом, — с сомнением произнесла подруга. — В сезон тут народу до черта. Но я такую не помню.

— А ты напрягись. — В голосе Бритого послышалась угроза.

Наши друзья переглянулись и уставились на Ирку, ожидая ее решения.

— Сейчас очки надену, рассмотрю как следует, — ворчливо заявила она, сгребла фотографию и направилась в подсобку. Я слегка отодвинулась, чтобы парни меня не заметили, Ирка вошла и молча сунула фотографию мне под нос. Фотография с моего паспорта. Светлые волосы заплетены в косу, вид счастливо-придурковатый. Последующие годы сказались на моей внешности, но не до такой степени, чтобы меня стало трудно узнать. Хотя блондинка на фото, когда у меня возникало желание заглянуть в свой паспорт, вызывала скорее недоумение. Не только потому, что светлые волосы остались в прошлом. По непонятной для меня причине мужчины считали блондинок существами несерьезными и даже глупыми, и в первый сезон моего здесь пребывания это обстоятельство здорово действовало на нервы, вот я и внесла радикальное изменение в свою внешность, став жгучей брюнеткой. Потом мне было уже все равно, кто и как меня воспринимает, но темный цвет волос неожиданно пришелся по душе, и раз в месяц я отправлялась в парикмахерскую в поселке.

Даже если мой облик стал совсем другим, проблему это не снимало, если уж Бритый назвал мою фамилию. Подруга взглянула выразительно, а я покачала головой, тем самым давая понять, что свое инкогнито раскрывать не собираюсь. Ирка скроила свирепую мину и вернулась к стойке, отдала фотку Бритому, сказав с намеком на печаль:

— Не помню я такой. Шесть лет — большой срок, может, она сама на себя не похожа.

— Может, — хмыкнул Бритый. — Если выяснится, что ты нам голову морочишь...

— А ты кто такой, чтобы мне грозить? — посуровела подруга.

— Много будешь знать, скоро состаришься.

— Дверь за вашей спиной, — сказала она и широко улыбнулась.

Стараясь не шуметь, я выскользнула на улицу через служебный выход, обогнула здание и, прижимаясь к стене, осторожно выглянула из-за угла. Незваные гости как раз вышли на крыльцо, громко хлопнув дверью. На обочине стояла ветхая «девятка» с номерами соседнего региона. Ничто меня с теми местами не связывало, и оставалось лишь гадать, чего этим типам от меня надо.

Они загрузились в машину, но с места не трогались. Это мне не понравилось. Подумав немного, я направилась в сторону пристани, прошла вдоль моря метров пятьсот и по едва заметной тропе вновь поднялась к дороге, но выходить на нее не стала, предпочитая двигаться параллельно. За кустарниками парни меня не увидят, если им придет охота отправиться в эту сторону.

Путь мой лежал к развилке, в полукилометре от базы. Жители поселка, облюбовавшие наш бар, редко обходились бутылкой пива, что очень тревожило местное начальство, оттого каждый вечер на развилке дежурила машина ДПС с двумя сотрудниками. Толку от этого не было никакого, во-первых, инспектора наших завсегдатаев хорошо знали и не раз приятно отдыхали в их компании, во-вторых, до поселка на мотоцикле легко добраться по многочисленным тропам, минуя шоссе и развилку, но приказы начальства не обсуждают, чему сейчас я от души порадовалась. Вдруг явилась мысль, что по закону подлости именно сегодня парни наплюют на приказ и отправятся пытать счастье в другом месте, но через десять минут я с облегчением вздохнула, увидев машину с надписью на борту «ДПС». Привалившись к капоту, один из мужчин в форме курил, второй грыз семечки с унылым видом. Я вышла на дорогу и помахала им рукой.

— Привет, Киса, — сказал один, второй улыбнулся. — Ты в поселок?

— Нет, я к вам.

Поравнявшись с мужчинами, на лицах которых появилось недоумение вкупе с любопытством, я пояснила:

— В бар парочка чужаков завернула, вели себя невежливо. Странные типы. Если вдруг здесь объявятся, взгляните на документы. Не удивлюсь, если они тачку угнали.

— Ну, так давай проверим, — предложил младший из мужчин, звали его Серегой. — Садись в машину.

Через минуту мы уже ехали в направлении базы. «Девятки» возле бара не оказалось.

— Догоним, — сказал Серега, парень он был рисковый, тихо ездить просто не умел. Не будь он дэпээсником, водительского удостоверения давно бы лишился.

С ветерком мы проехали километров десять. Если «девятка» двигалась в том же направлении, мы просто обязаны были ее догнать. Предположение, что скорость у нее была больше, чем у нашей машины, критики не выдерживало.

— Куда ж они делись-то? — пробурчал Серега. — Может, в сторону Озерного поехали? По проселочной дороге, ее с шоссе не видно...

Серега лихо развернулся, и мы заспешили обратно.

— Если они к Озерному подались, мы их вряд ли догоним, — заметил его товарищ, которому гонка по шоссе удовольствия не доставила. — Там этих дорог тьма-тьмущая.

Замечание совершенно справедливое. Пока мы двигаем по одной дороге, Бритый с дружком благополучно проследуют по другой. Однако в этом случае выходит, что с местностью они знакомы неплохо: даже если в их машине есть навигатор, кому придет в голову наносить на карту партизанские тропы, которых здесь в избытке?

— Ладно, высадите меня возле базы, — внесла я разумное предложение и на всякий случай продиктовала номер «девятки».

...Стоило мне войти в бар, как все присутствующие дружно повернули голову в мою сторону. Взгляд мой переместился к ближайшему столу, который теперь пустовал.

— Где старикан? — спросила я. Народ у стойки заволновался, а Ирка ответила:

— Черт его знает. Я и не заметила, как он ушел. Ты где была?

— Прогулялась до развилки. Там Серега с напарником пасутся, попросила уделить внимание нашим гостям.

— Разумно, — кивнула подруга.

— Киса, эти типы тебя искали, — с некоторой неуверенностью в голосе сказал Борода. — Чего им надо?

— Ты бы у них и спросил.

Я устроилась на свободном стуле и немного подрыгала ногами.

— Так ты это... — начал Колька и запнулся под моим взглядом.

— Я их знать не знаю, а знакомиться — нет ни малейшего желания. Еще вопросы есть?

Вопросов не было. Однако несмотря на то, что данную тему мы благополучно оставили, некая напряженность все равно присутствовала, витала в воздухе, так сказать. Мое беспокойство, возникшее в момент появления старика, крепло с каждым часом. Я сидела за стойкой, не принимая участия в общей беседе. Присутствующие с уважением отнеслись к моей задумчивости и без особой нужды меня не тревожили.

В одиннадцать парни собрались по домам, Колька задержался у двери и сказал, не глядя на меня:

— Может, мне... это... у вас остаться?

Я данное предложение проигнорировала, и он поплелся вслед за остальными. Мы поставили бар на охрану и вышли через служебную дверь. Ирка на всякий случай ее подергала, что говорило о некоем беспокойстве.

Я направилась к нашему жилищу, подруга, ускорив шаг, со мной поравнялась, но рот держала на замке. Однако, когда мы вошли в дом, она, проигнорировав дверь своей комнаты, толкнула плечом мою, после чего устроилась на диване с видом человека, который никуда не спешит, и сказала:

— Давай колись.

— Понятия не имею, кому и зачем понадобилась, — миролюбиво ответила я и сдвинула брови, симулируя раздумье.

— Завязывай дурака валять. Ты ж меня не первый год знаешь, язык за зубами держать умею.

— Ага. Но это ничего не меняет, потому что я действительно не знаю.

— Киса... — Ирка хлопнула ладонью по колену, глаза метали молнии. Как все женщины, она была любопытна. Я, кстати, тоже. Села рядом с ней и поскребла за ухом.

— Хоть убей, ума не приложу, что это за люди.

— Сидишь на базе безвылазно, — рассудительно начала Ирка. — В город ездила только на сессию... Здесь ты в историю вляпаться не могла, выходит, в городе?

— Не выходит. Нет никакой истории.

— Кому ты лепишь? Еще шесть лет назад, когда ты тут появилась, я подумала: девка не проста. То ли прячется от кого, то ли...

— Я не прячусь. Торчу на базе, потому что податься некуда. Родни нет, только брат, но с ним мы не общаемся, я же тебе рассказывала.

— Так, может, он тебя ищет?

— С головой у него проблем вроде нет. С какой стати ему посылать сюда этих придурков? Ладно, так или иначе мы узнаем, кому я понадобилась. Давай спать, а?

Ирка неохотно поднялась и отбыла в свою комнату. А я переместилась к столу и открыла ноутбук. Шесть новых писем. Пять — рекламные рассылки, шестое я открыла с большим нетерпением. Таинственный адресат был, как всегда, лаконичен: «Жди гостей» — и подпись: «Капитан Америка».

— Опоздал ты, парень, — пробурчала я. Впрочем, это я зря. Не опоздал. Письмо пришло три дня назад, да вот проверить почту я поленилась.

Первое письмо от него я получила, когда еще только начинала свое странствие по побережью. Оно было без подписи и содержало всего несколько слов: «Тебя не так трудно найти». Признаться, в тот момент послание здорово напугало. Немного побегав по гостиничному номеру, я быстро напечатала: «Ты кто?» И получила ответ: «Скорее друг, чем враг». — «Имя у тебя есть?» — вновь набрала я. Письмо пришло лишь через несколько часов. «Капитан Америка», — прочитала я, далее следовали с десяток смайликов с лунообразной улыбкой.

В тот же вечер я покинула гостиницу и на следующий день была уже на расстоянии ста пятидесяти километров от прежнего места пребывания. А еще через три дня пришло письмо с той же подписьью. «В субботу обещают дождь. Хороший повод сходить на концерт. Тебе нравится «БИ-2»?» Я сидела за столом возле окна и, подняв голову, увидела напротив афишную тумбу. Белые буквы на черном фоне: «БИ-2». Семнадцатое число. Суббота. По спине пробежал холодок, а чувство было такое, что чей-то взгляд уперся в затылок.

Само собой, я предприняла еще одну попытку избежать чужого внимания — и с тем же результатом. Когда я обосновалась на базе, он написал: «Хорошее место. Может, как-нибудь заверну к тебе порыбачить». Мои попытки узнать что-нибудь о человеке, называвшем себя Капитан Америка, никаких результатов не дали, хотя я очень старалась. Он, в свою очередь, старался сохранить инкогнито. За шесть лет писем пришло не так много, иногда он писал раз в три месяца, бывало, пропадал на полгода. Особого смысла я в письмах не видела, если не считать того, что Капитан Америка настойчиво давал понять, что мое местонахождение и моя жизнь (событиями, кстати, не богатая) для него вовсе не тайна. Иногда он спрашивал: «Домой не тянет?» или «Поздравляю с окончанием сессии». Письма всегда были короткими и не содержали более трех предложений. Отчаявшись выяснить, кто их автор, я перестала на них отвечать, втайне рассчитывая, что его это обидит или разозлит и он станет более словоохотливым. Но мое молчание его вовсе не волновало.

И вот теперь он предупредил о незваных гостях. Интересно, кому я понадобилась? Вырисовывалась лишь одна кандидатура — мой брат. Встречаться с ним я не планировала, даже если малоприятные субъекты зачастят на базу. Кстати, одно время я решила, что письма пишет он. Но кое-что смущало: Витька терпеть не мог комиксы и назваться Капитаном Америка ему вряд ли бы пришло в голову.

Некоторое время я пялилась на экран, а потом быстро напечатала: «Уже были». Ответ пришел через двадцать минут. «Будь осторожна». — «Чего мне бояться?» — напечатала я. На сей раз ответил он куда быстрее. «Не чего, а кого». — «О'кей, кого?» — напечатала я. «Возвращайся», — написал он.

— Послушай совета и сделай наоборот, — буркнула я и выключила компьютер. Прошлась по комнате, пиная мебель в большой досаде, а потом отправилась умываться.

Через полчаса я лежала в постели, пытаясь поскорее уснуть. С этим тоже вышла незадача. Ворочаясь, я гнала прочь все мысли и даже сунула голову под подушку. Ничего не помогало. Промучившись еще некоторое время, я потянулась к настольной лампе с намерением включить свет, чтобы почитать часик-другой, все лучше, чем страдать бессонницей, но тут услышала осторожные шаги под окном и замерла. Кто-то тихо постучал по стеклу. Я поднялась и, приблизившись на цыпочках, встала сбоку от окна, чуть сдвинув занавеску. Фонарь был с другой стороны дома, а с этой царила темнота, в общем, разглядеть ничего не удалось. Я напряженно ждала, повторится ли стук. Тишина. Очень может быть, с той стороны окна кто-то, замерев, как и я, тоже чего-то ждал.

Шорох и вновь едва слышные шаги. Дверь в дом запиралась на английский замок, кроме него, был еще засов внушительного вида. Проще разбить дверь, чем сдвинуть засов с места. Чувствовала я себя в относительной безопасности, но присутствие чужака за окном все равно нервировало. Ворота и калитка на замке, однако забор вокруг базы серьезным препятствием не являлся, к тому же попасть на территорию без труда можно со стороны пирса. Я еще раз осторожно выглянула из-за занавески: в нескольких метрах от дома темнел забор. Звездное небо, серпик луны... Я вернулась в постель, не придумав ничего лучшего, и тут в стену, отделявшую мою комнату от комнаты подруги, стукнула кулаком Ирка.

— Киса, — позвала она. — Ты слышишь? Вроде кто-то по базе шастает.

— Похоже на то, — ответила я.

Через пару минут Ирка появилась в комнате, одетая в спортивный костюм.

— Василич спит как убитый. Вот зараза.

— Какой от него толк, даже если б не спал? — пожала я плечами.

— Не скажи, все ж таки мужик в доме.

Я натянула джинсы и свитер, сунула ноги в кроссовки, а Ирка достала карабин из-под моей кровати. Вещь в нашем богом забытом краю не лишняя. Василичу оружие не полагалось, карабин нам оставил хозяин, что называется, на всякий случай. Я стреляла почти так же хорошо, как и ныряла, но Ирка управлялась с оружием куда ловчее, чем я. В осеннюю пору мы довольно часто ходили на охоту, так что польза от оружия была безусловная, но ни разу за шесть лет тот самый «всякий случай» не выпадал, и сейчас решительность Ирки скорее напугала.

— Спятила? — нахмурилась я.

— Чего-то мне не по себе, — ответила подруга.

— Идем в твою комнату, — предложила я.

Свет, конечно, не включали, но в Иркином жилье его хватало: окна выходили на противоположную сторону, фонарь всего в пяти метрах от дома.

Ирка не выпускала из рук оружие, что здорово нервировало. Еще начнет палить от страха. Пригнувшись, мы таращились в окно, соблюдая осторожность. Дома напротив выстроились цепочкой, от первого отделились две тени и прошмыгнули к следующему дому.

— Они дома проверяют, — шепнула Ирка, кто такие эти самые «они», догадаться не трудно. — Нас ищут. Вот только начали обход не с того края. — Я кивнула, хотя в ее словах вовсе не была уверена, потому что стук в окно мне вряд ли пригрезился. — Что будем делать? — спросила Ирка. В голосе напряжение, но не страх.

— Сбегаю в бар и позвоню в милицию.

— Идем вместе, — предложила она.

— Василича оставлять одного не хочется. Мало ли что.

— А мне не хочется отпускать тебя одну.

— Главное, успеть дверь открыть, сигнализация сработает...

— Черт... ладно, давай, я тебя прикрою.

В серьезности ее намерений я не сомневалась и вознесла молитву господу, чтобы прикрывать меня Ирке не пришлось. Взяв ключи от бара, я направилась к выходу, Ирка шла рядом. Впервые за эти годы я пожалела, что ни у нее, ни у меня нет мобильного, это существенно упростило бы жизнь в настоящий момент. Но до сего дня мобильный был без надобности: нам звонить некому, а ежели у кого-то возникало желание услышать наши голоса, набирали номер телефона в баре.

Я выскользнула на улицу, подруга осталась возле приоткрытой двери. Через несколько секунд я уже была возле бара, заранее приготовив ключ от служебного входа. Вошла в подсобку, сигнализацию отключать не стала. Охранники на стареньком «жигуленке» обычно дежурили возле поселка, здесь они будут максимум через пять минут.

Зазвонил телефон, и я схватила трубку.

— Чего у вас там? — недовольно поинтересовались на другом конце провода. — Сигнализация сработала...

— По территории бродят какие-то типы, — ответила я.

— Мужики сейчас подъедут, но ваша территория — это не наша забота, как ты понимаешь, так что звони ментам.

— Ага.

Я тут же набрала заветный номер, на счастье, дежурил в ту ночь мой знакомый.

— Киса, ты, что ли?

Я торопливо объяснила, что за нужда заставила меня звонить среди ночи.

— Черт, — сказал мой приятель. — Как назло, ни одной машины. Ладно, сейчас найду кого-нибудь. Из дома не выходите, и вообще поосторожнее...

Не успела я закончить разговор, как в окна ударил свет фар. Я поспешила на улицу, чтобы встретить охрану. Трое мужчин в бронежилетах и с оружием в руках выбрались из машины. Мой рассказ их не особо впечатлил, но понимание вызвал. Две бабы в таком глухом месте... К тому же глюки нас с Иркой никогда не донимали и ранее охрану мы по пустякам не беспокоили.

— Ментов вызвала? — спросил старший, выслушав меня. Я кивнула. — Ладно, подождем, пока приедут.

Парни топтались возле «Жигулей». Их дело бар охранять, чтоб ненароком не влезли любители легкой наживы. Территория базы — забота сторожа. Приехавшие здраво рассудили, что болтаться в темноте, выискивая визитеров, в их обязанности не входит, тем более что в наличии этих самых визитеров здорово сомневались. А мне и в голову не пришло просить их об этом. Достаточно того, что они согласились ментов дождаться.

Появилась Ирка, слава богу, без карабина. В этот момент мы услышали шум двигателя, со стороны моря между деревьев пробивался луч света от включенных фар, а через полминуты на дорогу метрах в пятистах левее от нас выскочила машина и рванула к городу на большой скорости. На таком расстоянии разглядеть в темноте, что это за машина, было невозможно, но факт ее нахождения вблизи базы произвел впечатление как на нас с Иркой, так и на охрану.

— Похоже, у вас действительно были гости, — заметил старший, хмуро глядя в ту сторону, где скрылась машина. Подозреваю, его так и подмывало пуститься в погоню, но рисковать мужчина не стал. Его задача — дежурить в положенном месте и быстро реагировать на вызов, а не преследовать подозрительные машины.

Через полчаса приехали менты. Ясное дело, к тому моменту искать ночных бродяг на базе было бессмысленно, появившиеся ранее охранники их спугнули, и они поспешили убраться восвояси, но для нашего спокойствия мужчины (приехали они вдвоем) решили все-таки прогуляться по территории. Охранники тут же отбыли, а мы вчетвером пошли в дом искать фонарь.

— Василич ваш опять в запое? — ворчливо спросил мент. — Сторож хренов. Вынесут все снаряжение вместе с ним.

— Много толку от него трезвого, — фыркнула Ирка. — Что он один сделает, начнет в свисток свистеть?

— И то верно, — согласился страж порядка.

Фонарь лежал на тумбочке в прихожей, Ирка сунула его в руки молоденькому сержанту, и мы, двигая гуськом, первым делом осмотрели ангар. Замки на месте, решетки на окнах целы.

— Местные вряд ли полезут, — продолжал разглагольствовать мент. — Должно быть, из города...

— Вы по дороге машину не встретили? — влезла я.

— Две тачки навстречу попались, иномарка вроде «Мицубиси» и «девятка».

— На номера внимания не обратили?

— Нет, конечно. Торопились к вам, Гера сказал, что вы тут зубами от страха лязгаете... А что, девчонки, может, мне к вам в сторожа податься? Девки вы молодые, от Василича толку нет...

Продолжая болтать (болтал в основном мент), мы дошли до пристани, потом отправились вдоль забора назад к бару, здесь царила темнота, пришлось включить фонарь.

Я ждала, когда закончится обход, чтобы наконец лечь спать. Ночка выдалась хлопотная, но теперь я была спокойна: все позади. По крайней мере, до следующей ночи ничего скверного не предвидится. Как оказалось, предположение весьма далекое от истины.

— Ах ты, господи, — вдруг пробормотал мент и замер как вкопанный: его товарищ, следовавший за ним на расстоянии шага, ткнулся ему в спину.

— Чего? — испугалась Ирка, ее вопрос так и остался без ответа.

Поравнявшись с ментом, мы сами все увидели: свет фонаря вырвал из темноты светлый плащ, сердце у меня ухнуло вниз да там и осталось. Старикан, который в этот вечер появился в баре, ничком лежал на земле. Седые волосы слиплись от крови.

— Надо «Скорую» вызвать, — закудахтала Ирка.

Мужчины опустились на корточки, один держал фонарь, второй пытался нащупать пульс на шее старика.

— Не надо «Скорую», — вынес он вердикт. — Кокнули дядю. Ну надо же...

— Чего ж теперь делать-то? — трясясь всем телом, спросила Ирка.

— Следаков вызывать...

Некоторая растерянность в голосе мужчины была понятна: местное население отличалось доброжелательностью и уважением к чужой жизни. Чего нельзя было сказать о своей. Аварии на дорогах происходили так часто, что число погибших давно превысило наши потери в Русско-японской войне. Само собой, случались драки по пьяному делу, но до членовредительства доходило редко, убийство здесь в диковинку, оттого менты так и впечатлились обнаруженным трупом. Про нас с Иркой и говорить нечего. То, что это именно убийство, сомнений не вызывало: при такой ране на затылке весьма трудно представить, что дядя заполучил ее, неудачно грохнувшись о землю. Вокруг не только камней, даже приличной коряги не было.

— Вот так ничего себе, — ошалело молвил сержант, а его напарник завопил:

— Саня, вызывай скорее группу... И не трогайте здесь ничего, следы затопчем, потом нам спасибо не скажут.

Мы устроились на крыльце ближайшего домика, Саня по рации путано объяснял, что случилось, мы с Иркой жались друг к другу, второй мент, сняв фуражку, скреб за ухом и горестно вздыхал.

Следственная группа приехала только через час, мы все это время просидели на крылечке, строя предположения одно нелепее другого. Появление людей, сведущих в таких малоприятных делах, вызвало у наших новых знакомых вздох облегчения. Пока мужчины суетились возле трупа, я пыталась оценить произошедшее. До того, как мы наткнулись на тело старика, я была уверена, что сюда он прибыл в компании тех самых типов в кожаных куртках. Предположение вполне логичное, учитывая, что всех троих интересовала я. В баре они вели себя так, точно не были друг с другом знакомы, но, с моей точки зрения, это являлось лишь хитрым ходом. Дядя попытался со мной поговорить, а когда попытка провалилась, появились эти двое. Поведение их доброжелательностью не отличалось, они сразу дали понять, что шутки шутить не склонны. Теперь эта версия критики не выдерживала. Выходит, они не компаньо-

ны, а противники. Старик незаметно покинул бар
и некоторое время болтался неподалеку. Потом
проник на территорию и с неясной целью здесь
болтался. Впрочем, цель хоть и смутно, но вырисовывалась. Если стук в окно мне не пригрезился,
то шастал под окнами, скорее всего, дядя в светлом плаще. Рассчитывал поговорить со мной еще
раз? В это время появились двое в кожаных куртках, а через несколько минут приехала охрана.
Вполне вероятно, что и старик, и парочка поспешили покинуть территорию, столкнулись в темноте и в результате появился труп. Может, они и
не собирались его убивать, а с перепугу удар не
рассчитали? Так это или нет, я вряд ли узнаю, по
крайней мере сегодня. Следовало срочно решить,
что отвечать ментам на вопросы, которые непременно возникнут. Двое в кожанках интересовались мной, утаить сей факт невозможно. В Ирке я
уверена, но в баре в тот момент присутствовало
слишком много людей, кто-нибудь непременно
проболтается. Утром об убийстве будет знать вся
округа, что неудивительно, событие из ряда вон
выходящее. Свидетелей нашего со стариком разговора не было, следовательно, о его интересе ко
мне можно и промолчать. Сообщи я о нем, и хлопот не оберешься. Почему я вдруг понадобилась
такой прорве народа? Для меня это загадка, но
следователь в моем неведении непременно усомнится.

С крыльца дома мы с Иркой переместились в
мою комнату, сидели на диване, погруженные в
невеселые думы. Вид трупа так подействовал на
подругу, что с вопросами она не лезла, и то хорошо. Внезапно восставший из комы Василич наре-

зал круги вокруг нас, досадливо охая, то и дело повторяя:

— Что ж вы меня не разбудили, дуры?

— Да замолчи ты! — прикрикнула Ирка, и сторож выскользнул на крыльцо, откуда вел наблюдение за действием следственной группы; заглядывая к нам время от времени, он сообщал, что происходит. Когда рассвело, приехала еще одна милицейская машина.

— Собаку привезли, — возвестил Василич. Собака взяла след, направилась к пристани, а потом к кустам за забором. Именно там стояла машина, след шин был хорошо виден на земле.

Наконец и о нас вспомнили.

— Чего говорить-то? — шепнула мне Ирка.

— Правду, — пожала я плечами.

События того вечера были мною подробно изложены и записаны. Само собой, неприятные вопросы тут же возникли.

— Говорите, старик на такси приехал? А что ему здесь понадобилось, он не объяснил?

— Нет, — ответила я. — Он выспрашивал, сколько человек живет на базе, еще интересовался, не страшно ли нам тут втроем зимовать. Мне его разговоры не понравились, вот мы и решили, что лучше в баре вдвоем находиться. В первый раз старик выпил бутылку пива и ушел довольно быстро. Примерно через час опять появился, сел за стол и не сказал ни слова.

— В котором часу приехали те двое на «девятке»?

— В девять, может, чуть позднее.

— И спрашивали вас?

— Ага.

— Но вы предпочли сказать, что понятия не имеете о Протасовой Кристине Олеговне?

— Предпочла. Разговаривала с ними Ирина, а я в подсобке сидела.

— И вам не захотелось узнать, почему вас ищут?

— Они мне не понравились.

— Сами-то вы что думаете? Кто вас искал и почему?

— Всю ночь голову ломаю, но ничего толкового не выходит.

— Фамилия убитого Кубышкин. Кубышкин Константин Иванович. Вам это имя ни о чем не говорит?

— Нет, — ответила я.

— Между прочим, он частный сыщик. Соответствующий документ лежал в кармане пиджака вместе с паспортом.

— Такой старенький и сыщик? — удивилась я.

— Ему шестьдесят два года. Скорее всего, бывший мент на пенсии. И прибыл издалека. Ваш земляк.

— Да?

— Да. Что-то ведь ему здесь понадобилось?

— Ничего такого он не говорил. В родном городе я не была шесть лет. Там у меня брат, но мы не общаемся.

— Брат знает, где вы находитесь?

— Вряд ли.

— Допустим, он хотел узнать...

— И нанял частного сыщика? Тех двоих что, тоже мой брат нанял? По-моему, это глупость. В любом случае об этом лучше брата спросить.

Следователь смотрел настороженно, в течение часа он еще раз пять возвращался к этому вопросу, формулируя его все затейливее. Знала бы я ответ, непременно бы его осчастливила.

Парочка чужаков сразу же попала под подозрение: во-первых, из окна мы с Иркой видели силуэты двух мужчин, во-вторых, и в-главных, других подозреваемых не было. Хотя кое-какие сомнения и я, наверное, вызывала, однако я все время находилась либо в компании Ирины, либо в своей комнате, покинуть дом без того, чтобы этого не услышала подруга, попросту невозможно, перегородки у нас хлипкие, а ей, как и мне, в тот вечер не спалось. В общем, двинуть по затылку старику чем-то тяжелым я не могла, да и причина, по которой мне бы захотелось это сделать, тоже не вырисовывалась. Ближе к утру выяснили: «девятка» со вчерашнего дня числится в угоне. Подозрение, что к убийству причастны двое типов в кожанках, это лишь усилило.

Только в семь утра следственная группа покинула базу, труп увезли чуть раньше. Не успела я вздохнуть с облегчением, как с вопросами полезла Ирка. Сна у меня ни в одном глазу, но я бы предпочла побыть в одиночестве. Само собой, ей было на это наплевать.

— Слышь, Киса, дядька-то, оказывается, частный сыщик. И приехал...

— Знаю, откуда он приехал. А зачем, понятия не имею, — отмахнулась я.

— Чего ты гонишь? Думаешь, я дура, да? Что, скажи на милость, красивой молодой девке делать в такой глуши?

— Сама-то ты чего здесь делаешь?

— У меня батя алкаш, и делить с ним однокомнатную квартиру нет никакой возможности. А на свою ума не хватает заработать.

— А у меня брат — зануда. Жизни учит, не с тем дружу, не туда хожу...

— Будь я на твоем месте, от подруги бы таиться не стала.

— Тебе повезло, что ты на своем. Не надо голову ломать, с какой стати меня кто-то ищет.

— Скажи честно, старичок тоже о тебе спрашивал?

— Ну спрашивал. И что?

— Дела, — покачала головой Ирка. — А чего сказал-то?

— Ничего толкового. Я же объясняла: вопросы задавал, кто здесь работает, что да как...

— Те двое на бандитов похожи. Морды злющие, страсть...

— Среди моих знакомых бандитов нет, господь миловал. Грабить банки не доводилось, в случайные связи не вступаю, секретов государственной важности не знаю. Не государственной — тоже. Короче, отстань. Без тебя тошно.

Ирка посидела некоторое время с томленьем на челе и наконец убралась в свою комнату. Никто меня больше не тормошил, но особого облегчения я не испытала, потому что вопросы остались.

Допустим, частного детектива действительно нанял брат. Хотя при его возможностях выбор довольно странный. А тех двоих откуда черт принес? Сколько я ни напрягала извилины, но еще одной кандидатуры найти не смогла. Не считая Витьки, не было на свете человека, которого я могла бы заинтересовать. Да и братцу искать меня нужды нет. Чем дальше я нахожусь, тем ему спокойнее.

На ум пришел Капитан Америка. Что, если сыщик появился здесь с его подачи? Мысль эта уже через мгновение показалась бредовой. Моему таинственному адресату хорошо известно, где я нахожусь. Нет, не складывается. Тяжко вздохнув, я вытянулась на постели и через некоторое время все-таки смогла уснуть.

К пяти вечера на базе успело побывать почти все население поселка. Мои худшие предположения оправдались, ни о чем другом, кроме недавнего убийства, граждане говорить не в состоянии. Полет фантазии был безграничен, версии предлагались самые фантастические. Само собой, я оказалась гвоздем программы. Все, кому не лень, лезли с вопросами. Чтобы от этой кутерьмы была какая-то польза, бар мы открыли уже в два часа, и выручка в тот день превысила летние рекорды. Ирка покрикивала на любопытных граждан, а я сидела рядом с разнесчастным видом. Приехавший Колька, отозвав меня в сторонку, сунул мне в руки мобильный.

— Это тебе. Мало ли что...

Вспомнив прошлую ночь, я кивнула, положила мобильный в карман и вернулась к стойке. Может, Колька и рассчитывал на иное изъявление благодарности, но, по обыкновению, помалкивал. К десяти вечера интерес граждан пошел на убыль, и я вздохнула с облегчением. Василич, который весь вечер расхаживал по бару гоголем, набрался сверх меры, и домой его пришлось вести под руки.

— Надо завтра в город звонить, — сказала Ирка. — Еще один такой вечерок, и торговать будет нечем. Вот уж верно говорят, нет худа без добра.

— Ага. Кому война, а кому мать родна...

— Не подумай, будто я радуюсь, что человека убили.

— Чего радоваться, если выручка хозяйская.

— Маетно мне, Киса, не кончится все это добром.

— Ты б не каркала, — сказала я в досаде.

Однако, несмотря на Иркины предчувствия и мои, кстати, тоже, три дня прошли вполне мирно. Разговоры в поселке не стихали, но паломничество прекратилось. А в четверг меня вызвал следователь. Дурные предчувствия начали зашкаливать, и, отправляясь в город, я всерьез беспокоилась: вернусь ли к вечеру? На всякий случай покидала кое-какие вещички в рюкзак и с тяжелым сердцем отбыла на попутке.

Следователь, мужчина лет сорока с небольшим, встретил меня улыбкой.

— Присаживайтесь, Кристина Олеговна. Зовут меня Павел Андреевич. Присаживайтесь, присаживайтесь, — повторил он, видя, что я топчусь у двери. — Чаю выпьете с дороги?

Такая любезность скорее насторожила, возвращение на базу теперь и вовсе выглядело проблематичным.

От чая я отказалась, устроилась за столом напротив следователя, демонстрируя готовность к сотрудничеству. Павел Андреевич продолжал улыбаться, при этом сверлил меня взглядом и вроде бы к чему-то готовился. Я против воли начала ерзать, не выдержала и спросила:

— Есть новости?

Он пожал плечами:

— Меня очень интересует, что частному детективу из вашего родного города понадобилось в здешних краях.

— Если это вопрос, то ответа на него я не знаю, — сказала я как можно спокойнее. — Я ни от кого не прячусь.

— Да-да, — покивал он, не особенно мне поверив. — У вас ведь есть брат?

— Есть, — кивнула я, почувствовав беспокойство. — Но моему брату незачем нанимать детектива. По крайней мере, придумать причину, по которой он решил бы сделать это, я не берусь.

— Вот как? То есть вашему брату известно, где вы находитесь?

— Я не делала из этого тайны.

— Он ведь очень богатый человек, я прав?

— Ага. Владелец заводов, газет, пароходов.

Павел Андреевич усмехнулся:

— Имея такого брата, вы могли бы жить припеваючи. Вместо этого работаете инструктором...

— Мне моя работа нравится, — перебила я.

— Не сомневаюсь. И все же довольно странно...

— Не вижу ничего странного. У брата своя жизнь, у меня своя.

— То есть ваши отношения не сложились?

— Нормальные у нас отношения, — ответила я. — Просто у каждого своя жизнь.

— Давно вы виделись в последний раз?

— Несколько лет назад.

— А поточнее?

— Поточнее: ровно столько, сколько я живу здесь.

— Нравится в наших краях? — вроде бы сменил он тему, голос звучал ласково, но выражение глаз по-прежнему настораживало.

— Если бы не нравилось, нашла бы место получше.

— Брат в гости не собирался?

— Нет. Он очень занятой человек.

— И вы все эти годы увидеться с ним особого желания не испытывали?

— У меня тоже много дел. Работа, учеба... Отпуск я предпочитаю проводить на море, то есть здесь.

— Понятно, — вновь покивал он.

— Я живу так, как мне нравится, — не выдержала я.

— А брату ваш образ жизни по душе? — улыбка на его физиономии стала шире.

— Я не спрашивала. В моем возрасте логично жить своим умом. К чему все эти вопросы, Павел Андреевич? — поинтересовалась я. Отвечать он не спешил.

— Вы покинули родной город в восемнадцать лет. Я прав?

— Правы. И что?

— Была причина?

— Была. Хотелось самостоятельности. Я не понимаю: какое отношение мой брат может иметь к недавнему убийству?

— Вот и я пытаюсь понять, — усмехнулся он. — Я связался с коллегами в вашем родном городе... Мои вопросы продиктованы вовсе не праздным любопытством, Кристина Олеговна.

— Верю на слово. Было бы здорово, объясни вы мне...

— Нежелание жить в родном городе связано с вашим похищением? — быстро произнес он. Вопрос не должен был вызвать удивление, раз уж он сказал, что имел беседу с коллегами, находящимися за полторы тысячи километров отсюда, и все-таки на мгновение я растерялась.

— Допустим, — помедлив, кивнула я.

— Расскажите мне об этом, — голос его стал вкрадчивым, а я поморщилась.

— Человек, похитивший меня, был осужден. Если вас интересуют детали, вы можете узнать о них из уголовного дела.

— Меня вполне удовлетворит ваш рассказ.

— Ни малейшего желания вспоминать об этом.

Он кивнул, вроде бы соглашаясь.

— И все-таки...

— Хорошо, — досадливо ответила я. — У моего брата был водитель, молодой парень, который решил разбогатеть. И не придумал ничего умнее, как меня похитить. Позвонил брату, потребовал деньги. Его арестовали раньше, чем он успел их получить. Вот и все.

— И сразу после суда над ним вы покинули город? Боялись, что подобное может повториться?

— Вас это удивляет? — разозлилась я.

— Нисколько. Я вас прекрасно понимаю. Молодая девушка — легкая добыча. У вас нет родственников, кроме брата?

— Нет.

— Он не был женат, — точно размышляя вслух, продолжил Павел Андреевич. — Детей не имел... Вы — единственная наследница многомиллионного состояния. Я правильно понял?

— Брат, конечно, старше меня, но ему всего

тридцать восемь, и здоровье у него отменное. А я не спешу получить наследство. Говоря откровенно, оно мне на фиг не нужно, прошу прощения. Моя жизнь меня вполне устраивает.

— Думаю, вам следует проявлять осторожность, — очень серьезно заявил Павел Андреевич и добавил: — У меня для вас скверная новость. Неделю назад ваш брат был убит.

— Черт... — только и смогла произнести я.

Следователя я покинула через два часа, брела к автобусной остановке, мало что замечая вокруг. Прощаясь, Павел Андреевич еще раз посоветовал проявлять осторожность. Ход его мыслей был предельно ясен. Брат погиб, нет сомнения, что убийство заказное, и цель его незамысловата: прикарманить чужое добро. Я — единственная наследница, а значит, и единственное препятствие к осуществлению чьих-то замыслов. Препятствие, легко устранимое, по крайней мере для людей, которые не брезгают убийством. Адвокат брата пытался меня отыскать за те семь дней, что прошли после убийства, но не преуспел, а вот кое-кто оказался куда удачливее. Здесь появился частный детектив, а вслед за ним парочка головорезов, которых тоже интересовало мое местонахождение. Их интересы не совпадали, и сыщик погиб. А мне в ту ночь здорово повезло. По крайней мере, Павел Андреевич был в этом абсолютно уверен.

— В рубашке вы родились, Кристина Олеговна, — заявил он. — Не то было бы у нас сейчас два трупа.

Кто нанял Кубышкина, того самого детектива, до сих пор не ясно. Никаких документов, свидетельствующих об этом, в его офисе не обнаружили. Такое впечатление, что последние несколько месяцев он вообще не работал. Его дочь утверждала: в планах отца на ближайшее время значились сельхозработы на даче, и с какой стати он вдруг сорвался на юг, для нее загадка.

— Адвокат вашего брата свяжется с вами в ближайшее время, — сказал Павел Андреевич. — И разумеется, захочет с вами встретиться. Так что вас ожидает дорога в родной город.

— Я могу уехать? — с недоверием спросила я.

— Не вижу необходимости задерживать вас тут, — пожал он плечами. — Тем более что повод для вашего отъезда самый серьезный. Убийцу господина Кубышкина надо искать не здесь, — добавил он с кривой ухмылкой.

— То есть вы его искать не собираетесь? — в свою очередь усмехнулась я.

— Почему же? У меня работа такая — искать. А вам советую быть очень осторожной. Когда в деле замешаны большие деньги... — Дальше он мог не продолжать.

Первым моим желанием было отправиться на вокзал и купить билет на ближайший поезд, все равно куда. Авось да найдется место, где меня не скоро найдут. Но верилось в это с трудом. Найдут, если уж смогли отыскать меня в этом богом забытом углу. В общем, вопрос стоял так: либо я забьюсь в нору поглубже, где буду вздрагивать от каждого шороха, либо... либо попытаюсь разобраться в том, что происходит. Встречу испытания с гордо поднятой головой, так сказать. Первое мне совсем не улыбалось, второе тем более энтузиазма не вызывало. Но, выходя из автобуса на остановке возле турбазы, я уже знала: мне предстоит дорога в отчий дом. А там посмотрим. Отправиться в неизведанные дали я всегда успею, по крайней мере, я на это надеялась.

Не в моем характере откладывать задуманное, вот и с возвращением в родной город я тянуть не стала.

— Я уезжаю, — сказала я Ирке, как только вошла в бар. Подруга изнывала от нетерпения, поджидая меня, и, услышав такое, замерла с открытым ртом.

— Куда уезжаешь? Почему?

— Брат погиб.

— Да ты что? Тебе следователь сказал? А что случилось?

— Не доставай вопросами, я на них сегодня отвечать замучилась. К тому же ничего сама толком не знаю. Разберусь на месте.

— О господи... как же так... Надолго уезжаешь?

— На пару недель. Оформи мне отпуск.

— А как же убийство этого дядьки? Слушай, так, может, тебя из-за брата искали? Что следователь-то сказал?

— Он сам говорить не любитель, все больше спрашивал.

Само собой, успокоиться Ирка была не в состоянии и продолжала донимать вопросами, своими догадками, конечно, тоже. Заглянув в Интернет, я узнала, когда отправляется ближайший самолет в родной город.

В тот вечер бар мы закрыли рано, а спать легли в одной комнате. Василич, пылая энтузиазмом, бродил по территории, чем очень раздражал Ирку.

— Очухался, труженик, — ворчала она, то и дело ворочаясь рядом. Я симулировала сон, не желая поддерживать разговор. Мысли разные одолевали, и присутствие рядом Ирки было некстати, но и обижать ее не хотелось.

Утром мы позавтракали, и я вызвала такси, чтобы ехать в аэропорт. Отправлялась налегке, с рюкзаком и ноутбуком в сумке.

— Ты не вернешься, — вдруг сказала подруга, провожая меня до машины.

— С чего вдруг? — усмехнулась я.

— Чувствую... напиши мне, ладно? Хоть буду знать, что с тобой.

— Напишу.

— Все-таки ты свинья, так ничего о себе и не рассказала, оставляешь человека изнывать от любопытства.

— Нечего рассказывать, нет у меня никаких тайн.

— Ага... — хмыкнула Ирка. — А хочешь, я с тобой поеду? Сезон начнется не скоро, время есть...

— Не хочу, — ответила я. — Не обижайся, дело вовсе не в тебе. Опять же, Василича здесь одного не оставишь.

— Да ладно, все я понимаю... Ну что, удачи тебе, подруга. Может, еще и увидимся.

— Что за пессимизм? Конечно, увидимся.

Она покачала головой в сомнении, мы обнялись, расцеловались, и я села в ожидавшую меня машину, бросив взгляд на домики за забором. Хоть я и заверила Ирку, что вернусь, но в глубине души в этом сомневалась и мысленно прощалась со своей прежней жизнью. Прощалась с легкой грустью, потому что шесть лет, проведенные здесь, были вполне счастливые, и вместе с тем...

теперь я могла честно признаться самой себе: эти годы были годами ожидания, вот только я понятия не имела, ожиданием чего.

Звонок адвоката застал меня по дороге в аэропорт.

— Кристина Олеговна? Это Ноговицын Артем Леонидович, адвокат вашего брата. — И с легкой заминкой: — Вам уже сообщили?

— Да, — ответила я. Возникла пауза, то ли от меня ожидали выражения чувств, то ли мужчина прикидывал, стоит ли как-то выразить свои. В конце концов спросил:

— Когда вы сможете приехать?

— У меня самолет через четыре часа. Время прибытия в 16.45.

— Отлично. Я позабочусь о том, чтобы вас встретили. — Вновь пауза, и неуверенное: — Всего доброго.

— Вам того же, — ответила я, сунула телефон в карман и уставилась в окно.

С того момента, как мне сообщили о смерти брата, я упорно избегала думать о нем. Как будто речь шла не о единственно близком мне человеке, а о ком-то малознакомом и потому не играющем никакой роли в моей жизни. И вдруг пришла мысль: Витьки больше нет. А вслед за этим грудь сдавило, отзываясь во всем теле острой болью.

Шесть лет я твердила себе, что его для меня не существует, и вот его действительно нет... А я не в силах в это поверить... И вместе с болью пришло что-то вроде озарения: что бы я ни твердила себе, как бы ни пряталась от своих чувств за десятком доводов, причин и объяснений, но я все еще люблю его. И со всей ясностью поняла, что теперь по-настоящему осиротела. Одна во всем мире — звучит сентиментально и пугающе правдиво.

На самом деле Виктор был мне единокровным братом. Мой отец, Протасов Олег Викторович, в первый раз женился в возрасте двадцати пяти лет из весьма корыстных побуждений, о чем говорил откровенно и без всякого стеснения. На ту пору он был комсомольским вожаком. Парень из рабочего района, мать воспитывала его в малоприятном одиночестве, отца он совсем не помнил, тот через три года после его рождения погиб в пьяной драке, оставив в наследство долги и комнату в общаге, где мой отец и жил до самого окончания школы. Мать больше всего на свете боялась, что единственный сын пойдет по проторенной дорожке, которая вела к безудержному пьянству и, как следствие, ранней кончине, если не от цирроза печени, так от ножа недавнего дружка, и всеми силами старалась привить сыну мысль о другой, куда более достойной жизни. Работала много и тяжело, лишь бы он ни в чем не нуждался. Опасения моей бабули оказались напрасными, отец люто ненавидел и общагу, и ее обитателей, испытывая одно желание: поскорее с ними проститься. В школе хорошо учился, поступил в институт, но сидеть на шее у матери счел невозможным и устроился на работу. Трудолюбия ему было не занимать. Очень скоро он понял, что вожделенный диплом особых изменений в жизнь не принесет, зарплата инженера смешна до неприличия, и комната в общаге еще долго будет их единственным пристанищем. Оттого и подался в комсомольские вожаки. Расчет был верен. Господь наградил отца изрядным красноречием и счастливой особенностью оказываться в нужном месте в нужное время. Его заметили и начали продвигать, правда, до определенных пределов. Чтобы достигнуть высот, о которых он мечтал, нужны связи, у парнишки-безотцовщины их не было. И тут судьба свела его с молодой женщиной. Старше его на семь лет, далеко не красавица, она не обладала ни особым умом, ни ангельским характером, зато ее папа был первым секретарем обкома партии, что в глазах моего родителя явилось таким огромным плюсом, что все минусы просто не имели значения. Хотя завидным женихом он считаться не мог, в семействе был принят благосклонно, возможно, потому, что прочие претенденты оказались куда хуже, если вообще имелись. Дочка перешагнула тридцатилетний рубеж, и злые языки поспешили записать ее в старые девы. Свадьба была пышной, молодые отправились по туристической путевке в Югославию, а вернувшись, поселились в отдельной квартире. О своей карьере отец мог более не беспокоиться, в общем, жизнь удалась. Думаю, папа был с этим утверждением согласен, несмотря на скверный характер супруги, которая помыкала и им, и свекровью, ежедневно напоминая, кому они обязаны своим счастьем. Через два года благоверная родила сына, к огромной радости всего семейства, отец был горд, счастлив и об иной жизни не помышлял. Пока не встретил мою маму. Встречу эту романтической назвать было трудно. Маме только-только исполнилось восемнадцать, сирота из интерната, которой по закону положено жилье. Исполнять закон никто не торопился, и мама вместе со своей бывшей воспитательницей пришла на прием к отцу. В результате у преуспевающего чиновника начисто снесло башню. Мама была редкой красавицей, но, скорее всего, отцу к тому моменту попросту осточертело его семейное счастье. Тестя успели проводить на пенсию, и особо опасаться его не стоило. Не мне судить, что там было и как, но в одном я уверена: отец очень любил мою маму. Хотя развод с женой и стоил нервов, через год папа с мамой отправились в загс, а еще через шесть месяцев родилась я. Бывшая супруга приложила массу усилий, чтобы досадить изменнику, на карьере пришлось поставить жирный крест. Однако отца это ничуть не огорчило, он был абсолютно счастлив, правда, счастье длилось недолго. Мама умерла в двадцать пять лет от редкой и неизлечимой болезни, что позволило бывшей супруге отца вдоволь позлорадствовать: с ее точки зрения, предатель получил по заслугам. Может, от избытка этого самого злорадства у нее открылась застарелая язва, потом выяснилось, что все куда хуже, врачи оказались бессильны, и Протасова Ольга Аркадьевна скончалась, когда ее сын только-только окончил институт. Мой отец на похоронах не присутствовал, о смерти первой жены узнал через полгода, и то случайно. Жениться в третий раз он не пожелал, воспитывала меня бабушка, которая все эти годы жила с нами. Маму я совсем не помнила, наверно, по этой причине и не чувствовала себя сиротой. Времена сменились, отец занялся бизнесом, дела его шли успешно. Работал он много, видела я его в основном по выходным. Во всем, что касалось меня, он целиком полагался на свою мать, которую очень любил, и ее смерть явилась вторым серьезным испытанием. Мне было восемь лет, и отец понятия не имел, куда меня пристроить на то время, что он занят делами. Домработниц сменяли няни, ни те, ни другие не задерживались. С одними отец никак не мог найти общий язык, с другими — я.

Три года я жила как на вокзале: рядом со случайными людьми, в постоянном ожидании выходных, когда отец наконец-то появится дома.

В один из таких выходных мы отправились на рыбалку и попали в аварию. Я отделалась синяками, а отец погиб. Приходящая няня, узнав о трагедии, задалась вопросом, кто ей заплатит за прошедший месяц. И, не получив на него вразумительного ответа, отбыла в неизвестном направлении. Друзья отца взяли на себя все связанное с похоронами и старательно избегали смотреть в мою сторону. То есть все мне сочувствовали и проявляли беспокойство, но что со мной делать на следующий день после похорон, никто не знал. Ни близкой родни, ни дальней у меня не было, выходило, мне одна дорога: в детский дом. Мысль об этом вызывала нервную дрожь, потому что одноклассники успели просветить меня, что это такое. Само собой, их рассказы не отличались особой правдивостью, зато были исключительно красочны. В день похорон Виктор и появился. До того момента я не подозревала, что у меня есть брат. Его мать сделала все возможное, чтобы отец с сыном не встречались, ее старания плюс обида мальчишки на отца, который его бросил, принесли свои плоды. За двенадцать лет они ни разу не виделись. То, что отец о первенце помалкивал, еще более-менее понятно, но как моя словоохотливая бабуля ни разу о нем не обмолвилась, для меня загадка. Вероятно, взаимные обиды были сильны.

Очень хорошо помню момент, когда впервые увидела брата. Я сидела в кресле, очумевшая от горя и отчаяния, и тут в комнату вошел молодой мужчина, то есть мне-то он в тот миг казался взрослым дядей, и слово «брат» с ним ассоциироваться не могло. Оттого тихий шепот соседки: «Это твой брат» — вызвал скорее недоумение.

Виктор подошел, взял меня за руку и сказал:

— Привет, ты Кристина? А меня зовут Виктор. Теперь ты будешь жить со мной.

А я как-то сразу успокоилась, весь день от него не отходила ни на шаг и все норовила держать его за руку. В тот же вечер он, побросав мои пожитки в чемодан, увез меня в свою квартиру. Уже через месяц я твердо знала, что вытащила счастливый билет. О таком брате можно было только мечтать. Моя любовь к нему не знала границ и не шла ни в какое сравнение с чувствами к отцу, который всегда существовал где-то на периферии моей жизни, ни даже с чувствами к некогда бесконечно любимой бабушке. Конечно, злые языки болтали, что благородный поступок брата был продиктован корыстью: вместе со мной к Витьке перешла фирма отца. Витька и сам к тому моменту занимался бизнесом, однако отцовское наследство пришлось весьма кстати. Может, некая корысть и имела место, но была отнюдь не решающим фактором. Прежде всего половину наследства он получил бы в любом случае; целое лучше половины, с этим не поспоришь, зато и от забот об одиннадцатилетней

девчонке, характер которой особой покладисто-
стью не отличался, он был бы избавлен.

Никаких домработниц и нянь в доме теперь не
было. Разговаривал со мной Виктор как с человеком взрослым, и, следовательно, вести себя мне
следовало как человеку взрослому, вполне спо-
собному о себе позаботиться. Вечером мы состав-
ляли список продуктов, а днем после школы я отправлялась в магазин, испытывая ни с чем не
сравнимое чувство гордости. И хотя в средствах
меня особо не урезали, мне и в голову не пришло
тратить их на всякую ерунду. Я завела тетрадь, в
которой записывала расходы, и раз в неделю по-
казывала ее Виктору, за что вскоре и получила
прозвище «бухгалтер». За полгода я освоила пова-
ренную книгу, а в промежутке между готовкой и
учебой носилась по квартире с пылесосом, распе-
вая песни во все горло.

В восьмом классе я схлопотала тройку по хи-
мии. Вернувшись с родительского собрания, Витька сказал с печалью:

— Придется брать помощницу по хозяйству.

— С какой стати? — насторожилась я.

— Ты еще ребенок, а обязанности у тебя совсем
не детские, я должен был предвидеть, что это скажется на учебе. Извини.

— Не надо никакой помощницы, — заголоси-
ла я.

— Надо. Тебе тяжело, вот ты и не справля-
ешься.

— Это я не справляюсь? — Второй вопль был
куда громче первого, и за химию я взялась всерьез, кляня ее на все лады, и уже в следующей чет-

верти с гордостью совала Витьке под нос свой дневник.

В общем, он оказался прекрасным педагогом, хотя, может, и сам об этом не знал, мне же ни разу не пришло в голову, что меня «воспитывают». Те годы, что мы прожили вдвоем, я смело могла назвать самыми счастливыми в своей жизни. Я знала всех Витькиных друзей, потому что он вечно таскал меня с собой, оправдываясь тем, что оставить меня не с кем, даже когда мне исполнилось пятнадцать, и этот довод впечатления не производил. Со своими девушками он непременно меня знакомил, каждый раз интересуясь моим мнением, ненавязчиво давая понять: как бы ему ни нравилась очередная подружка, я для него все равно дороже. Так что повода для детской ревности у меня никогда не возникало, тем более что с женитьбой он не спешил и перемен в нашей жизни не предвиделось.

Я гордилась братом, мне он казался самым умным и самым красивым, хотя в его внешности не было ничего особенного. Чуть выше среднего роста, спортивный, зеленоглазый и светловолосый, как я. На этом, собственно, наше внешнее сходство заканчивалось. Витькины друзья часто надо мной подшучивали, утверждая, что я вырасту редкой красоткой и им не поздоровится. Я фыркала и краснела от удовольствия. Когда мне исполнилось пятнадцать, шутки остались в прошлом, а на смену им пришли восхищенные взгляды, которые моего брата здорово доставали.

— Вы что, спятили? — слегка невпопад начинал ворчать он. — Она еще ребенок.

Повышенное внимание мужчин сделало меня

девушкой весьма разборчивой, я не спешила заводить романы со сверстниками, никто из Витькиных друзей святых чувств тоже не вызвал. Само собой, я мечтала о любви. Избранник виделся с трудом, то с внешностью Брэда Питта, то Джейсона Стетхэма, только моложе, но ни того, ни другого поблизости не наблюдалось, что вовсе меня не печалило. Я готова была ждать столько, сколько понадобится, и твердо знала, что получу от жизни все, о чем мечтаю. А потом моя счастливая жизнь рухнула в один день... Я так тщательно избегала воспоминаний о своем похищении, что теперь оно казалось чем-то нереальным, словно кто-то впопыхах и не очень толково рассказал историю, которая ко мне не имела никакого отношения. Впервые за шесть лет я попыталась восстановить события тех дней, но почти сразу отказалась от этой затеи. Есть вещи, с которыми невозможно смириться, проще сделать вид, что их и не было вовсе. А теперь, когда не стало Виктора...

— Пристегните ремни, — бесстрастный голос из динамика прервал мои размышления. Самолет шел на посадку, а я невольно поежилась. В третий раз за мои двадцать четыре года жизнь круто менялась.

В толпе встречающих я заметила мужчину, который держал в руках листок бумаги с моей фамилией, и направилась к нему. Не знаю, что он ожидал увидеть, но точно не меня. Наверно, его снабдили описанием моей внешности: красавица-блондинка и все такое... а может, в его представлении сестра такого человека, как мой брат, должна выглядеть совсем иначе. По крайней мере, при-

лично одетой, с маникюром, прической и тремя
чемоданами, набитыми барахлом. Девица в джинсах и ветровке, надвинутой на глаза кепке и с рюкзаком за плечами в его шкале ценностей лидирую-
щих позиций не занимала.

Он окинул меня суровым взглядом, который
можно было понять лишь в одном смысле: «чего
уставилась», а я кивнула на листок бумаги в его
руках и сказала:

— Это я. Хотя, может, вы ждете мою однофа-
милицу.

— Вы Кристина? — спросил он с сомнением.

— Точно.

— Здравствуйте, — произнес он и спросил слегка суетливо: — А ваши вещи?

— Я налегке.

— Ага. — Мой рейтинг рухнул окончательно,
но дядя смог скрыть некое разочарование и произнес вполне любезно: — Идемте, машина на стоянке. — Взял сумку с ноутбуком из моих рук и зашагал к выходу. — Меня прислал Валентин Сергеевич, — счел нужным пояснить он.

Легостаев Валентин Сергеевич — друг и компаньон моего брата, когда-то для меня он был
просто Валя, а за глаза и Валькой, но шесть лет
могли внести существенные коррективы, и отче-
ство я на всякий случай запомнила.

— Он извиняется, что не смог сам приехать, —
продолжил мой спутник. — У него важная встреча, но через полчаса он освободится. Просил при-
везти вас в ресторан, где он сейчас находится, заодно сможете перекусить с дороги.

— Меня в самолете накормили, — ответила я.
Мужчина пожал плечами, мол, дело не мое.

— Я его шофер, — продолжил он объяснять на ходу. — Зовут меня Кирилл. Долетели нормально?

Я молча кивнула. На стоянке, забитой машинами, мы передвигались друг за другом. Кирилл подошел к «Мерседесу» темно-синего цвета и предупредительно распахнул передо мной заднюю дверь. Я сбросила рюкзак и устроилась на сиденье.

Через десять минут мы покинули территорию аэропорта, я начала с любопытством оглядываться, стараясь уловить перемены. Встреча с городом детства вызвала неожиданное волнение. Впрочем, до города отсюда километров десять, однако перемены стали заметны почти сразу. Громадный торговый центр возле дороги, за ним, чуть в стороне, новые многоэтажки.

— Давно здесь не были? — понаблюдав за мной в зеркало, спросил Кирилл.

— Шесть лет.

— За шесть лет многое изменилось, — кивнул он.

Ресторан, куда меня привез Валькин шофер, находился в центре города и занимал двухэтажный особняк, построенный еще в девятнадцатом веке. Название ни о чем мне не говорило, я попробовала вспомнить, что тут было шесть лет назад, и не смогла, хотя сам дом в памяти, конечно, остался.

— Валентин Сергеевич ждет вас в зале на первом этаже, — сказал Кирилл, тормозя у входа. Я потянулась за рюкзаком, а он добавил: — Вещи оставьте, я вас потом домой отвезу.

Зал ресторана выглядел роскошно, и девице в

моем прикиде здесь было не место. Меня это волновало мало, а вот толстяка за ближайшим столиком мой внешний вид покоробил. Пока я, стоя в трех шагах от двери, осматривала зал, пытаясь обнаружить Вальку, толстяк сверлил меня взглядом, а потом спросил насмешливо:

— Деточка, ты не потерялась? — Его вопрос я оставила без внимания, надеясь, что он угомонится, но мое молчание вызвало внезапный гнев. — Слышишь, что тебе говорят? — повысил он голос. Но ответа вновь не дождался и обратился к пробегавшему мимо официанту: — У вас здесь что, проходной двор?

— Простите? — подобострастно склонился тот к возмущенному толстяку.

— Что здесь делает эта девица?

— Вы... — начал официант, глядя на меня с некоторой неуверенностью.

— У меня тут встреча, — сказала я. — К сожалению, никто не предупредил, что я должна явиться в вечернем платье.

— А оно у тебя есть? — не унимался толстяк. Я решила, что ему пора заткнуться, и ласково предложила:

— Отвянь, дядя, — продолжая осматривать зал в поисках Вальки. И тут услышала голос просто сказочной красоты, негромкий, вкрадчивый и интригующий:

— Что ты пристал к девушке?

У меня мгновенно возникло желание взглянуть на его обладателя, что я и сделала. Напротив толстяка сидел мужчина лет тридцати пяти, а я с удивлением подумала, как это я могла не обратить на него внимания? Он его, безусловно, заслуживал, причем самого пристального. Не такой красивый, как его голос, но все же очень-очень привлекательный. На физиономии улыбка, по-мальчишечьи задорная, так и подмывало улыбнуться в ответ, а вот выражение глаз с его расчудесной улыбкой никак не стыковалось, не было в нем мальчишеского задора и ничего приятного также не наблюдалось. Его взгляд говорил: «Я тебя знаю. Я знаю о тебе все, и обо всех других тоже».

— И вам бы не худо помолчать, — заметила я.

Мужчина засмеялся, а лицо толстяка налилось краской.

— Нет, ты слышал?

— Красавицам можно простить невоспитанность, — перестав смеяться, пожал плечами мужчина и сказал, обращаясь ко мне: — Может быть, присядете к нам? С удовольствием угощу вас кофе.

Пока толстяк пытался понять, с чего это его приятель вздумал так шутить, тот весело продолжил:

— Разуй глаза, дружище, перед нами девушка из тех, что разбивают сердца по дороге в ближайший супермаркет.

— Эти твои вечные шуточки, Феликс, — покачал головой толстяк, но притих и теперь пялился на меня с большим старанием, а я подумала: «Значит, его зовут Феликс. Имя редкое и ему, безусловно, подходит».

Вслед за этим пришла досада: я торчу у дверей уже бездну времени, и выглядит это глупее глупого. Надо либо уходить, либо... Тут рыхлый мужчина в сером костюме, сидевший возле окна спиной ко мне, повернул голову, и я с удивлением узнала в нем Вальку. Он мазнул взглядом по моей физиономии и отвернулся, а я направилась к его столу.

— Чашка кофе за мной, красавица, — сказал Феликс мне вдогонку.

Валька посмотрел с недоумением, когда я опустилась на стул. Впрочем, называть его теперь Валькой даже за глаза язык не поворачивался. Солидный дядя, который мне не особо нравился. Слишком ухожен, слишком хорошо одет. На физиономии выражение легкой скуки и презрения. Его принадлежность к Homo Sapiens businessmaniens не вызывала сомнений. Уже через мгновение недоумение сменилось недоверием, он нахмурился, а потом произнес нараспев:

— Господи, Кристина, это ты? — Глаза едва не вылезли из орбит, так его разбирало, а я подумала, стоит ли считать подобную реакцию комплиментом.

— Надо было заскочить в магазин модной одежды, — сказала со вздохом. — Мое появление вызвало в рядах завсегдатаев беспокойство.

— Ты... ты так изменилась, — пролепетал он, не очень-то меня слушая.

— Выросла? — подсказала я без намека на иронию.

— Да. То есть я хотел сказать... боже мой, как ты изменилась.

— Надеюсь, все-таки в лучшую сторону.

— А волосы, что с твоими волосами?

Следовало признать, перемены в моем облике у Валентина Сергеевича вызвали что-то вроде шока, он все не мог успокоиться и отвлечься от моей внешности.

— Ничего особенного, — успокоила я. — Краска, которую можно купить в любом магазине.

— Да, конечно, — точно опомнившись, кивнул он. — Извини за глупые вопросы. Как добралась? Все нормально? Ты ведь уже знаешь о Викторе? — Теперь он заговорил очень быстро, как будто торопился избавиться от дурных новостей. — Его похоронили. Извини, что без тебя... мы пытались тебя отыскать, но... никаких сведений... по крайней мере, в бумагах Виктора ничего не нашли. Ждать было нельзя...

— Я все понимаю, — перебила я, он кивнул, вздохнув с заметным облегчением.

— Артем... Артем Леонидович, адвокат Виктора, сказал мне вчера, что тебя наконец нашли... Где ты была все это время?

— В разных местах. Давай поговорим о брате.

— О Викторе? — переспросил он.

— Если мне не изменяет память, у меня был только один брат, — серьезно сказала я. Валентин Сергеевич нервно облизнул губы и произнес:

— Его убили.

— Кто?

— Откуда мне знать? — теперь в голосе было возмущение.

— Его что, убили в пьяной драке?

Глаза моего собеседника медленно, но верно полезли на лоб.

— Ты с ума сошла? Какая драка? Его застрелили в собственной квартире...

— Грабитель?

— Ничего похищено не было. Кристина, что за странные вопросы ты задаешь?

— Чего же странного? — пожала я плечами.

— По версии следствия, это заказное убийство...

— То есть связано с его бизнесом? — подсказала я. — Тогда чего ты мне голову морочишь?

— Я тебя не понимаю.

— Вы были компаньонами, так кому, как не тебе, знать или догадываться, кто убил моего брата.

— Но я действительно не знаю... — он с отчаянием покачал головой, только причина этого отчаяния оставалась не ясна: то ли в самом деле не знал, то ли его беспокоили мои вопросы, поди разберись.

— У него были враги? — не отставала я.

— Недоброжелатели, конечно, были... послушай, я думал, мы встретимся, поужинаем...

— Ага, — перебила я. — Вспомним молодые годы...

— Поговорим по-дружески, — поправил он. — А потом... в более подходящей обстановке обсудим наши дела.

— Есть что обсуждать?

— Разумеется.

— Тогда почему бы не сейчас? Не уверена, что задержусь в этом городе...

— Кристина, — Валька сграбастал мою ладонь. — Ты хоть понимаешь, в каком я положении? Моя доля в бизнесе составляет тридцать процентов, все остальное принадлежит твоему брату, то есть теперь — тебе. Это убийство... оно просто выбило меня из колеи, я понятия не имею, что теперь будет... дело всей моей жизни...

— А что теперь будет? — задала я вопрос с самым невинным видом. Он таращился на меня не меньше минуты.

— Все зависит от твоего решения.

— Я ничего не смыслю в делах и, честно говоря, не собираюсь тратить время, постигая премудрости бизнеса...

— Так это прекрасно, — брякнул он и досадливо скривился. — Я хотел сказать, тебе и не надо во все вникать. Ты будешь жить в свое удовольствие, где пожелаешь, получая свою долю прибыли. Тех денег, что тебе оставил Виктор, хватит на то, чтобы вести жизнь, достойную такой красивой девушки, не забивая голову цифрами...

— Ты хочешь купить долю брата? — предположила я. Он нервно поерзал.

— У меня просто нет таких денег.

— Но ты готов продолжить общее дело, невзирая на суровый урок?

— Что ты имеешь в виду? — вновь растерялся он.

— Моего брата убили, — ответила я терпеливо. — Ты готов поднять упавшее знамя, не боясь повторить его судьбу? Или уверен, что тебе его участь не грозит?

— Господи, — пробормотал он совершенно по-бабьи. — Что с тобой стало? Не смей меня подозревать, — перешел он на шепот, в голосе теперь звучала угроза пополам с обидой. — Я не имею отношения к убийству. Мне оно совершенно невыгодно. Я уж молчу о том, что Виктор был моим другом. Долгие годы. Я не могу выкупить его долю, о чем уже сказал тебе. Если ты продашь свою часть бизнеса, я окажусь в малоприятном положении. Ты это понимаешь? С твоим братом мы отлично ладили, наши обязанности были четко разграничены, я всегда чувствовал себя полноправным компаньоном. Тридцать процентов — это только тридцать процентов. Согласен, совсем не мало, но...

— Но полноправным партнером ты можешь и не быть, — кивнула я, решив, что его беспокойство вполне понятно.

— Вот именно. Может возникнуть ситуация, когда мне просто придется продать свою долю. И все начинать заново. Так что оставь подозрения на мой счет. Как тебе в голову могло прийти такое? — добавил он.

— В мою голову много чего приходит, — пожала я плечами. — Так какие есть соображения?

— Насчет чего?

— Насчет убийства. Мы ведь о нем сейчас говорим?

— Не понимаю, тебе-то зачем все это? — спросил он в крайней досаде.

— Вообще-то убили моего брата, так что интерес вполне извинителен.

— Допустим, есть человек, которому убийство на руку. Он давно приглядывался к нашему бизнесу. Даже выходил с предложениями. Твой брат был категорически против объединения. Считал, что это равносильно самоубийству.

— Брат был против, а ты?

— Конечно, я тоже. И меня очень порадовала его решимость, потому что по большому счету все зависело от Виктора...

— И кто этот тип?

— Зачем тебе имя? — нахмурился Валентин Сергеевич.

— Для общего развития. Считай это милым женским любопытством.

Он покачал головой.

— Чем меньше ты знаешь, тем мне спокойнее. Я хотел сказать, безопаснее для тебя.

— Насчет безопасности — пальцем в небо, — заметила я с усмешкой. — Если враги избавились от моего брата, логично теперь обратить свой взор на меня. Разве нет?

— Не думаю. Проще договориться.

— Ага, я ведь в бизнесе ни черта не смыслю. Что ж, храни свои тайны, а я буду ждать интересных предложений. Скорее всего, тех, от которых не отказываются.

— Мы подпишем все необходимые бумаги, и ты сможешь уехать, — скороговоркой выпалил Валька.

— По-моему, разумно, — кивнула я. — Но есть проблема. Вдруг захотелось задержаться в родном городе. Должно быть, ностальгия. Брат жил в родительской квартире? — сменила я тему, к негодованию Вальки. Негодование относилось не к моему вопросу, а к моему желанию задержаться в городе, но демонстрировать его особенно явно он не стал.

— Два года назад Виктор купил квартиру на улице Горького. Прекрасная квартира...

— Там его и убили?

Он кивнул. Поставил себе на колени портфель, который до того момента лежал на соседнем стуле, и извлек из него связку ключей.

— В квартире навели порядок, — сказал Валька хмуро, точно сообщал о том, чего делать не следовало. — Никаких следов. Ты можешь жить там, если захочешь.

— Квартиру родителей он продал?

— Нет. Вот эти ключи от вашей старой квартиры. Он редко туда наведывался, но продавать не хотел. Надеялся, что ты вернешься. Говорил, ты теперь взрослая и вряд ли решишь жить вместе с ним... Ты ничего не рассказала о себе, — добавил Валентин с некоторой обидой.

— Расскажу, куда спешить? — улыбнулась я вполне дружески.

— Замуж не вышла? — не унимался он.

— Есть желание, но объект вожделения отсутствует.

— Теперь у тебя будет столько мужчин, сколько пожелаешь, — сказал он едва ли не с печалью.

— Так я и раньше не жаловалась. Извини, устала с дороги...

— Да-да. Мой шофер отвезет тебя... Хочешь, поеду с тобой?

— Не надо. Воспоминания, то да се... в такие минуты лучше побыть одной.

— А ужин? — вдруг всполошился он. — Хотя бы кофе выпей.

Официант, уже некоторое время обретавшийся неподалеку, подойти не рисковал, боясь прервать наш увлекательный диалог, последние слова Валентина он, безусловно, слышал и незамедлительно возник рядом. Мой прикид его больше не смущал, подозреваю, теперь он считал, что красивой девушке все к лицу.

— Закажу пиццу на дом, — ответила я, вызвав у обоих разочарование.

— Запиши мой телефон, — заторопился Валька, видя, как я поднимаюсь. Он продиктовал номер, а я его записала. — Увидимся завтра? — спросил он, я кивнула. И поспешила к выходу.

Феликс сидел за столом в одиночестве и с улыбкой наблюдал, как я иду навстречу.

— Пока, красавица, — сказал он, когда я с ним поравнялась, а я решила не церемониться. Оперлась руками на стол, где в настоящее время стояла лишь чашка кофе в обрамлении салфеток и прочей атрибутики дорогих ресторанов, и спросила, наклоняясь к его лицу:

— Ты меня знаешь?

— Нет. А должен? Постой, не твой портрет я видел недавно на обложке журнала?

— Значит, ты из тех придурков, что любят цепляться к девушкам?

— Не ко всем. Только к красоткам вроде тебя. Их так мало, что последнюю неделю я тоскую в одиночестве. Не хочешь присоединиться?

— Друзья считают, от меня одни неприятности. Я им верю.

— Ничего не имею против неприятностей. Как зовут тебя, прекрасное создание? — усмехнулся он.

— Медуза Горгона.

— Красивое имя. Красивое имя для красивой девушки. Выпьешь кофе?

— Пошел ты, — ответила я, поняв с большим неудовольствием, что в словесной баталии у меня нет шансов, и поспешно удалилась. Этого самого Феликса стоило выбросить из головы немедленно. Но не получалось. И, направляясь в Валькиной машине к дому, который долгое время считала своим, я продолжала думать об этом парне, а вовсе не о том, что меня ждет. Действительно ли он любитель случайных знакомств или его поведение что-то да значило? Например, ему было прекрасно известно, кто я такая. Допустим, известно. Я — богатая наследница, а он охотник за приданым? Охотник — в самую точку, а вот все остальное сомнительно. За шесть лет я кое-чему научилась и любителей дешевых понтов видела сразу. Этот был опасен. В сочетании с подозрением, что есть у него ко мне некий интерес, данное обстоятельство здорово беспокоило, хоть я и не торопилась самой себе признаться в этом. «Поживем, увидим, — философски решила я. — Если этот тип что-то затевает, то в ближайшее время непременно объявится». И с усердием принялась глазеть на дома за окном.

Родной город вызывал смешанные чувства, вроде бы все знакомо и вместе с тем чужое. А внезапное беспокойство все набирало обороты, превращаясь в легкую панику. Может, сбежать отсюда, пока не поздно? В какой-то момент я всерьез решила вернуться в аэропорт. Однако в моем мире трусость уважения не вызывала. А что это, если не трусость? В общем, я пялилась в окно и помалкивала. Шофер тоже молчал. На светофоре мы свернули, и впереди показался дом: сталинка-пятиэтажка с аркой посередине. Его недавно заново оштукатурили и покрасили в ядовито-розовый цвет.

Машина миновала арку и, въехав во двор, притормозила возле третьего подъезда. Шофер повернулся и выжидающе посмотрел на меня.

— Спасибо, — буркнула я, взяв с сиденья рюкзак и сумку с ноутбуком.

— Проводить? — спросил он.

— Нет, спасибо.

Он уехал, а я немного постояла, разглядывая

дом. Сердце особо не шалило, но волнение присутствовало. Вздохнув, я направилась к подъезду. Вместо кодового замка домофон. Я принялась возиться с ключами, заметив с недовольством, что руки дрожат. На второй этаж поднималась нарочито медленно, потом еще пару минут стояла перед новой внушительного вида дверью под красное дерево. Ключ легко повернулся в замке, и я открыла дверь. Просторная прихожая тонула в полумраке. Родительская квартира была трехкомнатной. После похорон отца мы некоторое время жили в квартире Виктора, типовой двушке в спальном районе. Но через два месяца вернулись сюда: переходить в другую школу я не хотела, а ездить с другого конца города было неудобно. Свою квартиру Витька продал, деньги положил в банк на мое имя. На вопрос, зачем он это сделал, пожал плечами и ответил: «Мало ли что. Хватит тебе и на учебу, и на жизнь на первое время». Это «мало ли что» мне тогда очень не понравилось, но к тому моменту я уже знала: переубедить брата, если он принял решение, возможным не представлялось. И вместе с благодарностью в мою детскую душу закралось беспокойство, которое отступало лишь по вечерам, когда Виктор возвращался домой. По необъяснимой причине я была уверена: пока я рядом, с ним ничего не случится.

Потоптавшись в прихожей, я прошла в кухню. Жалюзи опущены, оттого здесь тоже царил полумрак. Я подняла их, открыла окно (воздух был спертый) и только после этого принялась оглядываться. Ничего здесь не изменилось. Та же мебель, те же сидушки на стульях (когда-то я сшила их на уроке труда), и посуда та же. Два бокала с изображением котов, один большой, другой поменьше. На моем бокале кот был рыжим, толстым, с хитрым прищуром, на Витькином — злодейского вида, с черной повязкой на глазу и саблей в толстой лапе. Пират и Рыжик. Брат купил эти бокалы в Праге, где мы встречали Рождество. Я увидела их в витрине магазинчика на одной из улочек, что петляли возле Карлова моста.

— Привет, — сказала я, глупо улыбаясь, не торопясь закрыть шкаф. А потом заревела. Бог знает, кого и что я оплакивала, то ли свою некогда счастливую жизнь, то ли все-таки брата. А может, просто было жаль детства, безвозвратно ушедшего.

Я поспешно схватила полотенце, ткнулась в него физиономией и постояла так немного. Потом продолжила ревизию шкафов, так, без особой надобности. Соль, сахар, кофе, чай. Все в аккуратных баночках с надписями на немецком, куплены они были в одну из многочисленных поездок. Витька, зная за мной страсть к приобретательству всякой посуды, по большей части ненужной, смеясь, дразнил меня «домовитой». «Похоже, брат сюда часто заглядывал», — решила я и вдруг поняла: он в самом деле ждал меня. Неужто всерьез думал, что я вернусь?

Я зло усмехнулась и отправилась бродить по квартире. Все выглядело так, точно покинула я ее несколько дней назад. Лишь слой пыли намекал на длительное отсутствие хозяев. В свою комнату я зашла в последнюю очередь. Диван-кровать, письменный стол у окна, туалетный столик, предмет моей гордости, белый, с позолотой. Само собой, Витькин подарок. Я выдвинула верхний ящик и покачала головой: тени, губная помада, флакончик духов. Арсенал молоденькой девушки. За шесть лет аромат духов должен был улетучиться, ан нет, запах стойкий. Я догадалась взглянуть на коробочку с тенями и присвистнула: куплены они были недавно.

— Сукин сын, — буркнула я, борясь со слезами, и вошла в гардеробную. Витька выделил под нее часть комнаты, когда мне исполнилось пятнадцать, комната стала заметно меньше, а счастья у меня куда больше. Собственная гардеробная! Платья на плечиках, туфли, ровные стопочки одежды. Все на месте. Какого черта он не отправил все это в мусорный контейнер?

Вздохнув, я устроилась на диване, взяв в руки плюшевого медведя и пристроив на его голове подбородок. Медведя звали Потапыч, а появился он здесь в день моего рождения. В общем, можно считать, мы ровесники.

— Как дела, зверь? — спросила я, поглаживая его плюшевое брюхо. На шее у него висела тряпичная сумочка, похожая на конверт, застегнутый на кнопку. Витька любил прятать туда маленькие подарки, то заколку для волос, то конфеты. А я каждый раз визжала от радости, неожиданно их обнаружив. Рука машинально переместилась к сумке и замерла. Там что-то было. Очередной подарок? Сейчас это воспринималось скорее глупой шуткой. Сумку я все-таки открыла и увидела сложенный пополам небольшой лист бумаги, торопливо развернула его дрожащими пальцами. Почерк брата, всего три слова: «Это не я».

Я сцепила зубы и минут пять смотрела на ровные, почти печатные буквы. Потом скомкала бумагу, криво усмехаясь.

— Не ты? — спросила громко, точно он мог услышать. — А кто?

Брата не было в живых, но злость, тяжелая, вязкая, не проходила, а вместе с ней зрела обида, почти детская, от которой щипало глаза, обида на весь этот спектакль: тряпки, туфли, духи, долгое ожидание и эту беспомощную попытку оправдаться. «Это не я». Он всерьез рассчитывал заморочить мне голову, вызвать сомнение? Надеялся, что моей любви хватит, чтобы поверить? Когда очень любишь, готов поверить во все, что угодно, лишь бы опять вернуться в уютный мирок, где когда-то было так хорошо.

С моей любовью он дал маху, ничего, кроме раздражения, эта его записка не вызвала. А потом захотелось покинуть квартиру, чтобы не слышать тихий шепот, точно из ниоткуда: «а вдруг?» Это «а вдруг?» бесило даже больше самой записки.

— Ничего не выйдет, — сквозь зубы пробормотала я и направилась в прихожую, в самом деле торопясь уйти. Там, на улице, избавиться от наваждения куда проще, чем здесь, среди привычных вещей, напоминавших о брате, о моей любви к нему, о житье-бытье, наполненном счастьем. Тем самым счастьем, что однажды он подарил мне, великодушно и щедро, а потом отнял. В один день, в одно мгновение.

Я уже взялась за ручку двери, но в последний момент остановилась. «Я свободна, — подумала спокойно. — А вокруг просто старые вещи. И никакой магии. Есть они или нет — значения не имеет». Еще сомневаясь и словно желая проверить, имеют или нет, я опять прошлась по квартире. В кухне включила чайник, выпила кофе и вновь вернулась мыслями к брату, но теперь думала о нем спокойно, отстраненно, как о чужом.

Он оставил мне записку. В том, что она адресовалась мне и только мне, сомнений никаких. Допустим, он ждал, что я вернусь, но вряд ли рассчитывал на встречу двух родственников с улыбками и объятиями. И эта записка, найденная мною случайно, по замыслу брата должна послужить началом примирения, поводом для разговора по душам? Он сможет оправдаться, а я выслушать. Бред. Тогда что? Что он хотел сказать мне этой запиской, спрятанной в детской игрушке, которую я, вполне вероятно, решу оставить себе, если все-таки появлюсь тут? Рука не поднимется выбросить плюшевого зверя, на чашки-ложки и тряпье в гардеробной наплюю, а медведя запихну в рюкзак. Витька знал: родной город для меня табу, пока он здесь. И вернусь я сюда лишь в одном случае... черт, получается, допускал мысль, что может быть убит? И эта записка вовсе не глупая попытка оправдаться...

Я вновь прошлась по квартире, спокойно, сосредоточенно. После его убийства следователи наверняка побывали и в этой квартире. И ничего не нашли? Плюшевый медведь интереса не вызвал. Даже найди они записку, вряд ли бы она привлекла их внимание. Бессмыслица, которую не способен понять никто, кроме меня. Если они ничего не нашли, у меня тоже шансов немного. Но я терпеливо открывала дверцы шкафов, перетряхивала книги, заглядывала в вазы, в носастый чайник в немецкой горке, перекладывала, перебирала...

Никаких вещей Виктора в квартире не оказалось, только мои и те, что остались от родителей. Он как будто разграничил пространство, и это было мое, мое и родительское, которое, с его точки зрения, тоже принадлежало мне.

Через два часа я вновь пила кофе в кухне, уже зная: искать бессмысленно по той простой причине, что ничего, кроме записки, он не оставил. Мое состояние вполне можно было назвать умиротворенным, сделала, что в моих силах, а теперь с чистой совестью в гостиницу, хотя отчего бы здесь не остановиться?

Возвращая вымытую чашку в шкаф, я вдруг поняла, где надо искать. Конечно. Как я могла забыть? Витька предпочитал держать в доме кое-какую наличность, иногда довольно значительную, и с этой целью оборудовал тайник.

Я припустилась к дивану в гостиной. Потянула нижний ящик на себя. Крышка легко открылась, ящик был пуст. Раньше здесь лежали одеяло и две подушки, на случай, если кто-то из гостей останется ночевать. А вот дно ящика с секретом, точнее, днище было двойным, между листами фанеры пространство в несколько сантиметров, куда Витька и складывал деньги.

Я провела рукой по краю и, нащупав бечевку, аккуратно за нее потянула. Фанера легко приподнялась, а я увидела ноутбук. Совсем маленький, для работы такой вряд ли годился. Достав ноутбук, я вертела его в руках, задаваясь вопросом: хочу ли я знать тайны брата? «Не хочу», — кто-то панически заголосил внутри меня, но я уже двигала в свою бывшую комнату, включила ноутбук в розетку и теперь таращилась на дисплей.

На рабочем столе три папки, все три с фотографиями. Я тщательно просмотрела каждую. На фото из первой папки мой брат в компании Вальки и молодого мужчины в очках. Берег реки, костерок на берегу, Витька держит в руках здоровенную рыбу, улыбаясь в объектив. Во второй папке фотографии с красавицей-блондинкой где-то на отдыхе: море, пальмы, бар возле бассейна. Девушка жмется к Витьке, на лицах обоих полнейшее удовлетворение. Третья папка мало чем отличалась от второй: пальмы, море, но вместо блондинки плечистая брюнетка со стрижкой под мальчика. Всего двадцать семь фотографий. И ничего больше. Вообще ничего. Выходит, этот компьютер брат использовал в сугубо личных целях. Вот только с какой стати его прятать в тайник? Я понятия не имела, есть ли здесь Интернет, то есть шесть лет назад он, конечно, был, но, учитывая, что Витька довольно давно переехал... Кликнула по иконке, на экране возникла страница Яндекс. Мне повезло, почта открылась автоматически, пароль был сохранен. Всего тридцать два письма, самое раннее пришло несколько дней назад, накануне того самого дня, когда брат был убит. Либо компьютер он приобрел совсем недавно, либо все предыдущие письма уничтожил.

Я начала с верхнего, с того, что пришло сегодня. Обычная рассылка, как и еще двадцать девять писем. Одно письмо от какого-то Эдика, он сообщал, что в мае собирается на рыбалку в Астрахань, и интересовался, не желает ли Виктор присоединиться. И наконец, последнее письмо, то, что пришло накануне гибели брата. Заглавные буквы, жирный шрифт «Я знаю, кто ты. И ты за это заплатишь».

— Черт, — выругалась я и повторила: — Черт...

От телефонного звонка я вздрогнула, в первое мгновение даже не поняв, что это. А потом поплелась в прихожую, где стоял телефон. Мужской голос, смутно знакомый.

— Кристина Олеговна? Это Артем Леонидович. — Ясно. Адвокат. — Извините, что беспокою, — продолжил он. — Хотел узнать, как вы устроились, все ли в порядке?

— Да, все отлично, — буркнула я, перед глазами все еще была страница с крупными черными буквами.

— Что ж... вы, должно быть, хотите отдохнуть с дороги, — в голосе неуверенность.

— Считаете, нам надо поговорить?

— Время терпит... хотя... я недалеко от вашего дома, могу подъехать, если вы не возражаете.

— Не возражаю.

— Тогда минут через десять я буду у вас.

Я вернулась в свою комнату, выключила ноутбук и сунула его в рюкзак.

Вскоре раздался сигнал домофона, я открыла дверь, ожидая гостя. На лестничной клетке появился мужчина лет тридцати пяти, в строгом костюме в полоску, поверх которого была легкая куртка с расстегнутой «молнией». Мужчина высокий, стройный, даже худой, хотя, может, так только казалось из-за его роста. Метр девяносто сантиметров, не меньше. На адвоката он, с моей точки зрения, походил мало, ему бы в баскетболисты, впрочем, одно другому не мешает. Очки без оправы на аккуратном носе, который больше подошел бы женщине. Подбородок с ямочкой и пухлые губы. Симпатичный. Разглядывая его, я поняла, что несколько минут назад видела его фотографии... На фото он стоял обнаженным по пояс и доходягой точно не выглядел. Получается, их с братом связывала не только работа, свободное время они тоже проводили вместе.

— Какой сюрприз, — скупо улыбнулся он, входя в квартиру. — Я видел ваш портрет, там вы блондинка.

— А брюнетки вам не нравятся? — спросила я серьезно.

— У меня разносторонние интересы.

— У меня тоже. Вчера блондинка, сегодня брюнетка, завтра рыжая.

— Любите эксперименты?

— Ищу себя в многообразии жизни.

— И как?

Я пожала плечами:

— Все еще в поиске.

Он снял куртку и повесил ее в шкаф. Ни портфеля, ни папки в руках у него не было, следовательно, заглянул для предварительной беседы.

— Хотите кофе? — предложила я.

— С удовольствием.

Мы прошли в кухню, Артем Леонидович заинтересованных взглядов по сторонам не бросал, из этого я заключила, что в квартире ему приходилось бывать и раньше.

— Здесь совсем ничего не изменилось, — точно в ответ на мои мысли произнес он. — С тех пор, как Виктор переехал...

— Чего ему тут не жилось? — спросила я с усмешкой.

— Ну... эта квартира не соответствовала человеку его положения, — тоже с усмешкой ответил он.

— Расскажите мне о его положении.

— Ваш брат был одним из богатейших людей в городе. Теперь его состояние перейдет вам.

— Надо бы взвизгнуть от счастья, но почему-то не хочется.

— Понимаю, — кивнул он серьезно. — Вы ведь были очень близки?

Я подала ему чашку кофе, гадая, то ли он дурака валяет, то ли пребывал в счастливом неведении.

— Последние шесть лет мы не встречались, не переписывались и не собирались что-либо менять в этом смысле.

— Да, я знаю. Ваше похищение, душевная травма... вы считали, что в этом виноват ваш брат, то есть его деньги.

— Примерно так, — кивнула я.

— Виктор болезненно переживал ваш отъезд, но был уверен: вам надо дать возможность успокоиться.

— До вожделенного спокойствия далеко.

— Вы о наследстве?

— И о нем тоже. Я могу от него отказаться?

— Вы это серьезно? — нахмурился Артем Леонидович.

— Вполне.

Он с минуту молчал, а заговорив, тщательно подбирал слова, как будто боялся меня обидеть.

— Можно вопрос? Вы хотите отказаться от денег, потому что это деньги вашего брата? — Светлые глаза из-под очков смотрели не отрываясь. Я первой отвела взгляд. И усмехнулась:

— На самом деле я просто боюсь. Что не удивительно. Как считаете?

— Особого повода для беспокойства я не вижу. Если ваш брат погиб... если его убили в надежде прибрать к рукам фирму, то с вами, для начала, попытаются договориться. Помимо фирмы, вы получите кругленькую сумму, до которой предполагаемым врагам не добраться.

— В известных обстоятельствах человек отдаст любые деньги...

— Прошло шесть лет, а вы все еще... — он замолчал, буравя меня взглядом. — Мы можем подписать все необходимые бумаги завтра, — деловито продолжил он. — Вы уедете, а вашими делами займусь я или кто-то другой, кому вы доверяете.

— Примерно то же мне сказал Легостаев, мы встречались сегодня. Смерть брата для него тяжелый удар. Он оказался в очень трудном положении. И на этом основании просил вычеркнуть его из числа подозреваемых.

— Вот как? — Артем едва заметно усмехнулся, что я без внимания не оставила.

— По-вашему, он мне мозги пудрил?

— Скорее, лукавил. Виктор рассматривал вариант вашего отказа от наследства, в этом случае его доля переходит к Легостаеву. Впрочем, если вы примете наследство, делами фирмы заниматься вряд ли захотите, и Валентин Сергеевич опять-таки внакладе не останется: отчисляя вам вашу часть прибыли, будет полноправным хозяином.

— То есть ему смерть брата на руку?

— У меня нет причин его подозревать, — покачал головой Артем. — С Виктором они прекрасно ладили, были не только компаньонами, но и друзьями. В любом случае следствие проявит к Легостаеву интерес...

— У вас с ним какие отношения? — спросила я.

— Нормальные.

— А с моим братом?

— Я был его другом, — спокойно ответил Артем. — То есть я так считал. Возможно, он считал иначе.

— Поясните.

Артем повертел чашку в руках и вновь уставился на меня.

— Кристина, ваш брат убит. Я бы не хотел, чтобы мы строили догадки и предположения, как это обычно бывает. Прежде всего потому, что пользы от этого мало. Виктор очень вас любил, он так много о вас рассказывал... временами у меня возникало ощущение, что я хорошо вас знаю...

— Мы отвлеклись от темы или мне так только кажется? — перебила я. — Так почему у вас возникли сомнения в его дружбе?

— Зачем вам все это, если вы собираетесь поскорее уехать? — серьезно спросил он.

— Уже не собираюсь.

— Быстро вы меняете решение.

— Такой уж характер. Артем, меня не было здесь шесть лет, я понятия не имею, как жил мой брат все эти годы, но его убили, и я хочу знать, кто и по какой причине. И пока убийцу не найдут, я буду жить в этом городе, несмотря на то, что отчаянно трушу. И остро нуждаюсь в друзьях. Хотя бы в одном друге. Интуиция подсказывает, что вы хороший парень, а своей интуиции я привыкла доверять.

— Предлагаете мне дружбу? — улыбнулся Артем, тут же вызвав ответную улыбку.

В моих словах содержалась толика правды с большой долей расчетливости. Я уже знала, что уехать, предоставив возможность следователям вдоволь разбираться с тайнами, я не смогу. Я бы, наверное, уехала, не будь этой записки. А теперь нет. Искать убийцу мне и в голову не пришло, слишком это самонадеянно и глупо, но понять... понять необходимо. А для этого нужен человек, который в Витькиных делах худо-бедно разбирался. В общем, обычные бабьи хитрости, незамысловатые, но действенные.

— Я бы и любовь предложила, но как-то неловко так сразу, — ответила я.

— Я женат, — засмеялся он.

— Жаль. Но ведь дружбе это не помеха?

— Вряд ли моя жена с вами согласится... хорошо, дружба так дружба. Что вы хотите взамен?

Парень, конечно, не дурак, но это скорее плюс, чем минус.

— Перейти на «ты» и поговорить по душам.

— Заметано, — хмыкнул он.

— Тогда я начну первой. Все это время я жила на юге, работала инструктором на турбазе. И никому до меня не было никакого дела, пока несколько дней назад там не появился некто Кубышкин, как выяснилось позднее, частный сыщик... — Я рассказала о событиях последних дней, Артем слушал внимательно, не сводя с меня взгляда.

— Да-а, — протянул он, когда в своем повествовании я добралась до встречи с Легостаевым. —

Занятная история. Есть соображения, кто и зачем тебя искал?

— Я рассчитывала, что соображения на этот счет есть у тебя.

— Предположим, старика нанял Виктор, это первое, что приходит в голову. Хотя мне он ничего подобного не говорил. Я знал, что вы не общаетесь, но у меня создавалось впечатление: ему хорошо известно, где ты находишься. Допустим, я ошибался. После смерти Виктора в его бумагах ни твоего телефона, ни адреса мы не обнаружили. Естественно, я пытался разыскать тебя по своим каналам. И вдруг мне сообщают, что пришел запрос из Краснодарского края, тобой интересовались в связи с убийством господина Кубышкина. Так я узнал, где ты, а заодно получил номер твоего мобильного.

— Я обзавелась им на следующий день после убийства сыщика, — кивнула я. — Остается вопрос, кому я еще понадобилась, то есть кем были те двое?

— Если люди не гнушались убийством, намерения у них были серьезные и вряд ли дружеские.

— Самое время вспомнить о врагах брата, то есть теперь и моих. Такие есть?

— Явных нет, по крайней мере, я о них не знаю.

— А парни просто придурки и искали меня без видимой причины.

— Мне понятна твоя ирония. Но...

— Легостаев намекнул на некоего типа, фамилию он не пожелал назвать, этот тип, по его словам, хотел прибрать к рукам бизнес брата посредством слияния двух компаний.

Артем кивнул.

— Фамилия его Коршунов, Коршунов Юрий Михайлович. Но причислять его к врагам я бы не торопился. Дело в том, что с предложением о слиянии двух компаний выступил твой брат. Он считал, делу это только на пользу.

— Ух ты, — усмехнулась я. — А как к предложению отнесся Легостаев?

— Скажем, он сомневался в целесообразности данного шага. Впервые этот вопрос возник еще год назад, но далее разговоров дело не пошло. Спустя несколько месяцев вновь начались консультации по этому вопросу, вроде бы некоторое взаимное понимание было достигнуто, но... — Артем замолчал и взгляд отвел, вроде бы прикидывая, стоит ли продолжать, а я поторопила:

— Но?

— Погиб сын Коршунова, и переговоры вновь были прерваны. — Артем опять замолчал, с усердием разглядывая чашку.

— Мы все еще говорим по душам? — уточнила я, он усмехнулся.

— По городу поползли слухи, что к этой смерти имеет отношение твой брат.

— Слухи просто так не возникают, но с какой стати Виктору убивать сына будущего партнера?

— Вряд ли убийство парня имело отношение к делам его отца, — вздохнул Артем, и стало понятно, что разговор по душам ему скорее в тягость. Заметив усмешку на моем лице, он криво улыбнулся и продолжил куда веселее: — Денис Коршунов слыл бездельником. Единственное, что он умел делать хорошо, это просаживать отцовские деньги. Полный набор пороков: наркота, пьяные кутежи и бабы. Одна из его пассий, Голубова Ольга, была знакома с твоим братом. Я имею в виду близкое знакомство. Скажу сразу, Виктора вместе с ней я никогда не видел, но женщин в его окружении было много. Возможно, и она тоже в их числе. С кем из мужчин Голубова познакомилась вначале, а с кем позднее, тоже не ясно, какое-то время она, по слухам, крутила любовь с обоими. А потом исчезла. Последние три месяца о ней никто ничего не слышал. Денис Коршунов в пьяном угаре орал при свидетелях, что твой брат попросту разделался с девчонкой. А на следующий день его нашли в туалете ночного клуба с пулей в сердце. Никаких свидетелей, никаких улик. В тот вечер Виктор был в Москве, и я вместе с ним, кстати. Но... для Коршунова-старшего это, конечно, не аргумент. Подобные убийства либо раскрывают по горячим следам, либо не раскрывают вообще. Разумеется, следственные органы твоим братом заинтересовались, задали множество вопросов, в том числе о местонахождении Ольги Голубовой.

— И что ответил мой брат?

— Они расстались за два месяца до ее так называемого исчезновения. Девица предъявила ультиматум: либо Виктор на ней женится, либо она выходит замуж за Коршунова. Чистый блеф, с моей точки зрения. Виктор в ближайшее время жениться не планировал и уж точно не видел ее в роли благородной матери семейства. И заявил, что не намерен препятствовать ее счастью. Сделал ли ей предложение Коршунов, не знаю, но, по слухам, пытался ее найти.

— И обвинял моего брата?

— Да. Девушку до сих пор отыскать не смогли.

Возможно, она просто уехала, как, например, это сделала ты. И обвинения Дениса Коршунова лишь пьяный бред.

— А пьяный бред не повод для убийства, — подсказала я.

— Тем более если твой брат не виновен, — серьезно заметил Артем.

То, что я с ходу не отмела саму идею о причастности Витьки к исчезновению девушки, Артема слегка покоробило, и я подумала: надо быть осмотрительней, в противном случае наша дружба долго не продлится.

— Коршунов-старший алиби брата в расчет не принял и считал его виновным в гибели сына? — спросила я.

— Что он в действительности думал по этому поводу, я знать не могу, как ты понимаешь. Его реакция на печальное известие была своеобразная. Когда ему сообщили о смерти сына, он вроде бы заявил: «Допрыгался, идиот». Но сын — это сын. А господин Коршунов человек серьезный и опасный. Он из бывших... — фразу Артем не пожелал продолжить, но я поняла.

— Бандит, одним словом.

Артем пожал плечами:

— Бизнесмен. С сомнительным прошлым. Жесткий, решительный и малоприятный. При том образе жизни, который вел его сын, недоброжелателей у него пруд пруди. Очень подозрительные знакомства, карточные долги... много всего.

— С таким папой вряд ли кто решился поквитаться с ним за карточный долг.

— На первый взгляд так и есть. Однако знакомый следователь выразился следующим образом:

«Удивительно, как его раньше не пришили». Я слышал версию, что парень приторговывал наркотиками и кое-кому перешел дорогу. Как известно, на любого крутого папочку всегда найдется другой крутой. Если хочешь знать мое мнение, Виктор не имел никакого отношения к смерти Дениса Коршунова. Более того, смерть эта была ему совсем некстати.

— Но если Коршунов-старший прервал переговоры, значит, считал иначе.

— Возможно, он просто хотел убедиться: его будущий компаньон в этом смысле чист.

— Как тебе идея, что кто-то воспользовался пьяным бредом сыночка, чтобы эти самые переговоры сорвать? — поразмышляв немного, спросила я.

Артем молчал не меньше минуты.

— Не буду врать, что подобная мысль меня не посещала.

— Тогда мы вновь возвращаемся к Легостаеву.

— Валентин Сергеевич чересчур боязлив для таких поступков. Коршунов-старший вызывает у него трепет. Решиться на подобный шаг он мог лишь в безвыходном положении, а его положение безвыходным не назовешь. Коршунов не особо доверяет следственным органам и, по слухам, сам занят поисками убийцы. Если уж я взялся пересказывать тебе городские сплетни, упомяну еще об одной. В его окружении года два назад появился некий тип, по мнению людей, которым я склонен верить, он имеет на Коршунова большое влияние. Кроме того, те же люди намекали, что именно он теперь принимает решения, а Коршунов-старший не более чем вывеска на фасаде.

— И кто этот тип?

Артем развел руками.

— Неизвестно.

— Брось. Как это может быть?

— Все важные решения Юрий Михайлович принимает после доверительного разговора по телефону. Просит выйти граждан из кабинета или выходит сам, звонит по мобильному, а потом озвучивает свое решение.

— Может, у него есть личный экстрасенс?

— Почему бы и нет? Кое-кто считает именно так. Мужик тихо спятил и доверил все свои дела проходимцу.

— Ладно. Он звонит по телефону. И все?

— Я же слухи пересказываю, слухи — это слухи, а не данные контрразведки. В окружении Коршунова-старшего очень много людей, вполне возможно, что его таинственный советник у всех на глазах, вот только вычислить его пока никто не смог.

— Допустим. Если тех двоих на базу отправил Коршунов, а других кандидатур я пока не вижу, возникает вопрос: зачем?

— У тебя на него ответа нет?

— Банальный: избавиться от наследницы и прикарманить бизнес, прессанув как следует боязливого Валентина Сергеевича.

— Ты верно заметила: банальный. Мы можем сколько угодно строить предположения, однако вряд ли это поможет найти убийцу брата.

— Как знать, — пожала я плечами.

— А не ты говорила, что отчаянно трусишь? — хмыкнул Артем.

— Строить предположения трусость не мешает.

— Надеюсь, предположениями все и ограничится. Мне не хотелось бы думать, что ты рассчитываешь самостоятельно найти убийцу. Это глупо и опасно.

— А я труслива и умна. И значит, во все это дерьмо соваться поостерегусь, — с самым серьезным видом заявила я, но ни мой вид, ни мои слова Артема почему-то не убедили. — Вернемся к брату, — поспешно предложила я, — и вашей с ним дружбе, в которой ты как будто усомнился, то есть усомнился в том, что брат был с тобой откровенен. Я правильно поняла твои слова?

— А знаешь, с тобой не просто, — заметил Артем после минутной паузы. — Вы похожи с Виктором. Та же манера вести беседу...

— Ну, мы же родственники, — улыбнулась я. — Так в чем дело?

— Кристина, твой брат убит. И в своих предположениях я должен быть очень осторожен. И вовсе не из чувства самосохранения, как ты могла бы подумать. Идет следствие, и безответственные высказывания, вполне вероятно, приведут к тому, что...

— В тебе опять заговорил адвокат, а я веду беседу с другом, — напомнила я. — Все сказанное тобой в этой кухне здесь и останется, не сомневайся. Я перекрасилась в брюнетку и научилась хранить секреты.

— У твоего брата они, безусловно, были. Последние несколько недель он вел себя странно. Его что-то беспокоило.

— Срыв переговоров и неприязнь Коршунова-старшего. Разве нет?

— Не уверен. О Коршунове он как будто забыл,

он его вроде бы совсем не интересовал. Иногда я не мог дозвониться до Виктора, а когда это удавалось, он говорил, что ему пришлось ненадолго уехать. Куда, зачем? Я понимаю, все это звучит неубедительно, но малосущественные мелочи, достигнув критической массы, наводят на мысль: что-то не так. Не очень толково объясняю? Уже после его смерти выяснилось, что он пытался найти пропавшую Ольгу Голубову. Я об этом понятия не имел. Если честно, о многом происходящем в его жизни я не имел понятия. Следователя интересовало, не получал ли Виктор угроз в свой адрес. Я ответил «нет». Но вовсе не был в этом уверен. Возможно, и получал, но ничего не сказал мне. И это причина его нервозности, странного равнодушия к делам... Что-то с ним происходило, но он упорно молчал.

— Ты сейчас кого винишь: его или себя? Кто, по-твоему, был никудышным другом?

— Наверное, я. Иначе бы он рассказал.

— Если не было ничего такого, что он желал бы скрыть.

— Я помню, что вы поссорились, но твое отношение к нему сестринским назвать трудно, — сурово произнес он.

— Стараюсь быть объективной. Еще вопрос: почему брат решил отыскать меня именно сейчас? Если сыщика отправил он, конечно. Не год назад, не два, а именно сейчас?

— Боялся за свою жизнь и хотел обезопасить тебя. Я же говорю, последние недели что-то происходило. Хотя... я думаю, все началось раньше, еще три месяца назад, когда ему прислали венок.

— Что? — не поняла я.

— История совершенно дикая, — покачал головой Артем. — На свой день рождения Виктор снял ресторан. Приглашенных было человек сорок, он ведь любил шумные праздники. Друзья, коллеги, целый стол подарков, букеты цветов. В самом начале вечера, когда гости только расселись по местам, к Виктору подошел метрдотель с весьма постным выражением на физиономии, что-то шепнул ему на ухо, Виктор поднялся и направился в холл. Я вышел следом. Не спрашивай почему, сам толком не знаю, просто физиономия метрдотеля мне не понравилась. В холле стоял парнишка-посыльный, придерживая двумя руками венок. Еловые ветки, красные розы и черная лента, на которой было написано «Дорогому Виктору Олеговичу Протасову». Посыльный вначале ничего не заподозрил, думал, народ на поминки собрался, но метрдотель его вразумил, и к тому моменту, когда мы появились в холле, бедняга был готов провалиться сквозь землю. Метрдотель хотел его просто выгнать, но потом все-таки сообщил Виктору о чьей-то дурацкой шутке.

— Хороша шутка, — хмыкнула я, представив эту картину: парень с венком и надпись на черной ленте.

— Твой брат воспринял это именно так: дурацкая шутка. Даже посмеялся, мол, конкуренты совсем оборзели. Дал парню на чай и попросил венок забрать, чтоб не смущать гостей. А ленту оставил себе, на память. Мне шутка смешной не показалась, я хотел разобраться, кто это так шутит, посыльный сообщил, что венок заказали в фирме «Эдем». Утром я собирался туда наведаться, но Виктор был категорически против. Не хотел поднимать шум, чтобы не возникли лишние пересуды.

— Это было после убийства Коршунова?

— В том-то и дело, что нет. До убийства и исчезновения Голубовой. Было еще что-то, о чем твой брат не захотел мне рассказать, и в какой-то момент ему стало ясно: дело принимает скверный оборот. Уверен, он пытался выяснить, что происходит. Если бы он все рассказал мне или кому-то другому...

— Возможно, трупов было бы больше, — подсказала я.

— Ты невыносима, — в досаде буркнул Артем.

— Брат был того же мнения. Расскажи, как он погиб.

— Труп обнаружили в прихожей возле входной двери. Либо он сам впустил убийцу, либо, услышав шум, вышел в холл и столкнулся с ним у дверей. Следствие склоняется к первой версии, не похоже, чтобы замки были вскрыты. Однако для меня это не аргумент, я знаю, что Виктор, находясь днем в квартире, часто дверь не запирал, особенно если ждал кого-то. В подъезде всего восемь квартир, соседи — приличные люди, внизу охранник и видеокамеры. Пройти к лифту или лестнице, минуя охрану, невозможно.

— Но убийца ведь как-то прошел?

— В тот день камера слежения не работала, мастер появился в двенадцать, труп обнаружили в одиннадцать.

— Случайно обнаружили?

— Нет. Накануне Виктор здорово набрался в компании друга, Щетинина...

— Петьки? Значит, они дружат до сих пор? —

с удовлетворением кивнула я и вдруг поняла, как нелепо прозвучали мои слова.

— Да, — кивнул Артем, задержав на мне взгляд. — Утром Виктор отсыпался. Надо было срочно подписать бумаги, и к нему отправилась Софья Ильинична, она работала в фирме всего несколько месяцев, но успела стать, по словам твоего брата, незаменимой помощницей. Она позвонила в дверь, ей никто не открыл. Тогда она позвонила на мобильный. Виктор не ответил. Софья спустилась вниз и поговорила с охранником. Он сказал, что Виктор у себя, по крайней мере, охранник не видел, чтобы он покидал подъезд. Софье это показалось странным, она решила вернуться в офис, но по дороге передумала и очень скоро вновь оказалась в доме твоего брата. Она в Викторе просто души не чаяла и оттого беспокоилась. Когда она приходила в первый раз, дверь точно была заперта; зная привычки шефа не хуже меня, она дверь подергала. Во второй раз дверь оказалась плотно прикрытой, но не запертой. Бедняга ее открыла и увидела труп. До сих пор не может прийти в себя... Мне ее искренне жаль. Одинокая женщина, все ее интересы сосредоточены на работе и на любимом шефе...

— Сколько она отсутствовала?

— По ее словам, минут тридцать, может, чуть больше.

— Значит, Виктор был убит между десятью и одиннадцатью часами утра?

— С точностью до минут время определить невозможно, но, следуя логике, да, в этом промежутке. Хотя Виктора могли застрелить раньше, а в тот момент, когда Софья пришла в первый раз, убийца все еще находился в квартире.

— С какой стати? Или в квартире что-то искали?

— Там был ужасный беспорядок, Щетинин не мог вспомнить, в каком виде находилась квартира, когда он уезжал ранним утром, но говорит, что погуляли отменно, в общем, не ясно, явился ли беспорядок следствием ночной попойки или обыска.

— Виктора застрелили? И никто в доме выстрела не услышал?

— Ничего удивительного, если пистолет был с глушителем. Стреляли в голову, лицо превратилось в кровавую кашу... извини, — досадливо добавил Артем, как видно, решив, что подобные подробности приведут к тому, что я рухну в обморок. Я и в самом деле была близка к этому, но по причине, о которой он даже не догадывался.

— Ты хочешь сказать, что опознать моего брата было невозможно? А экспертизу провели?

— Какую экспертизу? О чем ты? — нахмурился он, глядя с недоумением.

— Я не знаю, как все обычно происходит в таких случаях, вот и спросила, — поспешила я закрыть тему, чтобы наш разговор не принял опасное направление. Но кое-какие мысли мой вопрос у Артема вызвал, он хмуро смотрел куда-то поверх моей головы, а я решила, что самое время нам расстаться. — Уже поздно, — заметила я, взглянув на часы. — Извини, что надолго тебя задержала. Кстати, твоя жена — терпеливая женщина, несмотря на поздний час, ни разу не позвонила. —

Мне не было дела до его жены, просто хотелось вывести его из опасной задумчивости.

— От тебя ничего не скроешь, — усмехнулся он. — На самом деле мы уже год не живем вместе.

— Выходит, у меня есть шанс?

— Скорее, у меня. Ты ведь богатая невеста.

— Ну, на сироту в рваных носках и ты не похож.

Он засмеялся, поднимаясь, а я спросила на всякий случай:

— Среди знакомых брата нет парня по имени Феликс?

Артем ответил не сразу, видно, к вопросу отнесся со всей серьезностью.

— Нет. Никогда не слышал. А в чем дело?

— Так. Пустяки... Кстати, ты любишь комиксы? — Мы уже были в прихожей, Артем сунул ноги в ботинки и снял куртку с вешалки.

— Комиксы? — переспросил с сомнением.

— Ага. Бэтмен, Человек-паук или Капитан Америка?

— Когда они вошли в моду, я уже подумывал о карьере адвоката.

— Одно другому не мешает.

— Если ты любишь комиксы, поговори о них со Щетининым, предел его интеллектуальных запросов — мультики и журналы, где много картинок.

— Петька всегда мне нравился, — решила я встать на защиту старого друга. — Может, у него и наблюдается стойкое отвращение к печатному слову, зато он веселый.

— Уверяю тебя, он не изменился, счастливо пребывая в подростковом возрасте. Какие планы на завтра? — спросил Артем, уже взявшись за ручку двери.

— Утром навещу могилу брата.

— В таком случае заеду за тобой часов в девять.

— Не стоит. Я поеду одна.

— Хорошо, — с заминкой ответил он. — Ворота номер четыре, двадцать первый ряд.

— Я найду.

— Хорошо, — повторил он. — В понедельник займемся делами. Я позвоню.

Он ушел, махнув мне рукой на прощание. Я заперла дверь и вернулась в кухню, стоя возле окна, наблюдала за тем, как Артем идет через двор, а потом садится в машину. Достала из кармана записку брата и еще раз прочитала: «Это не я». По словам Артема, выстрел превратил лицо брата в кровавую кашу... А что, если в словах «это не я» содержится совсем другой смысл, весьма далекий от моих первоначальных догадок?

— Ладно, братец, попробую разгадать твою загадку, — усмехнулась я, подошла к раковине и, чиркнув зажигалкой, сожгла записку, затем смыла пепел струей воды.

Если допустить фантастическую идею и с обезображенным лицом в квартире брата лежал кто-то другой, а вовсе не Витька, значит, он оказался в безвыходном положении и потому поспешил унести отсюда ноги, оставив фирму на мое попечение, точнее, на попечение друга, хотя формально она будет принадлежать мне. Памятуя страсть Витьки к наличным, в надежном месте у него наверняка была припрятана кругленькая сумма, а еще могли быть счета, о которых его адвокату ничего не известно.

Убрав посуду, я вернулась в комнату, достала свой ноутбук, решив проверить почту. Всего одно письмо. Капитан Америка и на этот раз был предельно лаконичен. «С приездом!»

— Да пошел ты, — буркнула я и выключила компьютер.

Ночь выдалась бессонной, что не удивило. Задремав под утро, я вздрогнула от неясного шороха и открыла глаза, напряженно прислушиваясь. Мне показалось, что кто-то осторожно прошел по коридору. «Глюки», — подумала я, хоть и почувствовала легкий трепет. Покойники бродят по ночам только в дурацких фильмах, а вообразить, что Витька, живой и здоровый, ходит по родительской квартире ночью, днем укрываясь в бельевом шкафу, я даже с перепугу не могла. Перевернулась на другой бок, натянула одеяло до самой макушки и, как ни странно, быстро уснула.

В восемь я была уже на ногах. Выпила кофе и через полчаса готова была покинуть квартиру. Подумала вызвать такси, но рассудила, что и так доберусь. Все-таки вчерашние разговоры не прошли даром: выходя из подъезда, я оглядывалась с большим старанием и именно по этой причине обратила внимание на мужчину, стоявшего без видимой цели в глубине двора. Его внешность заставила присмотреться к нему повнимательнее, что я и сделала. Шарила в карманах, вроде бы что-то пытаясь в них отыскать, и незаметно наблюдала за мужчиной. Без сомнения, он тоже за мной наблюдал. Высокий, широкоплечий, в черных джинсах и ветровке, очки от солнца закрывали верхнюю часть лица, подбородок он прятал в ворот свитера.

В целом вид имел малоприятный и даже зловещий, хотя скорее только для меня. Две женщины, проходя мимо совсем рядом, на него никакого внимания не обратили. Должно быть, моя возня его насторожила, он повернулся ко мне спиной и вскоре скрылся за углом дома. Приди мне охота туда заглянуть, я бы наверняка его там обнаружила.

Появление парня бандитского вида не удивило, но настроения не прибавило, утешалась я тем, что его нежелание привлекать к себе внимание связано, должно быть, с намерением за мной приглядывать, и затевать сию минуту военные действия он не собирался. Я быстрым шагом проследовала к автобусной остановке. Дважды оглянулась, но мужчину больше не видела. Доехала до рынка, сделала пересадку и через сорок минут выходила возле кладбища.

У центрального входа старушки торговали цветами, составляя конкуренцию магазинчику с чудным названием «сопутствующие товары», в витрине которого тоже были выставлены цветы. Я купила красные гвоздики — в детстве, когда мы с братом приезжали на кладбище, он отдавал предпочтение этим цветам. Петляя по дорожкам, вышла к могиле родителей. Обе содержались в образцовом порядке. Оставив цветы на мраморной плите, я немного постояла, глядя себе под ноги, и побрела по той же тропинке к аллее.

Вдоль всего кладбища шла асфальтовая дорога, на которой вполне могли разъехаться две легковушки. И шесть лет назад кладбище казалось огромным, а теперь и вовсе бесконечным, навевая мысли о тщете всего сущего. Я шла уже минут двадцать, высматривая въезд с цифрой «4». Наконец он появился: два столба с перекладиной выглядели архитектурным излишеством, потому что никакого забора здесь не было. Слева часовня, от нее начиналась еще одна аллея с молодыми березками. Ветви только-только подернулись зеленой дымкой и оттого выглядели по-особенному трогательно. Я подумала, что погода не по-апрельски теплая для этих широт. Не худо бы спросить, где недавние захоронения, но спросить было не у кого, и я продолжила путь наудачу. Вот тогда и заметила женщину. Она стояла метрах в двадцати от аллеи, положив руку на ангела из белого мрамора и низко опустив голову. Ангел был грустен и тих, а лицо женщины страдальчески кривилось. Во всей ее позе, поникшей голове, в подрагивающих губах было столько горя, что я не рискнула обратиться к ней. Потопталась немного, надеясь привлечь ее внимание, да так и побрела дальше.

Вскоре мне повезло, я встретила довольно большую компанию, состоящую в основном из женщин, и от них узнала, что направление выбрала верное. Аллея закончилась, теперь передо мной было поле с холмиками могил. Нужную я нашла без труда. Деревянный крест с табличкой, венки стояли вокруг нее, словно выставленные на продажу. У основания креста букеты роз, их было так много, что они достигали верхней перекладины. Обилие цветов, будто сваленных в кучу за ненадобностью, вызвало острую жалость. Никаких чувств, кроме этой самой жалости к цветам, а вовсе не к брату, я не испытывала. Витька был сам по себе, и этот крест с табличкой, на котором значилось его имя, отношения к нему не имел. И в моем восприятии соединяться в некое целое они не желали. А потом пришла нелепая мысль, что приди мне охота разбросать венки, ничегошеньки под ними не окажется. Нет никакой могилы, и Витьки там тоже нет.

— Эй, — позвала я в большом сомнении в собственном разуме, подождала немного и даже огляделась в поисках тайных знаков. К ним я охотно причислила бы что угодно: ворону (как без нее?), внезапный порыв ветра или тихий шепот вроде бы ниоткуда. Кончилось тем, что я глупо хихикнула и посоветовала себе поскорее убираться отсюда. Сделала шаг в направлении тропинки и, точно против воли, обернулась. По спине прошел холодок, и я замерла, вот так, вполоборота, не в силах сдвинуться с места.

— Ну, и что ты от меня хочешь? — спросила я, от души надеясь, что по соседству нет живых существ и за чокнутую меня не примут. А потом припустилась со всех ног к аллее. Женщины возле ангела уже не было, зато впереди мелькнул силуэт в темной ветровке, но тут же скрылся за стеной часовни.

— Топай, топай, — проворчала я. — Тебе хоть хорошо платят за это?

Топтун был осторожен, ни на кладбище, ни на автобусной остановке я его больше не видела, но с облегчением вздохнула, только вновь оказавшись в квартире.

В понедельник, как и обещал, позвонил адвокат и через час прислал за мной машину, разумеется, с шофером, хмурым дядькой лет шестидесяти. С Артемом мы встретились в его конторе, находилась она в центре города. Просторный кабинет, с отделкой в стиле «хай-тек», все здесь говорило о хорошем вкусе владельца и немалых доходах. Ноговицын держался подчеркнуто официально, хотя обращение на «ты» сохранил, и часа два растолковывал, как обстоят дела с наследством, козырял юридическими терминами, которые были мне малопонятны. Я слушала и в нужных местах с готовностью кивала.

— Ты хоть поняла, сколько он тебе оставил? — с некоторой обидой спросил адвокат, исчерпав запас красноречия.

— Ага. Кучу проблем, без которых я прекрасно жила.

Потом я подписывала бумаги, а он, стоя рядом, тыкал пальцем в нужные места, смирившись с тем, что восторга на моей физиономии вызвать так и не сумел.

После этого мы отправились к Вальке. Он ждал нас с некоторой нервозностью, вновь пошли разговоры и объяснения, я стойко пропускала их мимо ушей, опять бумаги, требующие моей подписи. Когда все это закончилось, мозги у меня слегка опухли.

— Что ж, вроде бы все, — произнес Валька и вздохнул с заметным облегчением. — Давайте выпьем, Виктора помянем.

Секретарша принесла на подносе кое-какую закуску, а Валентин Сергеевич достал из шкафа бутылку коньяка. Когда мы сидели, расслабленно и почти без разговоров, выпив по второй рюмке, в дверь постучали, и в кабинет заглянула женщина.

— Валентин Сергеевич, — начала она, но, уловив признаки импровизированной пьянки, собралась ретироваться.

— Заходите, заходите, — махнул Валька рукой с видом барина.

Женщина вошла, мазнув взглядом по лицу Артема, на меня посмотрела внимательно, а я подумала: как тесен мир. Я узнала ее сразу, хотя, сейчас деловитая, с аккуратной прической, она очень отличалась от женщины с поникшими от горя плечами, что стояла на кладбище возле могилы с белым ангелом.

— Вот, знакомьтесь. Это сестра Виктора, Кристина. А это Софья Ильинична.

Выходит, это она обнаружила труп в квартире брата. Женщина, слегка замешкавшись, протянула мне руку.

— Я зайду попозже, — сказала она и, не дождавшись ответа Легостаева, скрылась за дверью.

— Переживает, — вздохнул Валька. — Мы, конечно, тоже переживаем, но Софья до сих пор в себя никак не придет. Я, честно, ее недолюбливал, страшная зануда, но работник хороший, и Виктору была предана, как собака.

— Если вы не против, я, пожалуй, пойду, — сказала я, поднимаясь.

— Я отвезу тебя, — встрепенулся Артем, его готовность Вальке не особенно понравилась, вызвав настороженный взгляд. Артем на него тоже обратил внимание и широко улыбнулся, словно говорил без слов: вот так-то, нравится тебе это или нет. Я подумала, что жизнь богатой наследницы усыпана терниями, но согласно кивнула.

Сюда мы приехали на «Мерседесе» Артема, но

за рулем был он сам, как видно, дядечка предполагался для особых случаев.

— Ты машину водишь? — спросил адвокат, когда по бесконечно длинному коридору мы двигали к выходу из офиса.

— Ездила на «Газели», — ответила я.

— Серьезно?

— Ага. За продуктами в город. Зимой на базе народу не густо, вот и приходилось.

— Значит, водительское удостоверение у тебя есть? У Виктора две машины, одна, правда, оформлена на фирму...

— А самолета у него не было?

— Когда возникала необходимость, он его арендовал, — серьезно заявил Артем.

— Нелегкая жизнь была у брата.

Мы покинули здание, сделали несколько шагов в направлении «Мерседеса», и тут я услышала за своей спиной:

— Крис... — и невольно расплылась в улыбке. Только один человек называл меня так.

Я повернулась, в нескольких метрах от меня стоял Петька Щетинин, из всех друзей брата мною самый любимый. Единственный, кому Виктор мог доверить свою сестричку, как он любил выражаться. Во-первых, Петька упорно видел во мне ребенка, даже когда мне исполнилось шестнадцать и остальные друзья Витьки поглядывали на меня с интересом, ничего общего с дружбой не имеющим, во-вторых, он был в то время уже женат, и жену любил без памяти. Когда-то они вместе учились, и Петька очень долго добивался ее внимания, а она помыкала им как могла. Дважды успела выйти замуж и наконец обратила свой взор на давнего воздыхателя, который все эти годы без-ропотно ждал. В общем, по мнению брата, Петр был абсолютно безопасен, я с этой точки зрения никогда его не рассматривала, а просто любила за веселый нрав и покладистость. У него хватало тер-пения отвечать на самые идиотские вопросы, вы-слушивать глупости девицы с большим самомне-нием и бесконечно ожидать, когда мне надоест болтаться по магазинам, чтобы после этого достав-ить меня домой и церемонно сдать с рук на руки брату. Витька часто ворчал, что его друг не торо-пится взрослеть, но в этом ворчании была некото-рая доля зависти, может, потому, что Щетинин, как никто другой, умел радоваться жизни.

В отличие от Валентина Сергеевича внешность Петьки не претерпела никаких видимых измене-ний. Среднего роста, узкоплечий, он и спустя шесть лет больше напоминал подростка, и одевал-ся соответственно. Сейчас на нем были джинсы, куртка-косуха с молниями и заклепками и кепка с длинным козырьком. Петька раскинул руки и принял меня в объятия.

— Здравствуй, радость моя.

Артем, небрежно кивнув, сел в машину, а мы расцеловались.

— Ух, какая ты красивая, — сказал Петька, от-страняясь, но рук с моих плеч не убрал. — Парни, поди, с ума по тебе сходят? Рад, что ты вернулась.

— Пришлось, — ответила я с усмешкой.

— Ты о Викторе? В голове не укладывается, что его больше нет. — Он наморщил лоб, демонстри-руя свою печаль, но уже через мгновение вновь улыбался. — Как жизнь?

— Принимая во внимание обстоятельства, более-менее нормально. А у тебя?

— Паршиво, если честно. Такого друга, как твой брат, у меня уже не будет.

— Как семья? Детьми успел обзавестись?

— Куда там... успел развестись.

— Шутишь? — не поверила я.

— Если бы... уже год, как Маринка меня бросила.

— Что так?

— Если коротко — я пропойца, неумеха и извращенец.

— Почему неумеха? — удивилась я.

— Ну, это просто, — хмыкнул Петька. — В отличие от дружков, олигархом так и не заделался. А она имела виды. Мой бизнес для нее мелковат. Я-то думал, ты спросишь, почему извращенец, — засмеялся он.

— Если хочешь, спрошу. Так почему?

— Потому что трахаться хотел каждый день, точнее, ночь. А это в ее планы не входило. Сплошные женские недомогания и головная боль. Я ей сказал, что заведу себе бабу, у которой нет проблем со здоровьем, а она собрала мои вещички и сказала «гуд бай».

— Но ты не очень огорчился?

— Еще как огорчился, если половину моего добра она отсудила. Да и другие бабы как-то не заводят. Это твой брат менял их как перчатки, царство ему небесное. Валька от него не отставал, да и адвокатишка, что тебя в машине ждет, тоже в этом смысле не дурак, за что супружница его и поперла. А я оказался однолюбом. Может, благоверная одумается и ко мне вернется. Ты от Вальки? — сменил он тему. — Как у него настроение?

— Вроде ничего.

— Деньги нужны позарез, поди, не даст.

— Не похож ты на остро нуждающегося. Твоя машина? — кивнула я на «БМВ», припаркованный рядом.

— Моя. За нее еще год платить. Тачке не завидуй, в гараже у Витьки такая же стоит.

— И номера те же? — улыбнулась я.

— Как всегда, — пожал Петька плечами. Это было одной из причуд старых друзей, машины они покупали одной и той же марки и модели и номера выбирали практически одинаковые. — Ладно, пойду я, еще увидимся. Ты где остановилась?

— В квартире родителей.

— Позвоню. — Петька поцеловал меня в лоб и заспешил к дверям офиса, а я — в машину Артема.

— Встреча старых друзей? — без улыбки спросил он.

— Ага. Ты Петьку, похоже, не жалуешь?

— Ничего подобного. Дружбы между нами нет, но и антипатии он не вызывает. Кстати, по завещанию он получит пятьдесят тысяч долларов и коллекцию монет, они потянут еще на полсотни. Щетинину эти деньги весьма кстати, он весь в долгах, правда, не унывает и как-то умудряется держаться на плаву. Отвезти тебя домой?

— Хочу взглянуть на квартиру брата. Высади меня на стоянке такси.

— Время у меня есть, так что с удовольствием составлю тебе компанию, если ты не против.

Я была не против, и мы отправились на улицу Горького, где с некоторых пор жил мой брат. Дом в виде подковы производил самое благостное впечатление. Первый этаж отделан мрамором, здесь располагались магазины и офисные помещения, вход в них со стороны улицы. Чтобы попасть во двор, пришлось миновать калитку из металлических прутьев, в будке по соседству сидел охранник. Машину мы оставили на парковке возле магазина и к калитке шли пешком. Я достала ключи из сумки и отдала их Артему. Он прижал брелок к считывающему устройству на калитке, и она с легким щелчком открылась. Охранник смотрел телевизор и на нас внимания не обратил.

— Не скажешь, что он горит на работе, — заметила я.

— Он наверняка помнит меня в лицо, я здесь бывал довольно часто, — пожал Артем плечами. — К тому же если у человека есть ключ, значит, он живет в этом доме...

— Ключом разжиться несложно, — ответила я.

Двор оказался просторным, дорожки, выложенные плиткой, молодые деревца, клумбы с кустами роз, детская площадка. В глубине двора одноэтажное здание, как оказалось, фитнес-центр. И ни одной машины.

— Внизу паркинг, — пояснил Артем. — Двор — пешеходная зона. Машину можно поставить на парковке, по ту сторону ограды. Нам в последний подъезд.

Дом был разноуровневый и представлял собой двенадцатиэтажную башню с двумя пристройками, та, в которую вел последний подъезд, была пятиэтажной. Домофон снабжен табличками, на них всего восемь фамилий. Артем распахнул передо мной дверь, и мы оказались в просторном холле.

Высокая стойка, за которой сидел молодой мужчина в форме охранника, при нашем появлении поднялся.

— Добрый день, — сказал Артем, направляясь к нему. — Мы в сто одиннадцатую квартиру. Это сестра Виктора Протасова, — пояснил он, указав на меня. — Кристина Олеговна.

Мужчина едва заметно кивнул, а я огляделась. Вокруг было так тихо и чисто, даже стерильно, что я засомневалась: а живут ли здесь люди? Сразу за стойкой лифт, справа лестница и дверь. Не обращая внимания на охранника, я направилась в ту сторону.

— Дверь ведет в паркинг, — внезапно обрел он голос. — Но туда можно спуститься на лифте.

Не удостоив его ответом, я подошла к двери и открыла ее. Слабо освещенная лестница вела вниз. Я вернулась к стойке. Взглянув на монитор, увидела входную дверь, а также часть холла возле лестницы и лифта. Рядом с монитором телевизор, сейчас он был выключен, однако вряд ли он стоит тут просто так, вполне вероятно, что во время дежурств охрана таращится на экран телевизора, а не монитора. Впрочем, охранник демонстрировал похвальную бдительность, глаз с меня не спуская.

— Место в паркинге под тем же номером, что и квартира, — произнес Артем, он все это время тоже наблюдал за мной, испытывая некоторую неловкость.

— Давно здесь работаете? — обратилась я к охраннику.

— Пятый день, — ответил он.

Артем тут же пустился в объяснения:

— Раньше охранников было трое, все уже в возрасте, пенсионеры. Собственно, они были скорее консьержами... но после того, что случилось с твоим братом... в общем, всех троих уволили... Мы идем? — не дожидаясь ответа, адвокат направился к лифту.

Мы вошли в кабину, и он нажал кнопку с цифрой «5».

— Надумала соревноваться с милицией? — спросил он, когда лифт начал бесшумно подниматься вверх.

— Обычное женское любопытство.

— Не морочь мне голову.

— Ладно, не буду. Старички-пенсионеры вряд ли были особо бдительны, верно? Иначе бы их не уволили.

— Глупо ожидать, что ты сможешь сделать то, что не под силу профессионалам.

— Уверен, что убийство останется нераскрытым?

— Я этого не говорил. Но твоя идея скорее пугает.

— Нет у меня идей. Я же сказала: женское любопытство.

Лифт замер, и мы оказались на лестничной клетке. На этаже были только две квартиры. Я обратила внимание на лестницу, которая вела на техэтаж, и стала подниматься по ней. Артем шел следом, моих действий не комментируя. Железная дверь оказалась заперта.

— Ключ у охранника? — поинтересовалась я.

— Понятия не имею. Эта часть дома изначально строилась для VIP-жильцов. В других подъездах охраны нет, считается, что достаточно дежурного возле калитки.

— Значит, в соседний подъезд можно попасть без труда.

— Сомневаюсь. Вокруг забор, и миновать калитку невозможно.

— Охраннику достаточно сказать, что я иду в гости, и назвать любую квартиру.

— По правилам, он должен позвонить жильцам и проверить, так ли это.

— Здесь больше сотни квартир, звонить замучаешься.

— Сомневаюсь, что милиция как следует все не проверила.

— Если по правилам охранник должен был позвонить, но не сделал этого, то предпочтет молчать, чтобы не лишиться места.

— Ясно, что убийца как-то проник в дом...

— Судя по всему, не так уж это сложно, — кивнула я. — Предположим, у убийцы был ключ от домофона, не спрашивай, как он его раздобыл, это пока неважно. Если кто-то вошел в подъезд, логично предположить, что ему открыл хозяин квартиры, и охранник может быть совершенно спокоен, спросив для порядка, куда направляется гость... Кстати, посещения фиксируются в журнале?

— Не уверен. Раньше точно не фиксировались, в конце концов, здесь жилой дом, а не секретный объект, — с нервным смешком ответил Артем.

— Значит, гость вполне может назвать любую квартиру и спокойно разгуливать в подъезде.

— Ты всерьез думаешь, что эти мысли только тебя посетили? — в голосе Артема теперь звучал откровенный сарказм. — То ты опасалась за свою жизнь и даже подумывала отказаться от наследства, то вдруг затеваешь собственное расследование.

— Не преувеличивай, — примирительно сказала я. — Всего лишь строю предположения. Странно, что тебя это так раздражает.

— Терпеть не могу дилетантов, — ответил он и нахмурился, решив, что прозвучало это чересчур резко.

Мы уже некоторое время топтались на лестничной клетке, я кивнула на дверь с табличкой «110» и спросила:

— Кто у нас соседи?

— Понятия не имею, встречаться не доводилось. Виктор о них никогда не упоминал. Если ты вообразила, что убийца может быть кем-то из соседей, стоит подумать, что следствие без внимания жильцов подъезда не оставило.

— Твоя вера во всевидящее око закона умиляет, — засмеялась я.

Артем возился с замком, а я продолжала оглядываться. Наконец он открыл дверь, дождался, когда я войду в квартиру, и замер на пороге, наблюдая за мной. Я не спеша прошлась. Квартира трехкомнатная, просторная, выдержана в светлых тонах. Огромный диван цвета топленого молока, тончайший шелк на окнах, белоснежный пушистый ковер. Скорее артобъект, чем жилая квартира. Я распахнула одну из дверей, за ней оказалась гардеробная, мужские костюмы и стопки одежды на полках. В ванной с полукруглым окном флаконы с парфюмом, купальный халат и два полотенца, только эта комната и показалась более-менее обжитой.

— Ему здесь нравилось? — спросила я, устраиваясь на диване. Артем все еще стоял в дверях, в ответ на мой вопрос пожал плечами:

— Почему бы и нет?

— Царство Снежной королевы, — пробормотала я.

— Вкусы с годами меняются.

— Я не вижу здесь компьютера.

— Насколько я знаю, он не держал его в доме. Компьютер был для Виктора рабочим инструментом, не более того. Хотя... возможно, он сейчас у следователя, если хочешь, я узнаю.

— Без надобности, — отмахнулась я, уверенная, что, если и был здесь компьютер, вряд ли менты обнаружили в нем что-то интересное, Витька об этом позаботился, в противном случае не стал бы прятать ноутбук в родительской квартире. Артем подошел, достал из кармана ключи и протянул мне.

— Это ключи от машины. У Виктора два парковочных места, оба под номером 111. «БМВ» сейчас стоит там. Кстати, ключи от него не могли найти, хотя обычно он оставлял их на консоли, вот здесь, в прихожей. Запасные нашли в ящике его рабочего стола.

— Он не мог их потерять?

— Вряд ли. Вечером накануне убийства он ездил на «БМВ».

— Интересно...

— Строишь очередные предположения? — усмехнулся он. — Следователя исчезновение ключей тоже заинтересовало.

— Не удивительно. Получается, что их забрал убийца?

— Зачем ему ключи, если «БМВ» так и стоит внизу?

— Что-то искал в машине?

— Ты сама с собой разговариваешь или задаешь вопросы мне? — он вновь усмехнулся. — Если второе, то напрасно, я тебе на них не отвечу. Могу сказать только, что ключи были на брелоке в виде мультяшной машинки со стразами.

— Шутишь? — подняла я брови. — Преуспевающему бизнесмену подошло бы что-то более солидное: безделушка из чистого золота со значком «БМВ».

— Довольно забавная история, — вдруг произнес Артем, а я выжидающе на него уставилась, ожидая продолжения. — Брелок он нашел в своей машине. Точнее, нашел ее мойщик, когда пылесосил в салоне, и положил на сиденье. Только брелок, без ключей. Виктор на всякий случай поспрашивал, не потерял ли его кто-то из знакомых девушек.

— А почему не выкинул, если никто из знакомых девушек не признал свою вещь?

— С обратной стороны на брелоке была гравировка: инициалы «В.П.». Они соответствовали его собственным. Думаю, на него это произвело впечатление, хотя он вряд ли бы в этом сознался. Талисман на удачу, вот он и носил его.

Очень похоже на моего брата, он был суеверен, иногда до глупости. Помню, однажды отказался лететь на самолете, потому что накануне увидел дурной сон: я падала с высоты, а он пытался меня удержать. В результате мы двое суток тряслись в поезде.

История с брелоком и меня заинтересовала.

Сначала он таинственным образом появляется в машине, а потом вдруг исчезает.

— А если убийце нужны были вовсе не ключи, а именно брелок?

— Безделушка, которой цена максимум полторы тысячи рублей? — усмехнулся Артем. — В квартире коллекция монет, в сейфе, что в кабинете, двадцать тысяч долларов, да и без того было чем поживиться. Не взяли ничего, кроме ключей...

— Вот это и наводит на размышления.

Мое упрямство Артема раздражало, наша недавно возникшая дружба трещала по швам.

— Кстати, — произнес он. — Картины хоть и кажутся мазней, но тоже стоят денег.

Картин было несколько, огромные, в простых рамах бежевого цвета. Яркие пятна на стерильной белизне стен. Присмотревшись, среди потеков краски я стала различать странного вида предметы: циферблат часов, который больше напоминал распахнутый в крике рот, табурет на трех ножках, расползавшихся в разные стороны, и прочие измышления больного разума.

— Мой брат спятил, — с грустью констатировала я. — Только сумасшедший станет платить за это.

— На портрет ты обратила внимание? Он висит в спальне.

— Пожалуй, не стоит мне на него смотреть, чтобы ночью не мучили кошмары.

— Так ты действительно не обратила внимания?

После этих слов стало любопытно, и я побрела в спальню. Портрет висел напротив кровати на той стене, где была дверь, оттого я, заглянув сюда в первый раз, его не увидела. Художник тяготел к большим формам, полотно было не меньше двух метров в высоту и примерно полтора в ширину. Первое, что Виктор видел, просыпаясь по утрам, это моя физиономия, вдвое больше настоящей. Лицо проступало из хаоса фиолетово-красных пятен, обрамленное золотистыми волосами, которые то ли раздувал порыв ветра, то ли они самопроизвольно встали дыбом. Такое количество волос ни на одной голове произрастать не может, золотые пряди больше напоминали змей-альбиносов, их хищные морды смутно белели на концах. Васильковые глаза похожи на стекляшки, полупрозрачные, со странным блеском. Губы, сочные и темные, как перезрелая вишня, раздвинуты в подобие улыбки. Фигура, размытая, зыбкая, словно парила в пространстве, грудь вроде бы отсутствовала, зато за спиной проступали два крыла, бархатно-черных. Красотка на портрете выглядела порочной и недоступной одновременно. При всей бредовости моего облика на портрете приходилось признать мастерство художника. При взгляде на картину на душе становилось пакостно-беспокойно.

— По-твоему, это мой портрет? — с вызовом спросила я Артема, который топтался рядом.

— Сходство, безусловно, есть, — дипломатично ответил он. — Лолита в жанре фэнтези. Невинная девочка и демон в одном лице. — Я бросила на Артема тревожный взгляд, он с интересом продолжал разглядывать портрет. — Твой отъезд причинил ему боль. Куда большую, чем могло бы показаться.

— Эту гадость нарисовал не мой брат, так при чем здесь его боль?

Артем предпочел не отвечать, я подошла вплотную к портрету и в нижнем правом углу увидела подпись. «М. Соловьев».

— Надо полагать, ваял он меня по фотографии, отпустив фантазию на волю.

— А мне нравится, — хмыкнул Артем. — По крайней мере, некоторые черты твоего характера угадываются.

— Серьезно? И какие?

— Независимость. Скрытность. Равнодушие и одиночество.

— Ты еще и психолог? — засмеялась я, стараясь скрыть злость.

— Если тебе не нравится портрет, можно запрятать его в кладовку. — Артем взглянул на часы и добавил: — Мне пора. Отвезти тебя домой?

— Сама доберусь.

— Хочешь еще немного побыть здесь? — он вроде бы в этом сомневался.

— Не уверена. В любом случае я тебя не задерживаю.

— Что ж... — Он направился к двери, но вдруг притормозил. — Кристина, если тебе показалось, что сегодня я был излишне резок...

— Я тоже не подарок, — перебила я, не желая слушать его извинения.

— Просто я хочу по возможности оградить тебя от неприятностей.

— Которые непременно возникнут, если я начну совать свой нос куда не просят?

Он пожал плечами и удалился, а я поспешила покинуть спальню, портрет все еще вызывал смятение в моей девичьей душе. Невинная девушка и демон в одном лице, вот, значит, как представлял меня брат, перекладывая на мои хрупкие плечи часть своей вины, а может, и всю вину. Ловко, ничего не скажешь. Я зло хмыкнула, но вместе с обидой и злостью появилось сомнение... чушь, мне плевать, что увидели во мне неведомый М. Соловьев и братец. В том, что случилось, нет моей вины, и никто не убедит меня в обратном.

Я вновь прошлась по квартире, размышляя о недавнем убийстве, вслед за этим возникло желание еще раз осмотреть дом. Начать я решила с паркинга. Выйдя на лестничную клетку, я едва успела прикрыть входную дверь, как из остановившегося на этаже лифта появился мужчина. Глядя себе под ноги, он что-то весело насвистывал, направляясь к квартире напротив. И тут заметил меня.

— Вот это встреча, — пропел он, изобразив улыбку мужественного героя. Если он и был удивлен, то скорее приятно, по крайней мере, пытался меня в этом уверить, чего не могу сказать о себе. Вторая случайная встреча за три дня — явный перебор, хотя чего только в этой жизни не бывает. — Вы не меня ищете? — веселился он.

— Вообще-то я пиццу разношу, — с придурковатым видом ответила я.

— Да ну? В 111-ю квартиру? Вряд ли ее хозяин нуждается в пицце. Все, что мы можем для него сделать, — почтить его память минутой молчания.

— Отличная идея, — кивнула я, поспешно загружаясь в лифт, Феликс в это время вставил ключ в замок 110-й квартиры, поглядывая на меня с улыбкой. Дверцы лифта сошлись, и я вздохнула с облегчением, что больше не вижу его физиономии. Если он бывал в квартире брата, то, скорее всего, видел мой портрет и, следовательно, встретив в ресторане, меня узнал. Но предпочел валять дурака. Может, потому, что ему так больше нравится, а может, была другая причина: куда серьезней.

Поздравив себя с тем, что моя подозрительность плавно переходит в паранойю, я нажала кнопку нулевого этажа и уже через минуту выходила на подземной стоянке. Одного взгляда было достаточно, чтобы понять: паркинг явился частью пресловутой VIP-зоны и от тех, что находились под прочими подъездами, отделен кирпичной стеной, чтобы богачи и здесь могли спокойно передвигаться, не опасаясь наткнуться на кого-нибудь со средним достатком. Восемь парковочных мест по числу квартир, три места двойных. Сейчас тут стояли три машины, одна принадлежала брату. Рядом замер «Лексус», я увидела на стене табличку с номером 110, значит, это машина Феликса. Напротив красный «Форд», который в подобном месте вызывал скорее недоумение.

Впереди автоматические ворота, приблизившись к ним, я нажала кнопку на пульте, который висел на брелоке вместе с ключами, ворота медленно поползли вверх. Выходили они в переулок, в чем я смогла очень скоро убедиться. Поспешно закрыла ворота и огляделась еще раз. Имея пульт управления, попасть сюда из переулка легче легкого, а отсюда в подъезд, минуя охранника. Как убийца попал в дом, вопрос пока открытый, а покинул его, скорее всего, через паркинг, для того и понадобились ключи от «БМВ». Способов оказаться в подъезде сколько угодно, например, тех-этаж... А может, все куда проще, и убийца в самом деле обретается по соседству. Тут я вновь подумала о Феликсе. Парень любит валять дурака, но это еще не повод подозревать его. Ладно, будем считать, что убийца проник сюда одним путем, а для отхода избрал другой. И что мне это дает? Артем прав, я занимаюсь ерундой. Менты уже десяток раз все проверили. В крайней досаде я вернулась к лифту. День можно смело считать потраченным впустую, к разгадке тайны брата я ни на шаг не приблизилась.

Вернувшись в квартиру, я включила чайник, решив выпить кофе. Холодильник был пуст. Я подумала, а не заказать ли пиццу, и тут в дверь позвонили. Пока я прикидывала, стоит открывать или нет, дверной звонок трезвонил не переставая, и я поплелась в холл, скроив самую злобную мину, на которую была способна.

Привалившись к дверному косяку, Феликс улыбался, сунув руки в карманы брюк. Глаза притягивали как магнит. Определить их цвет было затруднительно. Скорее зеленый, мягкий, неуловимый и полупрозрачный. Увлекшись созерцанием, я помалкивала, он тоже молчал, но все-таки заговорил первым.

— Значит, ты моя соседка?

— Вот радость-то...

— Соседи должны помогать друг другу.

— Хочешь, чтобы я у тебя окна помыла?

— Да бог с ними... решил яичницу пожарить, а соль кончилась.

— Ужас. Стой здесь. — Я прошла в кухню, по-

шарила в шкафах и, обнаружив соль, вернулась к
Феликсу. — Держи. Сахара нет, спичек тоже.

— А... — начал он, но дверь я захлопнула, и его
«а-а» повисло в воздухе.

Я благополучно выпила кофе и устроилась на
диване, таращась в огромное окно. Вид отсюда
был прекрасный, но не он меня занимал. Я чутко
прислушивалась, ожидая появления Феликса.
Может, это было самонадеянно с моей стороны,
однако что-то подсказывало, он непременно появится. Время шло, а в дверь не звонили. Я уже подумывала, не заглянуть ли к нему по-соседски,
попросив заменить лампочку в туалете, и тут он
наконец объявился. Знать о том, что я жду его с
большим нетерпением, ему необязательно, и в
этот раз приветливости на моем лице было ровно
столько, сколько в предыдущий.

— Решил вернуть тебе твою собственность, —
сказал он, протягивая мне банку с солью.

— А я-то надеялась, что ты больше не поя-
вишься.

— Я тоже. Может, выпьем за наши заблужде-
ния?

— Я дала клятву покончить с пороками.

— Со всеми?

— А чего мелочиться?

— На самом-то деле я оставил здесь свое сердце.

— И как оно?

— Похоже, никто не позарился.

Не знаю, что за цели он преследовал, болтая
все это, но одной, безусловно, добился: теперь он
стоял не на пороге, а в холле, причем довольно далеко от входной двери. Я решила, что он ловкий
парень, и спросила с улыбкой:

— Выпьешь кофе?

— Конечно. На такую удачу я даже не рассчитывал.

— Тогда пошли.

Через минуту он уже сидел за столом, а я подала ему чашку кофе.

— Растворимый? Страшная гадость, зато из твоих рук. Ты его подружка? Я имею в виду, хозяина квартиры, — рассматривая меня с большим усердием, задал он вопрос.

От его взгляда бросало в холод, несмотря на то, что ему опять пришла охота покривляться. Он не производил впечатления человека, который позволит, чтобы его водили за нос, хотя сам именно этим сейчас и занимался. Парень с глазами змеи, ловко замаскированными под человечьи. Пару раз я уже встречала подобных типов, из тех, что появлялись летом на нашей базе. Слово «правила» для них не существовало, они охотно играли чужими жизнями, а иногда и своей, получая от этого удовольствие, и пребывали в уверенности, что могут то, что не позволено другим.

— Я его сестра, — помедлив с ответом, сказала я.

— Не повезло, — прищелкнув языком, сказал он.

— Что так?

— Хотел выступить в роли утешителя, намекнуть, что потеря одного любовника прекрасный повод завести другого. Мог бы пустить пыль в глаза, дорогая машина, дорогой ресторан и прочее в том же духе. Пара вылазок в ночной клуб, и мы уже в одной постели. Но если он твой брат, значит, у тебя своего бабла немерено и процесс соблазнения будет нелегок.

— Я похожа на охотницу за деньгами? — насмешливо поинтересовалась я.

— Когда вокруг столько двухметровых девиц с маникюром, бриллиантами в ушах и барахлом из Милана, твой спортивный прикид выглядит невинным желанием выпендриться.

— Ты был знаком с моим братом?

— Нет. Сталкивались иногда на лестничной клетке. За два года всего-то раз пять.

— Вот как? — В моем голосе он уловил сомнение и усмехнулся:

— Человек покупает квартиру в таком месте в надежде, что будет избавлен от постоянного созерцания себе подобных Я даже имени его не знал, уже после убийства, конечно, просветили... Иногда в его квартире было шумновато, но мне это не мешало, я сам люблю пошуметь.

— В ту ночь тоже было шумно?

— Понятия не имею. Я уезжал в Париж на пару дней.

— Тебе нравится Париж?

— Не очень. Но моей подружке нравились тамошние магазины. Уверен, она будет тосковать по ним, пока не найдет мне замену.

«Ловкач, — решила я. — Невинный треп, а сколько информации». Первое: он был за границей, значит, на момент убийства у него стопроцентное алиби; второе: он богатый парень, если может позволить себе перелеты в Париж с намерением порадовать подружку; и третье: подружка уже в прошлом, и место рядом с ним свободно.

Надо полагать, с его точки зрения, мне надлежало свалиться со стула от счастья.

— Чем не угодила подружка?

— Скорее я не угодил. Она мечтала выйти замуж, в этом вопросе наши желания не совпадали.

— Я тоже мечтаю выйти замуж, — серьезно сказала я. — Попробуй втюхать свое сердце кому-нибудь другому.

— Я готов пересмотреть свои принципы, — засмеялся он.

— Лучше не надо.

— Кстати, не пора ли нам познакомиться, я уже на полпути в загс, а до сих пор не знаю твоего имени.

— Ни малейшего желания знакомиться.

— Шутишь? А как же мое обаяние?

— У тебя есть обаяние? — вытаращила я глаза.

— Ты удивишься — есть. Хотя я и сам удивляюсь. — Он весело засмеялся, запрокинув голову, а я напустила в лицо суровости, сидела, подперев рукой щеку, и ждала, когда он заткнется. — Ну, так как тебя зовут, красавица? — спросил он, наконец-то успокоившись.

— Кристина.

— Звучит красиво. А меня зовут Феликс, тоже неплохо. — Он поднялся, церемонно поклонился и сказал: — Рогозин Феликс Юрьевич. Официальную часть предлагаю считать закрытой. Можно узнать, чем ты занимаешься?

— Слушаю надоевшего придурка.

— Здесь еще кто-то есть?

Я не выдержала и засмеялась. Грустно сознавать очевидное: подобные типы умеют произвести впечатление на простушек вроде меня.

— Работаю спасателем на турбазе, довольно далеко отсюда, — ответила я.

Он моргнул пару раз и нахмурился.

— Мир сошел с ума. Рассчитывать на твою помощь — чистое самоубийство. Хрупкая девушка...

Я двинула ногой по ножке стула, и Феликс оказался на полу, откуда таращился на меня в немом изумлении. Выглядел вполне искренне, если б не одно «но»: кувырнулся он за мгновение до того, как я выбила из-под него стул. Незаурядное актерское мастерство, но главное, конечно, — отменная реакция. Такая нарабатывается годами. Вряд ли в мужских клубах особенно часто соревнуются в подобных играх, в общем, остается лишь гадать, где он ее приобрел.

— Уела! — произнес Феликс, глядя на меня снизу вверх. — Вот так всегда бывает, когда начинаешь умничать. — Он легко поднялся и вновь устроился на стуле. — Хоть мое самолюбие здорово задето, ты мне нравишься все больше и больше.

— А ты мне все меньше и меньше. Ладно, мы выяснили, что я спасатель, а ты кто?

— Неужели не ясно: умный, красивый парень с чувством юмора.

— И чем занимается умный парень, когда не вешает лапшу на уши несмышленым девушкам?

— Наконец-то ты начала задавать вопросы по существу. Выходит, определенный интерес ко мне все-таки возник.

— Не увиливай.

— Не буду. Вообще-то, я вольный стрелок, фрилансер.

— Судя по твоей квартире, зарабатываешь неплохо.

— Ага. Кое-какие проекты... Красивой девушке ни к чему мои долгие объяснения. Главное: у меня есть деньги, есть желание их потратить и много свободного времени. Как раз сейчас в делах затишье, и я целиком и полностью к твоим услугам.

— Спасибо, учту.

Он достал из кармана визитку и положил на стол.

— Не очень-то я верю, что ты позвонишь, поэтому буду очень признателен, если ты дашь мне свой номер телефона.

— Как только куплю мобильный, сразу сообщу.

Закатив глаза в притворном негодовании, он удалился, а я взяла со стола визитку. Рогозин Феликс Юрьевич, номер мобильного и никаких тебе пояснений, что за нужда звонить по этому номеру.

Устроившись на подоконнике, я пробовала переварить всю ту чушь, которой меня недавно угостили, а заодно решить, стоит ли считать большой удачей появление в моей жизни умного, красивого парня с чувством юмора.

Размышления были прерваны урчанием в желудке, идея с пиццей на сей раз не вдохновила, и я подумала, что пора отсюда выметаться. В ожидании лифта я могла наслаждаться музыкой, которая доносилась из-за соседней двери, и сделать ценное открытие, что Феликс любитель джаза.

Охранник прогуливался в холле и проводил меня долгим взглядом. Уже стоя на крыльце и прикрывая за собой дверь, я посмотрела на табличку возле домофона. Фамилия Феликса, вслед за ней фамилия брата. Я сделала шаг, с намерением продолжить путь, но тут в глаза бросилась еще одна фамилия. М.В. Соловьев. Я замерла как по команде, вспомнив подпись на портрете. Соловьев — фамилия распространенная, вовсе не обязательно, что в квартире этажом ниже живет тот самый художник. С минуту я топталась на месте, пока на ум не пришел стоявший на парковке «Форд». Если машина на месте, хозяин, скорее всего, дома. Почему бы не заглянуть по-соседски?

Мое внезапное возвращение вызвало у охранника немой вопрос, однако задавать его он не стал. Я прошла к лифту. Квартира под номером 109 находилась на четвертом этаже, как раз под квартирой брата. Двухстворчатая дубовая дверь, звонок отсутствовал. Я постучала, сначала интеллигентно тихо, потом громче. Никаких звуков из-за двери не доносилось, я занесла кулак с намерением бухнуть как следует, и тут дверь распахнулась. Молодой мужчина с копной темных волос, нечесаный и небритый, хмуро смотрел на меня, а я сообразила, что так и стою с занесенным кулаком, что, должно быть, выглядело довольно странно.

— В чем дело? — хрипло спросил мужчина.

— Я...

Пока я собиралась с силами, чтобы ответить, он вдруг произнес:

— А, вы его сестра... Вам идет этот цвет волос.

С места он не сдвинулся, но и дверь закрывать не спешил, вроде ждал чего-то.

— Можно войти? — спросила я.

— Зачем? Ладно, заходите.

Он посторонился, и я оказалась в просторном холле. Квартира представляла собой огромную студию. Никаких перегородок. Слева в подобии ниши находилась кухня, от прочего пространства ее отделял стол, громоздкий, старинный, с разномастными стульями, купленными на блошиных рынках. Тахта в углу была спальным местом хозяина. Огромные полотна занимали все стены, картины стояли на полу, на двух мольбертах, на подоконниках, абстрактная живопись вперемежку с портретами, вполне реалистичными. Я заметила два натюрморта с цветами и несколько пейзажей в дорогих рамах.

— Вы художник?

Мужчина усмехнулся, вопрос в самом деле глупый.

— Это на заказ, — кивнул он в сторону пейзажей, заметив мой интерес к ним. — За квартиру я еще не расплатился, приходится потакать чужим вкусам.

Пользуясь тем, что хозяин никак этому не препятствует, я подошла к ближайшему мольберту. Картина, стоявшая на нем, была не закончена. Улочка старого города, двухэтажные дома, церковь на пригорке. Возле мольберта, прямо на полу, еще штук пять картин без рам, я наклонилась и начала их перебирать.

— Не трогайте, — буркнул Соловьев, но опоздал.

Передо мной, вне всякого сомнения, был мой портрет, точная копия того, что висел в спальне брата, только гораздо меньше. Игнорируя слова хозяина, я продолжила перебирать холсты. Еще два моих портрета: в профиль на фоне окна, с бритой наголо головой и в жанре ню, с неестественно длинными руками и ногами.

— У вас интересное лицо, — точно оправдываясь, заявил Соловьев.

— Возможно, но на ваших картинах я выгляжу монстром.

— Художественное обобщение, — пожал он плечами.

— Я видела свой портрет в квартире брата. Это было ваше художественное ви́дение или его?

Он пожал плечами.

— Я сделал несколько набросков, он выбрал один из них. Желание клиента — закон, — скрипуче засмеялся Соловьев. Улыбаться он не умел. Я вдруг подумала, что в детстве он, наверное, не много знал радости. Было в нем что-то скрытое, задавленное, плотно скрученное, а глаза готовы смотреть куда угодно, только не на меня.

— Вы хорошо знали моего брата? — спросила я.

— Виктор как-то забрел на мою выставку. Уверен, что случайно. Он не производил впечатления любителя живописи, но купил две картины. Это было весьма кстати. Я спросил, куда их прислать, и тут выяснилось, что мы соседи. — Соловьев вновь засмеялся, но как-то невесело, словно факт соседства был не счастливой случайностью, а гнусной выходкой злодейки-судьбы. — Он пригласил меня выпить, а потом предложил написать ваш портрет. За очень щедрое вознаграждение. Обычно я не работаю по фотографиям, но гонорар впечатлил, а за квартиру надо было платить. Работа неожиданно увлекла. У вас интересное лицо. Я понятия не имел, какая вы на самом деле, и мог фантазировать в свое удовольствие. Эти портреты, — он небрежно ткнул пальцем в стоявшие у мольберта картины, — итог тех самых набросков, о которых я говорил. Не знаю, почему мне захотелось их закончить... После того, как работа над портретом была завершена, мы с Виктором ни разу не встречались.

— Вы знаете, что с ним произошло?

— Конечно, у меня были люди из милиции, задавали вопросы. Я ничего не мог рассказать, за исключением того, что часов до двух ночи наверху было шумно. Потом я уснул, а ближе к обеду у меня появился человек из милиции. Скажите, вы зачем пришли? — вопрос он задал с хмурым лицом, но отнюдь не грубо, скорее с беспокойством.

— Любопытство. Увидела вашу фамилию на табличке возле домофона. Можно я еще немного посмотрю картины? — Не дожидаясь ответа, я прошла к ближайшей стене, Соловьев топтался рядом. — «М» значит Михаил? — вновь спросила я, обратив внимание на размашистую подпись.

— Да, — кивнул он.

— Будем считать, что познакомились. — Я улыбнулась, но ответной улыбки не дождалась.

— Смерть брата вас не особенно огорчила? — вдруг спросил он.

— С чего вы взяли? То, что я не посыпаю голову пеплом, еще не повод упрекать меня в равнодушии.

— Я не имею права ни в чем вас упрекать. Просто мне показалось... вы заставили его страдать...

— Тем, что хотела жить своей жизнью?

Я перебирала очередную стопку картин, и мое внимание привлек еще один портрет. Девушка, изображенная по пояс, закинула руки за голову, рот приоткрыт, лицо перекошено, то ли от боли, то ли от наслаждения. Одно мгновение до вечности... Лицо девушки показалось смутно знакомым, я продолжала разглядывать ее лицо, пока наконец не поняла, где видела его раньше. Фотография в ноутбуке Виктора, та самая брюнетка со стрижкой под мальчика. Правда, на портрете волосы у нее были длинные. Страсть художника к пышноволосым дамам сомнения не вызывала, впрочем, это не удивляло, выглядели они живописно, придавая лицам на портретах особую женственность и сексуальность.

— Ваша знакомая? — спросила я.

— Работа на заказ. Один тип хотел сделать своей девушке подарок, но потом передумал. Такое случается.

— Он вам заплатил?

— Только аванс.

— Я бы хотела купить этот портрет.

— Он не продается, — ответил Соловьев с внезапным раздражением, наши взгляды на мгновение встретились, его тут же метнулся в сторону, но и мгновения оказалось достаточно, чтобы почувствовать враждебность.

— А как же квартира? — улыбнулась я.

— Портрет не продается. Извините, мне надо работать.

Через пять минут я двигала через двор в направлении калитки, гадая, кто из соседей брата вызывает больше подозрений: один — настойчивым желанием свести со мной дружбу, другой — резким неприятием, которое скрывал он крайне неумело. Я не сомневалась, что девушка на портрете — подруга брата. Допустим, Виктор действительно заказал ее портрет, а потом вдруг передумал. Хороший повод для художника сбыть портрет с рук, вместо этого продать его он отказался и поспешил выставить меня за дверь. Тут я подумала, что назвать эту картину портретом язык не поворачивается. Не лицо, а гипсовый слепок, у парня явно не все дома, от его картин жуть берет. Может, он гений, но гениальность эта сродни безумию. Надо немедленно отыскать девушку, Петька наверняка знает, кто она такая.

Не успела я подумать о Петьке, как заверещал мобильный, и я услышала голос Витькиного друга.

— Ты где? — спросил Щетинин.

— Возле дома на Горького.

— Жди там. Я сейчас подъеду.

Ждать пришлось минут пятнадцать, наконец появился «БМВ», Петька приоткрыл окно и помахал мне рукой, а я припустилась к нему через дорогу.

— Пристегнись, — сказал он ворчливо, когда я устроилась рядом, и покачал головой: — Прикинь, Артем Леонидович твой мобильный давать не хотел. Совсем спятил. По-моему, он решил, что имеет на тебя особые права. Будь с ним поосторожней, эти адвокатишки своего не упустят, а ты теперь богатая невеста.

— Он не в моем вкусе, — заверила я.

— И правильно. Чего в нем хорошего? Здесь неподалеку есть приличная забегаловка. По крайней мере, не отравят. Заодно поговорим. — Предложение пришлось как нельзя кстати, и я согласно кивнула.

— Валька денег дал?

— Ни хрена. Божится, что сам на мели. Врет, сучонок. Впрочем, я не в обиде. Он прекрасно знает, что отдам не скоро, потому что занимать люблю, а отдавать долги душа не лежит. Ладно, справлюсь, продержаться надо совсем чуть-чуть, есть парочка больших заказов. Хотя, на мой взгляд, черная полоса в моей жизни затянулась. Бросить все к черту и сбежать куда глаза глядят, подальше от этой трижды трахнутой страны с ее собачьим паспортом.

— В других местах не лучше.

— Да? Потом расскажешь. Сама-то где была столько времени? Хоть бы черкнула пару строк старому другу.

Я пожала плечами:

— Так уж вышло, извини.

— Да ладно, я не в обиде. За границей жила?

— С чего ты взял? На Родине, правда, в теплых краях.

— Вот так раз. Я думал, Витька тебя в Лондон отправил, подальше от наших прекрасных реалий. Та история, ну, ты понимаешь... с твоим похищением... мы были уверены, он не хочет, чтобы это повторилось, вот и шифровался...

Выходит, о том, что я попросту сбежала, брат помалкивал, и его друзья решили: о моем местонахождении он знает, но предпочитает держать его в тайне... Может, и вправду знал?

Петька припарковал машину возле кафе «Белый кот», кивнул мне, и через несколько минут мы уже сидели в небольшом зале за столиком возле окна. Посетителей было немного, к нам тут же подошла официантка и приняла заказ. Дождавшись, когда девушка удалится, Петька вздохнул, подпер щеку рукой и улыбнулся как-то нерешительно.

— Хорошо, что ты вернулась. Будет хоть с кем поговорить по-человечески. С похорон хожу точно пыльным мешком прибитый, не могу поверить... Только когда Витьки не стало, понял, какой у меня был друг... другого такого нет. А раньше, бывало, злился на него из-за всякой ерунды. Что имеем, не храним, потерявши, плачем. Как раз про меня...

— Ты той ночью был с ним?

— Ага. Ничто не предвещало беды, как пишут в романах. Напились, девок сняли, обоим надо было расслабиться. У меня черная полоса, Витька тоже какой-то вздрюченный, вот и потянуло напиться. К нему приехали часов в двенадцать, усидели еще литр вискаря, девки устроили стриптиз, к двум часам захотелось побыть в тишине славной мужской компанией. Выставили девок, но с выпивкой не рассчитали, язык уже не ворочался. Витька заснул, я тоже на покой собрался, потом подумал, если у него останусь, утро начну с опохмелки, а между тем намечалась важная встреча. Это Витька мог вовремя остановиться, а у меня силы воли как у младенца. Короче, решил, что спать лучше дома. Уехал часа в четыре. Если бы остался, он бы сейчас был жив. — Петька уставился в окно, поджав губы.

— Сомневаюсь, — сказала я.

— Что?

— Я говорю, совсем не обязательно.

— В том смысле, что и меня могли пристрелить за милую душу? В общем, наверное... Когда люди настроены серьезно, лишний труп никого не смутит.

— Есть догадки, кто его убил?

Отвечать на этот вопрос Петька не торопился, я терпеливо ждала, официантка принесла заказ, мой собеседник принялся вяло жевать, пауза затягивалась.

— Ты вопрос не слышал или просто не хочешь отвечать?

— Болтают всякое. Можешь мне поверить, я с того момента, как узнал обо всем, только и ломаю голову... Одно скажу, он чего-то боялся или предчувствовал.

— И ни словечком не обмолвился?

— Ты что, своего брата не знаешь? Помочь друзьям он всегда был готов, а свои проблемы решал только сам.

— Валька сказал, некто Коршунов хотел купить долю брата, но Виктор был категорически против. А вот Ноговицын говорит совсем другое, якобы брат сам вышел с таким предложением. Получается, кто-то из этих двоих врет.

— Не обязательно, — нахмурился Щетинин.

— Это как понять?

— Не знаю, стоит ли тебе говорить все это... — крякнул он. — Коршунов действительно проявлял к фирме большой интерес, но и Валька, и Виктор поначалу даже слышать об этом не хотели. Особенно Виктор, собственно, его слово было решающим, а потом... потом твой брат внезапно передумал. И сам обратился к Коршунову с предложением. Я это знаю наверняка. Примерно тогда Витька начал вести себя... необычно... нервничал, но помалкивал.

— Что, по-твоему, могло повлиять на его решение?

— Не знаю, Крис, — покачал головой Петька. — Но, учитывая все обстоятельства...

— Ты думаешь, его шантажировали?

— Это первое, что в голову приходит, разве нет? Если он согласился расстаться со своим бизнесом, значит, за яйца его держали крепко. Я сразу подумал о тебе. Один раз тебя уже похищали... Что, если... — Петька, хмуря лоб, уставился на меня с немым вопросом в глазах. Я покачала головой:

— Нет.

— Нет? Тогда без вариантов. Тебя он любил, ты единственный родной ему человек, и рисковать твоей жизнью он бы не стал. Значит, зацепили они его на другом. Что бы это ни было, но весьма и весьма серьезное. Дело вроде было на мази, но вдруг переговоры прекратились. Болтали, из-за убийства Коршунова-младшего... а потом твой брат погиб.

— И события эти взаимосвязаны?

— А как иначе? В Виктора стрелял профессионал: оружие с глушителем, видеокамера, которую вывели из строя... Хотя... если помнишь, моя фирма как раз занимается системами безопасности, и как спец в этом вопросе могу сказать: то, что у них в доме понаставлено, полная лажа. Одна видимость охраны. Профи хватило бы пары минут, чтобы вырубить камеру. А пенсионеры, что там сидели, годились лишь на то, чтобы телик смотреть. Вся эта электроника их в тоску вгоняла.

— Ты знаком с соседом Виктора? Феликс, кажется?

— Нет. Что за тип?

— Вот и мне интересно, кто он такой. Помнится, раньше у тебя знакомых было пруд пруди...

— Ну, и сейчас знакомые найдутся. Чего надо-то?

— Узнать все об этом Феликсе. Фамилия его Рогозин. Еще меня очень интересует художник, тот, что живет этажом ниже.

— А, этот чокнутый...

— Почему чокнутый? — подняла я брови в притворном удивлении.

— Кто же он еще? Конечно, чокнутый. Достаточно взглянуть на его мазню. Не понимаю, что хорошего находил в ней твой брат. Девки у этого мазилы все как на подбор, упырихи, с клыками и когтями. То ли гомик, то ли импотент. А может, какая-нибудь штучка ему в детстве письку прищемила, и с тех пор все бабы у него монстры.

— Ну, вот и узнай, прищемила или нет.

— Ладно, а зачем тебе?

— Для общего развития. Брат с ним дружил?

— Шутишь? Нет, конечно. О чем им с Витькой говорить? Картины он ему, правда, втюхал и твой портрет наваял. Жуткая гадость. Братан твой сказал, это новое направление в искусстве. Мне что новое, что старое, но дерьмо — оно и в Африке дерьмо.

— Значит, Виктора могли шантажировать, — вернулась я к интересующей меня теме.

— У меня только догадки, и добавить мне нечего, — пожал плечами Щетинин.

— Я нашла фотографии в вещах брата, там он в обнимку с девушкой-брюнеткой, стрижка под мальчика. Никого не напоминает?

— Я тебя умоляю... У твоего брата было столько девушек, и блондинок, и брюнеток, и рыжих, имена я даже запомнить не пытался.

— Но об одной-то точно слышал, той самой,

что они не могли поделить с Коршуновым-младшим.

— Черт... кто тебе успел все это рассказать? Ноговицын? Или Валька? Ну, была девушка. Я ее даже не видел ни разу. Хотя, может, и видел. Короче, вся эта бодяга с ее исчезновением полная хрень. Младший Коршунов — наркоман со стажем, буйный псих. Она могла сбежать, только чтобы с ним не встречаться.

— Но он обвинил в ее исчезновении Виктора?

— Парня пришили, потому что он всех достал, и Виктор здесь ни при чем.

— Однако обвинения были?

— Да, были. Если хочешь знать, я при этом присутствовал. Обдолбанный придурок орал, что Витька девку грохнул. Чушь собачья. Если и была женщина, которая для твоего брата что-то значила, так это ты. А девки... да он сам их по именам не помнил. И не говори мне про задетое самолюбие и остальную фигню. Только идиот мог вообразить, что твой брат на такое подпишется.

— Давай пойдем по пунктам, — рассудительно предложила я. — Коршунов-старший имеет виды на Витькин бизнес, тот ему отказывает. Потом вдруг Витька начинает нервничать и сам выходит с предложением. Можешь вспомнить, что было раньше: исчезновение девушки или это предложение?

Петька замер с открытым ртом. Молчал. Я его не торопила.

— Куда ты клонишь? Девку шлепнули, чтобы твоего брата подставить? Черт... А почему бы и нет? Коршунов-младший парень конченый, отец его в свои планы вряд ли посвящал; узнав о скандале накануне убийства, мог Витьку заподозрить. Конечно, все это чушь, но когда у человека горе...

— Одно смущает, — заметила я. — Если у Коршунова-старшего был компромат на моего брата, чего ж он его в ход не пустил после убийства сына?

— Это просто. Хотел для начала получить фирму.

— Но, так и не получив, застрелил его?

— Отцовские чувства. Так разгневался, что уж и деньги по боку. А потом, кто сказал, что он их не получит? Вполне может договориться с тобой. Или с Валькой. Тот в полном психозе, своей тени боится. Надави — и запрокинется на спину лапками кверху.

— Ну, вот, убийство брата мы раскрыли за чашкой кофе, — усмехнулась я. — Менты, конечно, до этого не додумаются.

— Если у человека столько денег, сколько у Коршунова, ментов можно не бояться. Меня больше ты беспокоишь. Ехала бы, в самом деле, в Лондон. Пусть Валька здесь крутится, как вша на гребешке.

— Что-то ты не очень милостив к другу.

— Так ведь денег-то взаймы не дал, — засмеялся Петька. — Ладно, мы тут много чего нагородили, растереть и забыть. Заказное убийство — верный висяк. О соседях поспрашиваю, потому что тебя прекрасно понимаю. Нелегко поверить, что Витьки нет. У самого крыша едет. Вчера приехал на дачу, дом в чистом поле, один от всей деревни остался. Рядом лес, речка, рыбалка отличная, вот и купил два года назад. С Витькой мы туда часто наведывались. Приехал, вошел в дом, башкой верчу и понимаю: все вроде на местах, но все не так. И печка теплая. Жил кто-то в домике. Замок не взломан, ключ под крыльцом. Первая мысль: Витька был, и тут как обухом по голове, нет Витьки. Схоронили...

Я сидела, замерев на вздохе, очень надеясь, что мои чувства на физиономии не отразились. А чувств было много. Быстро выстроилась цепочка: шантаж, записка брата и неизвестный на Петькиной даче, который хорошо знает, где лежит ключ.

— Я остановилась в родительской квартире, — услышала я свой голос, точно со стороны. — Заезжай, если что.

— Заеду, — кивнул Петька и легонько пожал мою руку, а я испугалась, что он почувствует, как она дрожит. Он и почувствовал. — Что делать, Крис, — сказал с печалью. — Что делать...

Петька намеревался отвезти меня домой, но я отказалась под тем предлогом, что хочу прогуляться. Шла по улице, время от времени натыкаясь на прохожих, потому что мысли блуждали очень далеко от тех мест, где я в тот момент находилась.

Предположение, что мой брат жив, недавно забракованное мной ввиду своей фантастичности, вдруг получило подтверждение. Конечно, кто угодно мог обосноваться в Петькином доме: случайный бродяга или те же рыбаки, решившие, что дом необитаем, если уж остался один во всей деревне. И ключ, кстати, могли отыскать. Почему нет? Но... это самое «но» скребло душу, и чем больше я себе твердила: «Чушь», тем охотнее готова была поверить. Девушка, все это как-то связано с девушкой. Если бы я могла ее найти... маловероятно, учитывая, что менты не нашли. Витька вдруг бросает дело, которому отдал столько лет, чтобы прятаться в заброшенном доме? Что же произошло, если он пошел на это? И чего хотел от меня? Ведь хотел, иначе не оставил бы записку. «Сестра у тебя бестолочь, — зло подумала я. — Придется тебе напрячься и указать направление, не то с заданием я не справлюсь».

В этот момент я обратила внимание на свое отражение в витрине. Хмурое лицо, губы сжаты... вряд ли сейчас кто-то назвал бы меня красавицей. И тут я увидела еще одну физиономию. Бейсболка, темные очки, трехдневная щетина. Наши взгляды на мгновение встретились, а потом парень исчез. Я было решила, что это глюки, но, резко повернувшись, успела заметить мужчину, весьма поспешно юркнувшего в подворотню. Я не раздумывая припустилась за ним. Бегать по улицам за мужиком — не особо удачная затея, но в ту минуту мне было на это наплевать. Он следил за мной: я была абсолютно уверена, что видела его раньше, во дворе своего дома и на кладбище. Следил за мной, но вступать в диалог не собирался. Он совсем не похож на брата (а мысль о том, что Витька может болтаться за мной по улицам, несмотря на всю свою абсурдность, в моей голове присутствовала, и это, безусловно, говорило о некоем помутнении рассудка), даже если допустить, что Витька все шесть лет не вылезал из фитнес-клуба, наращивая мышцы, рост все равно не тот... И лицо... может человек так измениться, что его нельзя узнать? Бейсболка, небритость, очки... хорошая маскировка. Но рост, фигура, походка... я бы узнала брата, даже если бы он прибавил в весе, отпустил бороду и ковылял на костылях...

Не сбавляя темпа, я влетела во двор-колодец и заметалась между подъездами. Только один был без домофона и кодового замка, я рванула дверь на себя и прислушалась. Тишина. Ни шагов, ни малейшего шороха.

Задрав голову, я некоторое время таращилась на лестничную клетку. Слева дверь в подвал. Я спустилась на несколько ступеней и вновь прислушалась. Где-то наверху скрипнула дверь, и я бросилась туда, перепрыгивая через ступеньки. Поравнявшись с ближайшей квартирой, поняла то, что понять должна была сразу: дом необитаем. За приоткрытой дверью рваные обои на стенах, брошенная за ненадобностью мебель, мусор и осколки оконных стекол.

— Эй! — крикнула я, вновь оказавшись на лестничной клетке. — Хватит прятаться, давай поговорим. Стыдно взрослому мужику бояться девушки. Я сама боюсь.

Он не пожелал ответить, хоть я и знала: мужчина где-то здесь. Поднялась на второй этаж. На лестничной клетке было всего по одной квартире, та, что на втором этаже, мало чем отличалась от первой, тот же мусор и рухлядь вдоль стен... Третий этаж, четвертый. Скорее из упрямства я вошла в четвертую квартиру. Окна здесь со стороны улицы были закрыты фанерным щитом, свет едва проникал сквозь щели, мусор под ногами поскрипывал, и теперь я шла очень осторожно. А потом поняла, что он за спиной. Точно холодная рука коснулась затылка. Я стояла, замерев, и ждала, что будет дальше, не в силах повернуть голову.

Мне казалось, это длилось долго, слишком долго. Напряжение начало ослабевать. Словно сбросив внезапное оцепенение, я медленно повернулась. Дверной проем за спиной, едва слышные шаги на лестнице. Если потороплюсь, то непременно его увижу, на лестничной клетке ему некуда деться. Но сил на это не было.

В конце концов квартиру я покинула, шаркая ногами точно старуха, и, оказавшись на лестничной клетке, услышала, как хлопнула дверь подъезда.

Чертыхаясь, спустилась к окну. Мужчина в джинсах и темной ветровке быстро пересек двор. Мне захотелось побыстрее оказаться на улице, и вовсе не затем, чтобы догнать его. Чувство такое, будто я разминулась со смертью, она проскользнула мимо, задев плечом, вдруг решив, что еще не время. Может, так и было.

В общем, мне срочно требовался глоток свежего воздуха, улица с ее толкотней, лица людей вокруг как подтверждение того, что я все еще на этом свете.

Оказавшись во дворе, я вздохнула с облегчением, а потом и вовсе успокоилась, поспешив списать все пережитое на разыгравшуюся фантазию. Кто-то следит за мной — это факт, но у мужчины вряд ли злодейские помыслы, он просто не желал столкнуться со мной. Мое появление в этом городе вызвало интерес у некоторых лиц, и то, что кто-то за мной приглядывает, удивлять не должно. Скорее стоит удивляться, что ведут себя вполне мирно.

Я завернула в ближайший магазин. Хоть я и взывала к своему разуму и твердила «прекрати себя пугать», но остатки страха, точно паутину в осеннем лесу, стряхнуть не удавалось. Я вдруг вспомнила, как однажды пыталась убрать ее со своей физиономии, отчаянно вереща. В тот день мы отправились за грибами, Витька ушел вперед и, услышав мой визг, прибежал точно ошпаренный, а поняв, в чем дело, долго смеялся.

Мысли о брате душевному спокойствию скорее препятствовали, но на смену страху вновь явилось желание понять, что, черт возьми, происходит.

Направляясь в сторону родительской квартиры, я пробовала оценить все, что узнала о брате и его жизни в последние несколько месяцев. Ворох сведений, которые, по сути, друг другу противоречили и не приблизили ни на шаг к разгадке. Сидеть и терпеливо ждать, чем закончится официальное расследование, я вряд ли смогу, но мое собственное короткое расследование завершилось без вдохновляющих результатов, а как все сдвинуть с мертвой точки, я не знала. Теперь я жалела, что внезапный страх не позволил догнать парня, таскавшегося за мной по улицам. Разговор с ним мог бы прояснить многое, хотя и тут наверняка не скажешь, вдруг в его задачу входит только наблюдение и о целях известно не больше, чем мне.

Все, к кому я могла обратиться с вопросами, на них уже ответили. И тут я вспомнила историю с венком, весьма зловещую шутку, которую некто сыграл с братом в день его рождения. Может, и не стоило бежать сломя голову в похоронную контору с миленьким названием «Эдем», хотя бы потому, что следователей история наверняка тоже заинтересовала и они успели там побывать, но других идей все равно не было, а безделье тяготило.

В общем, я замерла на тротуаре с поднятой рукой, торопясь остановить свободную машину.

Водитель «Жигулей», обратив на меня внимание, начал притормаживать, но тут его обогнал «Лексус». Вывернув из соседнего ряда, машина плавно остановилась, дверь со стороны пассажира распахнулась, и я увидела Феликса.

— Моя тачка подойдет? — весело спросил он.

— В прошлой жизни ты был собакой, — серьезно сказала я.

— Почему не тигром?

— Очень привязчивый.

— Хочешь, чтобы я занес тебя в машину на руках, или сама сядешь?

Я устроилась на сиденье, захлопнула дверь и посмотрела на него с большим сомнением.

— Ты что, следишь за мной?

— Вовсе нет. Ехал мимо, и вдруг ты... по-моему, это судьба. В любом случае я рад, потому что нахожу тебя чертовски привлекательной, и мысль об этом не выходит у меня из головы.

— Подозреваю, что мыслей не так уж много.

— Красивой девушке даже хамство извинительно, но особо не наглей. Куда прикажешь отвезти?

— В похоронную контору «Эдем», — ответила я.

С полминуты он буравил меня взглядом, как видно, приняв мои слова за шутку, но все же решил отнестись к ним серьезно.

— А где она находится?

— Понятия не имею. Но надо найти.

Он открыл бардачок и достал оттуда пухлый том рекламных изданий.

— Давай поищем. — Поиски много времени не заняли, в каталоге оказался и адрес, и номер телефона. — Это совсем рядом, — кивнул Феликс и наконец-то тронулся с места.

Фирма похоронных услуг располагалась неподалеку от старого кладбища в одноэтажном здании, которое когда-то было церковной сторожкой. От тех времен остался крест на фасаде, новые хозяева украсили его гирляндой из разноцветных огней.

— Спасибо, — сказала я, дождавшись, когда машина остановится.

— Я пойду с тобой.

— Да? А зачем?

— Не хочется терять тебя из виду. Если мозолить тебе глаза, ты привыкнешь и в конце концов согласишься, что я подарок судьбы.

Я пожала плечами, и мы отправились вдвоем. Сомнений в том, что появился он отнюдь не случайно, у меня больше не было. Однако скрывать причину своего визита сюда я не считала нужным. А Феликс... пусть болтается рядом, так или иначе, но я узнаю, что ему от меня надо. Внезапно вспыхнувшую страсть я исключала прежде всего потому, что Феликс не представлялся мне парнем влюбчивым. Для женщин типы вроде этого — чистое наказание. Секс и любовь у них существуют параллельно, никогда не совпадая, и, добившись очередной дурехи, они потом очень быстро исчезают, оставляя после себя разбитые сердца и женские стенания «все мужики козлы». Может, вывод я сделала поспешный, но уверенность в его правильности была гарантией, что я не пополню ряды доверчивых дур.

— У тебя есть парень? — вдруг спросил он, а я заподозрила, что наши мысли двигаются в одном направлении.

— Есть печальный опыт: два выбитых зуба, сломанное ребро и иск на раздел имущества.

— Шутишь?

— Если бы... Я председатель клуба мужененавистниц.

— Это хорошо. Не терплю конкурентов. А все мужененавистницы только и мечтают о том, чтобы их трахнули.

— У меня есть твой номер телефона, станет невмоготу — обязательно позвоню.

Он засмеялся, собираясь что-то ответить, но мы вошли в здание, и Феликсу пришлось заткнуться.

Просторное помещение было заставлено гробами, венками и цветами из пластика. По необъяснимой причине все это имело почти праздничный вид, не хватало только девиза «отойдем в мир иной с большой помпой».

В глубине зала за столом сидела девушка и двумя пальцами мучила компьютерную клавиатуру, перемалывая во рту жвачку. Заметив нас, поспешно встала и скорбно улыбнулась. Однако, не обнаружив в наших лицах и намека на страдание, заговорила очень деловито:

— Хотите сделать заказ?

— Может, в самом деле побеспокоиться? — с озадаченной миной глядя на меня, сказал Феликс. — Если ты не ответишь мне взаимностью, я все равно долго не протяну.

Девушка улыбнулась шире, но как-то неуверенно.

— У меня к вам вопрос, — сказала я серьезно, решив, что похоронная контора не то место, где следует оттачивать остроумие. — Вы доставили венок... — я еще не успела договорить, как девушка быстро прошла к настежь распахнутой двери в соседнее помещение и громко позвала:

— Лидия Валентиновна, тут опять про этот венок спрашивают...

На ее зов появилась пышная женщина лет сорока с вишневого цвета волосами, яркой помадой и такими длинными ногтями, что на ум сразу пришли прочитанные за зиму вампирские хроники.

— Здравствуйте, — сказала Лидия Валентиновна и вздохнула, голос у нее был по-девичьи звонким. — Вы по поводу того случая? Так неловко получилось...

— Из милиции у вас были? — спросила я.

— И из милиции, и хозяин сам, я хотела сказать, тот, кому венок этот послали...

— Когда он приходил?

— Дня через два после того, как все случилось. Я готова была сквозь землю провалиться, так неудобно перед человеком, а он ничего, посмеивался только... Простите, а вы кто?

— Я его сестра. Если у вас были из милиции, вы должны знать, мой брат погиб.

— Да, — испуганно кивнула женщина. — Но мы-то здесь при чем?

— Я хотела бы узнать, кто заказал венок. Вы ведь выписывали квитанцию?

— Конечно, сейчас найду. — Лидия Валентиновна подошла к столу и начала перебирать какие-то бумаги; женщиной она оказалась словоохотливой и, пока искала нужную квитанцию, говорила без умолку, избавив меня от необходимости задавать вопросы. — Я ведь сразу почувствовала неладное, как только Светочка сказала мне об этом заказе. Доставить венок в ресторан... Это же додуматься надо. Если бы я заказ принимала, все бы как следует выяснила. А молодежь — они, знаете, деньги приняли, квитанцию выписали, и трава не расти. Меня в тот день не было, а на следующий день, куда деваться, отправила курьера с венком. Заказ есть заказ, деньги заплачены. Но душа была не на месте. И не зря. Курьер вернулся с этим проклятущим венком и сказал, что нас разыграли. У людей праздник, а не похороны. Вот квитанции. Фамилия Петрова. Петрова В.А. Можете взглянуть, все как положено.

Бросив взгляд на запись, я повернулась к девушке, сцепив на груди руки, та продолжала увлеченно жевать.

— Вы — Светлана? — спросила я. Она кивнула. — Как выглядела женщина, помните?

— Не-а. Обычная тетка, вроде не старая. На деревенскую похожа. Пальто какое-то задрипанное, платок. А венок выбрала самый дорогой. Дождалась, когда ленту подпишут, все проверила, расплатилась и ушла.

— Узнать ее смогли бы?

— Не знаю. Если одета будет так же, узнаю, а если по-другому... менты меня расспрашивали, как выглядит, то да се... обычная тетка.

«Фамилию женщина, скорее всего, назвала вымышленную и особо себя фантазиями не утруждала», — подумала я. Но тут вновь заговорила Лидия Валентиновна.

— Он ее знал, — кашлянув, заметила она.

— Кто?

— Ваш брат. Я когда фамилию назвала, он задумался и даже в лице переменился. И следователя, что к нам приходил, фамилия тоже заинтересовала. Еще переспросил: Петрова В.А.? — и квитанцию чуть из рук не вырвал. А что, не нашли того, кто вашего брата убил?

— Ищут, — ответила я, поблагодарила услужливую тетку и отправилась к двери. Феликс шел за мной.

— Твоему брату прислали венок? — спросил он, как только мы оказались на улице.

— Ты же слышал.

— Ничего себе шуточки.

— На шутку это мало похоже, учитывая, что венок скоро пригодился.

— Тебе фамилия Петрова о чем-то говорит?

— Меня шесть лет не было в городе, за это время брат мог обзавестись знакомыми, о которых я понятия не имею.

— Куда теперь? — подходя к машине, спросил Феликс.

— Я домой, а ты — не знаю.

— Мы же соседи.

— У меня своя квартира.

— Хорошо, отвезу, куда скажешь. Почему бы тебе не переехать к брату? — задал он очередной вопрос уже по дороге. — Я имею в виду его квартиру.

— Ты, видно, забыл — в этой квартире его как раз и убили.

— Зато я был бы рядом.

— И что мне за радость от этого?

— Радость была бы для меня, а для тебя безопасность. С удовольствием стану тебя охранять.

— От кого?

— От кого угодно: драконов, привидений или глупых шутников.

— С шутниками я сама разберусь.

— Вот это и беспокоит. — Тут у него зазвонил мобильный, он достал телефон из кармана и произнес: — Да... — выслушал собеседника и кивнул: — Хорошо, отец. Я сейчас приеду. Старикан нарисовался не вовремя, — с улыбкой глядя на меня, сказал Феликс. — Я-то рассчитывал на чашку кофе, ты бы не отказала мне в такой малости?

— Кофе у меня дрянной.

— Тогда я тебя угощу. Завтра, идет?

— Я подумаю.

— Да что ж ты несговорчивая такая... — покачал он головой.

Я вошла в квартиру, сбросила кроссовки, повесила куртку и вдруг замерла. Что-то не так. Я стояла, прислушиваясь то ли к тишине в квартире, то ли к собственным ощущениям. Заглянув в кухню, вернулась в прихожую и распахнула входную дверь, предосторожность, может, и излишняя, но так спокойней: заору погромче и кто-нибудь услышит. Из комнаты брата доносились невнятные голоса, как будто кто-то тихо разговаривал. В первый момент я решила, что звук доносится из соседней квартиры, но, подойдя вплотную к двери, больше не сомневалась: там кто-то есть.

— Какого черта, — буркнула я и толкнула дверь.

Комната была пуста, а вот телевизор работал. Трое мужчин на экране о чем-то увлеченно спорили. Пульт валялся на диване. Одна из подушек сбилась на сторону, точно совсем недавно здесь кто-то сидел. Я на мгновение зажмурилась, пытаясь унять нервную дрожь. Если бы не пульт, я бы еще могла убедить себя, что телевизор включился сам собой. Вчера я смотрела новости. Но точно помнила: пульт я положила на тумбочку возле телевизора. Привычка настолько укоренившаяся, что ей следуешь автоматически. Кто-то в мое отсутствие был в квартире и смотрел телевизор? У кого могли быть ключи? Допустим, у друзей Виктора, у того же Артема. Меня ждали и коротали время с пультом в руках... Отчего бы не позвонить мне, вместо того чтобы сидеть тут незваным гостем?

Я выключила телевизор и потянулась за мобильным, уже зная: ни Петьки, ни Артема, ни тем более Вальки здесь не было, но из упрямства решила проверить. И вот тогда заметила распахнутую настежь дверь в свою комнату. Но не она привлекла мое внимание, а рюкзак, валявшийся на полу рядом с туалетным столиком. Я припустилась к нему, чертыхаясь сквозь зубы. Ноутбук Виктора исчез. Я осмотрела комнату, вовсе не надеясь его обнаружить. Мой компьютер был включен, хотя экран успел потухнуть.

Я опустилась на диван, таращась перед собой. Незваный гость явился за компьютером брата. Знал о его существовании? Откуда? Предположим, кто-то решил покопаться в моих вещах. Если так, почему забрали только ноутбук Виктора, а мой оставили? Выходит, все-таки шли за ним.

Кто? И что неизвестный надеялся найти в похищенном ноутбуке? Или, напротив, боялся, что в почтовый ящик заглянет еще кто-то кроме меня? Мысль, при всей фантастичности, в тот момент показалась самой верной. Виктор... Я думала о брате, о живом, не о мертвом. Записка, ноутбук в тайнике, о котором знаю только я... Самое время вспомнить рассказ Петьки о госте в его деревенском доме. А теперь кто-то разгуливал по квартире и даже оставил телевизор включенным. Это что, тоже послание? Тот, кто все это затеял, мои возможности переоценил, я даже не догадывалась, чего от меня хотят. Если только... брат дает понять, что он жив? Я еще раз осмотрела квартиру в поисках какого-либо знака. Ничего. Выпила чаю в надежде, что привычные действия вернут на место пошатнувшийся мир, в котором мертвецы возвращаются в свое жилище, а их ноутбук исчезает.

Оставаться здесь на ночь не хотелось, я подозревала, что вряд ли смогу уснуть. Но осталась, скорее из упрямства. Это мой дом, и бежать отсюда сломя голову я не собираюсь. Закончив пить чай, я подошла к компьютеру с намерением проверить почту. Капитан Америка осчастливил очередным посланием. Щелчок мыши, и на экране появилась фраза: «Никому не верь».

Утром мне позвонил следователь. Но еще раньше в квартире появился Артем. О своем приходе он предупредить не удосужился, и звонок в дверь застал меня еще в постели. Ночка выдалась бессонной, что не удивительно, уснуть я смогла только ближе к рассвету и теперь гадала, стоит открывать дверь или нет. Звонили настойчиво, я поднялась, набросила халат и побрела в прихожую, взглянув на часы: еще не было и восьми. Малоподходящее время для визитов. На ум пришел Феликс, я на мгновение замерла перед зеркалом в прихожей и тут же разозлилась на себя за это. В дверной глазок увидела Артема и поспешно распахнула дверь.

— Кто рано встает, тому бог подает, но ты еще и на премию напрашиваешься, — съязвила я, впуская его в квартиру.

— Извини, что разбудил.

— Ну, уж если разбудил, идем пить кофе.

Оставив его в кухне, я все-таки отправилась в ванную приводить себя в порядок. Кофе он приготовил сам, сидел за столом и вертел чашку в руках, хмуро ее разглядывая. Я не сомневалась, меня ждут плохие новости, с хорошими в такую рань не являются. Сделала пару глотков из чашки, которую он предупредительно поставил для меня, и спросила:

— Есть новости?

— Одна.

— Но скверная?

— Собственно, к нашим делам она отношения не имеет, но я подумал...

— Не тяни.

Он отодвинул чашку.

— Вчера обнаружили труп Голубовой Ольги. Точнее, обнаружили его два дня назад, а вчера всякие сомнения отпали — это действительно она.

— Пропавшая подруга Коршунова-младшего? — нахмурилась я.

— Судя по состоянию трупа, убийство произошло несколько месяцев назад.

— И где труп находился все это время?

— Не знаю. Мне позвонил знакомый из прокуратуры, поздно вечером.

— Что тебя беспокоит? — задала я вопрос.

— Беспокоит? — Он пожал плечами. — Девушка исчезла довольно давно, теперь выяснилось, что все это время она была мертва. Вполне предсказуемое развитие событий.

Артем вздохнул, вновь покрутил чашку и с минуту меня разглядывал.

— Что-то происходит. И со смертью Виктора ничего не кончилось.

— Не очень-то понятно, что ты имеешь в виду.

— Извини, я свалял дурака, подняв тебя в такую рань с постели...

— Твоим извинениям я бы предпочла внятный ответ: что тебя беспокоит?

— А тебя — нет? Как с ощущением, будто мы играем в пьесе, о сюжете которой даже не догадываемся? А кто-то умело всем этим руководит?

— Тебе бы романы писать, но адвокату, конечно, фантазия тоже не повредит... Ты сам сказал, что появлению трупа удивляться не приходится, если девушку все это время не могли отыскать.

— Но... — Артем слегка замешкался, словно прикидывая, стоит продолжать или нет, и все-таки продолжил: — Кое-кому обвинения Коршунова-младшего теперь могут показаться не беспочвенными...

— По-твоему, девушку мог убить мой брат? — спросила я, голос мой звучал спокойно, наверное, потому, что подобную возможность я уже рассматривала, Артема это возмутило:

— Нет, я не верю, что твой брат убийца. Но тебе эта мысль, как видно, не претит.

— Полная хрень, прости мне мой французский... — усмехнулась я.

— Рад, что ты способна шутить, — повысил он голос, а я нахмурилась.

— Не очень понятна твоя нервозность. Мысль о том, что мой брат может иметь отношение к исчезновению девушки, а тем более к ее убийству, в восторг меня не приводит. Сомневаюсь ли я в его невиновности? Не знаю. Меня не было шесть лет, и все, что здесь происходило... но мне бы очень хотелось убедиться в том, что он не виновен. Для этого я готова выслушать разные мнения, в том числе и неприятные.

Артем хмуро кивнул.

— Я уверен, его подставили тогда, подставляют и сейчас...

Он продолжал говорить, горячо, но довольно сбивчиво для адвоката, и даже несколько нелогично. Я слушала, задаваясь вопросом: кого Артем сейчас пытается убедить, меня или все-таки себя, а главное, в чем? И вспомнила наш первый разговор. Что, если его, как и меня, тогда посетила мысль о том, что в квартире был застрелен вовсе не мой брат? Или эта мысль пришла к нему значительно раньше? А может, он вовсе не сомневался, а точно знал? Знал, что Витька жив? Похоже, я сама уже в этом не сомневаюсь.

— Что ты от меня скрываешь? — задала я вопрос, когда возникла пауза, Артем подобного вопроса не ожидал и сейчас смотрел на меня с возмущением, за которым пряталась растерянность.

— Не понял, — произнес он, изо всех сил пытаясь придать и лицу, и голосу суровость.

— Хочешь, напишу свой вопрос или задам его по буквам?

— Прекрати. Я ничего не скрываю...

— Тебя заботит доброе имя моего брата. Кстати, ты присутствовал на опознании?

— Ты опять за свое? — рявкнул он. — Оставь дурацкие мысли... Твой брат погиб, и я хочу, чтобы убийца был найден.

— Наши желания схожи, чего ж тогда орать?

— Я уже объяснил... Девушку нашли мертвой, следствие может прийти к выводу, что Виктор имеет отношение к ее гибели, а, значит, его собственная смерть напрямую связана с ее убийством.

Артем считал это опасным заблуждением, которое скажется на следствии, они будут искать не там и не того... Все вроде бы логично, и беспокойство его понятно, вот только я ему не верю, мало того, подозреваю в злостном запудривании мозгов. А он злится то ли на мое недоверие, то ли на то, что заморочить мне голову никак не удается.

— Ты был со мной до конца откровенен? — кивнув, спросила я. — Или есть еще что-то...

— Думай что хочешь, — махнул он рукой устало, не дав мне возможности закончить, впрочем, этого и не требовалось. — Будет лучше, если ты уедешь, — выпалил он.

— Лучше для кого?

— В первую очередь для тебя.

К тому моменту я так утвердилась в своих сомнениях, что мысленно присвистнула: я кому-то мешаю, да так, что от меня спешат избавиться. Кто? Брат? Нелогично, если он сам эти сомнения вызвал, и даже очень постарался для этого. Выходит, есть еще кто-то? И какую роль во всем этом играет Артем? Я могла бы сколько угодно предаваться размышлениям на эту тему, но тут раздался телефонный звонок, и вышло так, что Артем присутствовал при моем разговоре со следователем. Лично я в желании последнего встретиться со мной не видела ничего необычного. Мой брат погиб, и ко мне, безусловно, есть вопросы, особенно учитывая недавнее убийство на турбазе. Однако Артема звонок скорее насторожил.

— Хочешь, чтобы я пошел с тобой? — спросил он.

— Вряд ли мне понадобится адвокат. Или ты считаешь иначе?

Он помедлил с ответом и сказал куда спокойнее:

— Я тебе друг, помни об этом.

Прозвучало не особо убедительно, но я с готовностью кивнула.

Следователь оказался совсем молодым мужчиной, что слегка удивило. Я-то ожидала увидеть дядю в летах, который с отеческой заботой начнет задавать вопросы, с сомнением ко мне приглядываясь, и теперь гадала, выйдет ли из нашего разговора что-нибудь путное. Под этим я понимала получение хоть каких-то сведений, способных прояснить ситуацию. Само собой, следователь тоже на это рассчитывал. Встретил меня хоть и не по-отечески, но ласково. Вышел из-за стола и, протянув руку, представился:

— Боков Валерий Павлович.

Дружеское рукопожатие должно было настроить меня на доверительный разговор, кому попало в кабинетах, вроде этого, руки не подают. Голос у Валерия Павловича был хрипловатый, лицо румяное. Светловолосый и светлоглазый, с мягкой улыбкой и стальным блеском в глазах. Одно другому противоречило. Я вспомнила байки о добром и злом следователе и заподозрила, что Боков решил явить себя сразу в двух лицах. Может, у них проблемы со штатным расписанием, а может, имелась и другая причина. Он был в синем костюме, белой рубашке и красном галстуке. Разглядывая его, я пыталась решить: он так вырядился из любви к российскому триколору или получилось это случайно и у парня просто проблемы со вкусом?

— Присаживайтесь, — предложил он несколько суетливо. — Беседа у нас будет долгой.

Такая прелюдия насторожила. Я устроилась на стуле, глядя на него с большим вниманием. Валерий Павлович смог удивить, потому что начал разговор вовсе не так, как я того ожидала.

— Шесть лет назад, — заговорил он, — в городе произошло убийство. Восемнадцатилетняя девушка была найдена мертвой почти в центре города, в доме, который готовились снести. Ее изнасиловали, а потом задушили. Через полтора года после этого произошел похожий случай, снова молодая девушка, изнасилована и задушена, труп обнаружили в заброшенном доме на улице Тимирязева. — Валерий Павлович достал из верхнего ящика стола папку, открыл ее и принялся перебирать бумаги. — Два года спустя очередное убийство, очень похожее на предыдущие. Через год еще одно, все они до сих пор не раскрыты.

— Вы считаете, убийца один и тот же человек? — быстро спросила я и тут же пожалела об этом. Валерий Павлович долго меня разглядывал, словно пытаясь решить, стоит ли отвечать. Кивнул вроде бы с неохотой.

— Мы допускаем такую возможность. В мае прошлого года вновь обнаружен труп девушки, и вновь в заброшенном доме, на этот раз на окраине. И, наконец, вчера в промзоне, на бывших складах, нашли тело девушки. Она исчезла более трех месяцев назад...

— Я не очень понимаю, какое отношение все это имеет ко мне? — задала я вопрос, смысл сказанного еще не дошел до меня, хотя беспокойство уже возникло. С той минуты, когда он заговорил о первом убийстве, оно росло, крепло и теперь больше напоминало легкую панику.

— Вернемся к событиям шестилетней давности, — сказал Валерий Павлович и улыбнулся, желая придать оттенок задушевности нашей беседе. — Я имею в виду ваше похищение.

Вот тогда смутное беспокойство приобрело вполне реальные формы, и на смену ему пришел страх.

— Меня никто не насиловал, — зло ответила я. Наши взгляды встретились, не знаю, что было в моем, а в его — сомнение, не в моем утверждении, конечно, а в том, что я все еще не поняла, куда он клонит. Я понимала очень хорошо, и он это знал. Если до этого сомневался, то теперь точно знал. Я выдала себя с головой. Эта паническая мысль билась во мне, пока я ожидала его ответ.

— Да-да, конечно. И все же... Вас похитили, и все то время, пока вас искали, вы находились в заброшенном доме... До звонка неизвестного, который сообщил, где вы. Так?

— Да. Наверное. Я уже не помню, то есть я бы очень хотела это забыть. — «Все не так плохо, — думала я. — Я сама себя пугаю, у них ничего нет, кроме смутных догадок, по сути, вообще ничего. Приверженность убийцы к заброшенным домам — вот что их насторожило».

— Я понимаю, — кивнул он. — И все же рассчитываю на вашу помощь.

— Послушайте, человек, который меня похитил, был осужден. Он во всем признался. Меня не насиловали, не пытались убить. Похититель требовал денег у моего брата. Он действительно спрятал меня в заброшенном доме, но кто-то видел его там и позвонил в милицию. Меня нашли раньше, чем он получил деньги. За убитых девушек требовали выкуп?

— Нет, — покачал головой Валерий Павлович. — Похитителем оказался шофер вашего брата.

— Да, именно так. Ему нужны были деньги. И он не придумал лучшего способа...

— На суде Нестеров признал свою вину, — кивнул следователь и вновь принялся перекладывать бумаги в папке. — Но... на первом допросе он рассказал, что после похищения привез вас в деревню Олино, где у его приятеля был дом. Приятель в тот момент отдыхал на юге, и появления хозяев Нестеров не опасался. Деревня находится всего в десяти километрах от города. Оставив вас в бесчувственном состоянии в подвале дома, Нестеров вернулся в город, чтобы получить деньги, контролируя ситуацию и не вызывая подозрений... Вернувшись под вечер в Олино, Нестеров, по его словам, вас не обнаружил.

— Выходит, я сбежала, а потом... — запальчиво начала я, но Валерий Павлович перебил:

— После звонка неизвестного вас нашли на территории бывшего стадиона, в раздевалке. Этот земельный участок, как оказалось, был куплен вашим братом. В том, что похитил вас Нестеров, нет никаких сомнений. Он не отпирался и сразу признал себя виновным. Впоследствии он даже заявил, что перевез вас в город, пока вы были без сознания, и стадион выбрал по вполне понятным причинам...

— Тогда я вовсе ничего не понимаю...

— Если честно, я тоже, — вновь улыбнулся следователь. — Но его первоначальные показания очень меня заинтересовали. Признаюсь, возникло подозрение, что Нестеров не был до конца откровенен.

— Вы меня совсем запутали, — буркнула я.

— Давайте представим, что на первом допросе он сказал правду. Нестеров похитил вас, отвез в Олино, а вернувшись туда вечером, нашел подвал пустым. Он в панике, первая мысль: вам каким-то образом удалось освободиться. Он успокаивает себя тем, что узнать его вы не могли. Нестеров возвращается к вашему брату, надеясь прояснить ситуацию, но вас по-прежнему ищут. Потом звонит неизвестный, и милиция обнаруживает вас на заброшенном стадионе... К тому моменту очень многие факты указывают на причастность шофера вашего брата к похищению. И он дает признательные показания.

— Я так и не поняла, к чему вы клоните.

— Что, если вы оказались в городе без ведома Нестерова? — вкрадчиво произнес Валерий Павлович.

— Хотите сказать, меня похитили дважды? — нахмурилась я.

— Он готовился к похищению довольно долго. Знал ваш обычный распорядок дня, все ваши маршруты, привычки... Кто-то обратил на это внимание и задумал собственное преступление. Нестеров не был особенно осторожен, оттого следствие почти сразу вышло на него.

— А ваши коллеги заставили его сознаться в том, чего он не делал? — усмехнулась я.

— Не забывайте, что похитил вас он, — нахмурился Валерий Павлович. — Так что отвечать перед законом ему пришлось за собственные деяния, но... изменив показания и признав, что в город вас перевез он, Нестеров действительно взял чужую вину на себя. И этому должна быть причина. Возможно, он просто не видел особой для себя пользы настаивать на первоначальных показаниях, а может, сознательно покрывал кого-то.

— Ну, так узнайте у него, — не выдержала я, больше всего на свете мне хотелось незамедлительно покинуть этот кабинет, бежать отсюда сломя голову. Потребовалось усилие, чтобы усидеть на месте да еще таращиться в лицо следователя с самым придурковатым видом.

— Это, безусловно, было бы самым правильным, — в который раз улыбнулся следователь. — Но, к сожалению, возможным не представляется. Он отбыл свой срок, а где находится в настоящее время — неизвестно.

— Я так и не поняла, от меня вы чего хотите?

— Ответ на вопрос: почему сразу после суда вы уехали из города, не сообщив никому из знакомых, куда намерены отправиться, и шесть лет фактически скрывались. От кого вы прятались, Кристина Олеговна?

— От придурков, которым деньги брата не дают покоя.

— Брат, как выяснилось, тоже не знал, где вы находитесь.

— Не знал. Он был против моего отъезда. К тому же, если бы он знал, где меня искать, узнали бы и другие.

— Не слишком жестоко по отношению к брату? — поднял брови Валерий Павлович.

— Думайте что хотите. Я просто боялась вновь оказаться в подобной ситуации. В прошлый раз мне повезло, но рисковать снова желания не возникло.

— Будем считать, что вы говорите искренне, — помолчав немного, произнес следователь.

— С какой стати мне врать?

— Серьезного повода я тоже вроде бы не вижу. Расскажите все, что помните о своем похищении. Извините, что возвращаюсь к болезненной для вас теме, но это очень важно для следствия.

— Я думала, меня вызвали из-за убийства брата. Он вновь кивнул.

— Кое-кто склонен видеть в его убийстве сведение счетов.

— А вы так не считаете?

— Я считаю, что все куда сложнее. И помочь найти убийцу вы можете только одним способом: чистосердечно ответив на все вопросы.

— Хорошо, — согласилась я. — Попробую вспомнить. Была суббота, я возвращалась из института вместе с подругой. Мы простились с ней возле ее подъезда, и дальше я пошла одна, переулком, который выходил к моему дому. С одной стороны гаражи, с другой — пустырь, но дорогу до дома можно сократить вдвое. Я часто там ходила и ничего не боялась. Два часа дня, совсем рядом шумная улица, до дома всего двести метров. — Я говорила, чувствуя, как к горлу подкатывает ком, а дышать становится трудно. Я заново переживала тот день, хотя шесть лет мечтала об одном: забыть его, стереть из памяти, а теперь выяснилось, что помню запах травы с пустыря и одуванчики вдоль дороги, солнечные лучи на своем лице... День был по-летнему теплым, хотелось стоять зажмурившись, радуясь солнцу, предстоящим выходным... Я в самом деле замерла с закрытыми глазами, по-дурацки улыбаясь. И, даже услышав шорох за спиной, не спешила повернуться. А потом не смогла. Чья-то рука легла на плечо, а в нос ударил резкий запах. Я так и не успела ничего понять...

— Значит, преступника вы не видели? — повертев в руке авторучку, уточнил следователь.

— Нет.

— А позднее?

— Я не знаю, сколько времени была без сознания. Когда очнулась, поняла, что руки и ноги у меня связаны, я лежу на спине, на глазах повязка... В таком виде меня и нашли. Милиция появилась довольно быстро, я даже по-настоящему не успела понять весь ужас своего положения.

— И все это время рядом никого не было?

— Если учесть, что видеть я не могла, ответить с уверенностью на ваш вопрос не берусь.

— А с шофером брата у вас до того момента какие были отношения?

— Никаких. Впервые я увидела его в зале суда. До похищения несколько раз разговаривала с ним по телефону.

— Его слова во время судебного разбирательства не вызвали у вас сомнения? — уж очень осторожно Валерий Павлович задал этот вопрос и взгляд отвел, как будто боялся меня спугнуть.

— Что вы имеете в виду?

— Ну... вам не показалось, что он скрывает нечто важное... и причина похищения могла быть совсем другой.

«Опа, — мысленно произнесла я. — А вот это очень интересно».

— Шофер брата — тот самый маньяк, похищающий девушек? — задала я вопрос, уставившись в глаза Бокова. — Он придумал историю с выкупом, чтобы избежать куда более опасного для него расследования?

Валерий Павлович громко откашлялся, скорее всего, просто время тянул, не торопясь отвечать.

— Не так уж невероятно, как считаете? — произнес он. — Хотя, не желая рассказать всю правду, он мог покрывать кого-то? В любом случае из похищенных девушек только вы смогли спастись.

— Чего ж удивительного? Если меня похитили с целью выкупа...

— Да-да, а еще вам невероятно повезло. Кто-то видел вас на стадионе и сообщил в милицию.

— Жаль, не назвал свое имя, — кивнула я. —

Теперь, когда я богатая наследница, смогла бы отблагодарить по-царски.

— Крайняя скромность неизвестного и меня удивляет, — вздохнул Валерий Павлович. — Но это не единственное его похвальное качество. Вы помните месторасположение здания, где вас нашли?

— Смутно, — ответила я вполне искренне.

— Речь идет о бывшем стадионе детской спортивной школы. Для школы выстроили новое здание, в другом районе, а участок, кстати сказать, был продан, и приобрел его ваш брат. Собирался строить торговый центр и намерение свое выполнил, но на момент вашего похищения это был пустырь, обнесенный забором, с воротами на замке, напротив ворот бывшая раздевалка, где вас, собственно, и нашли. То, что у Нестерова были ключи и от замка на воротах, и от раздевалки, не удивительно. Удивительно другое: как неизвестный смог увидеть, что происходит в доме. Нестеров, по его показаниям, привез вас на служебной машине, то есть на машине вашего брата. Вход в раздевалку с боковой стороны... Я не буду утомлять вас описаниями, скажу только: увидеть, как похититель переносит вас в здание, можно, лишь находясь в непосредственной близости, а это маловероятно: спрятаться там негде.

— А если в тот момент он был в доме? — спросила я.

— Почему бы и нет? Вот только что ему там делать? И как Нестеров мог не обратить внимания на вторжение?

— Он уехал, кто-то из мальчишек или, к примеру, бомж забрел на стадион, решил заглянуть в раздевалку и увидел меня. И позвонил в милицию. Встречаться с вами не захотел, боясь, что потом вопросами замучают.

— Мне нравится ваша версия. Но могло быть иначе. Нестеров до этого ни разу с вами не встречался и слишком поздно понял, кого он похитил. И целью этого похищения вовсе не был выкуп.

— По-вашему, он сам позвонил в милицию? — усмехнулась я.

— Или кто-то другой. Например, человек, чью волю он и выполнял.

— Откуда уверенность, что шофер действовал не один?

— Никакой уверенности, Кристина Олеговна, только предположения, — покачал головой следователь. — И одно из них: шесть лет назад вы рассказали далеко не все.

— У меня не было причин что-либо скрывать, — ответила я. — И сейчас нет. Я не видела похитителя. Нестеров во всем сознался, и повода ему не верить у меня не было. И я по-прежнему не понимаю, какое все это имеет отношение к убийству брата.

Боков криво усмехнулся, достал из пачки две фотографии и положил их передо мной.

— Это Ольга Голубова, ее труп обнаружили два дня назад. А это Елена Митрофанова, изнасилована и задушена год назад. Оказывается, ваш брат был знаком с ней. К моменту ее убийства они уже несколько месяцев как расстались, об их романе было мало кому известно, и в поле зрения следствия ваш брат тогда не попал. Я собирался побеседовать с Виктором Олеговичем, но он погиб раньше, чем нам удалось встретиться.

Я смотрела на фотографии под пристальным взглядом следователя. Блондинка и брюнетка. Именно их я видела рядом с Виктором на фото в ноутбуке.

— И что? — спросила я, поднимая глаза. — Мой брат мог встречаться с кем угодно. Меня здесь не было, и никого из его женщин я не знала.

— И ее тоже?

Еще одна фотография. Девушка лет двадцати, длинные волосы, вздернутый носик.

— Кто это? — спросила я.

— Первая жертва, погибшая шесть лет назад, в то время вы еще жили в этом городе.

— Никогда ее не видела.

Следователь молчал, я тоже. Пауза затягивалась.

— Что ж, — вздохнул он. — Надеюсь, вам не надо объяснять: вы несете ответственность за свои слова.

— Я так и не поняла, что вы от меня хотели.

А вот тут я лукавила. Поняла, и очень хорошо.

— Я вас больше не задерживаю, — развел руками Валерий Павлович. — Всего вам доброго. — Я уже была возле двери, когда он добавил: — Уверен, нам еще не раз придется встретиться.

— Надеюсь, убийцу моего брата найдут, — ответила я. Против воли, голос мой звучал насмешливо.

На улицу я устремилась едва ли не бегом. Требовался глоток свежего воздуха, а еще хотелось пройтись и не спеша все обдумать. Но с этим вышла незадача. Не успела я дойти до угла здания, как увидела машину Артема, а вскоре он и сам появился, весьма поспешно выбравшись из своей тачки, и направился ко мне.

— Как все прошло? — в голосе тревога.

— Отлично. По мнению следователя, брата прикончили весьма кстати.

— Прекрати. Я не заслужил, чтобы ты разговаривала со мной в подобном тоне.

— Моего доверия ты тоже не заслужил.

— Что? — он вроде бы растерялся. — Садись в машину, — сказал устало. — Поговорим.

— У меня уже мозги пухнут от разговоров. Предпочитаю пройтись. — Я сделала шаг в сторону, но он схватил меня за руку. — Отпусти, а то заору, — прошипела я.

— Да в чем дело? Что, черт возьми, происходит?

— У меня встречный вопрос. Как долго ты собираешься морочить мне голову?

— Кристина...

— Хочешь сказать, что ты ничего не знал?

— О чем?

— О ком. Об убитых девушках.

Он вздохнул, а я с некоторым удивлением отметила, что это был скорее вздох облегчения.

— Давай все-таки поговорим в машине.

Я пожала плечами, и через некоторое время мы уже сидели в машине, Артем не спеша тронулся с места, смотрел прямо перед собой и вроде бы забыл о моем присутствии. Мы выехали на проспект, и я поняла, что направляется он к моему дому.

— Если ты тянешь время, то зря. Лучше моего терпения не испытывать.

— Странно, что ты упорно видишь во мне противника, если не сказать врага...

— Не удивительно. Я ждала от тебя откровенности, но ты...

— Я сам ничего не знаю. Можешь ты это понять? Я чувствовал, что-то происходит...

— Извини, твои чувства сейчас не особенно интересны.

— Черт... пойми, я не мог... Хорошо. Расскажу все, что знаю. Четыре месяца назад, еще до исчезновения Ольги Голубовой, мы сидели в ресторане: я, твой брат, Легостаев и Петька Щетинин. Все изрядно выпили, разговор в основном шел о бабах, и тут Валька вспомнил некую девушку, Елену. Виктор сказал, что давно ее не видел, а Валька ответил: «Не удивительно, девицу убил какой-то маньяк». Так и сказал. Само собой, к нему полезли с расспросами. Ничего особенного он рассказать не мог, встретил ее подругу, и та сообщила, что девушку изнасиловали и убили.

— И как к этому отнесся мой брат?

— Так же, как и все. Жалко девчонку, не повезло, и все прочее. Ни особой скорби, ни озабоченности. Может, потому, что выпили к тому моменту слишком много. Но на следующий день он вернулся к этому разговору, попросил меня узнать, что с ней в действительности случилось. Знакомых у меня достаточно, и справки я навел, но очень осторожно, потому что не хотел привлекать внимания. Я считал интерес твоего брата вполне естественным, он встречался с девушкой, правда недолго, они вместе провели отпуск, затем расстались... Рассказал ему все, что смог узнать сам, он кивнул и вроде бы успокоился. А потом пропала

Голубова. Виктор подозревал: Коршунов-младший знает, где она. Точнее, подозревал, что с девушкой он разделался. По крайней мере, намекал на это. Тогда же начались странности. Он нервничал, что-то скрывал... А после... после вдруг решил продать бизнес Коршунову. Мягко говоря, решение неожиданное. Когда я пытался выяснить причину, он на меня наорал. Такого за пять лет нашего знакомства не было.

— Его шантажировали?

— Уверен. На следующий день он извинился и вновь попросил навести справки. Его интересовали убийства, подобные убийству Елены Митрофановой.

— Красавицы-блондинки?

— Да. За шесть лет пять убийств. Со вчерашним трупом — шесть. И с двумя девушками Виктор был знаком. Возможно, с тремя, — неуверенно добавил Артем.

— Возможно? — нахмурилась я.

— Одна из убитых — Петрова Вероника Александровна.

— От имени которой он и получил венок? Об этом ты узнал от брата?

— Нет. Я сам наведался в похоронное агентство, хотелось разобраться с шутником. Все имена жертв к тому моменту я знал, на фамилию и инициалы обратил внимание, а также узнал, что твой брат побывал там до меня.

— И, судя по его реакции, фамилия произвела впечатление.

— Вот именно. Хотя его реакция удивлять не должна, фамилии девушек я успел ему сообщить раньше. Я попытался вызвать его на откровенный разговор, но напрасно. Он отмалчивался, сказал, что присланный венок — глупость, а фамилия Петрова чересчур распространенная...

— Не слишком убедительно.

— Я тоже так думаю. Кристина, твоего брата шантажировали, я уверен, вокруг него был настоящий заговор, и, боюсь, те, кто хотел его гибели, вряд ли успокоятся.

— И теперь займутся мной? Что ж, посмотрим.

— Уезжай, — сказал он и впервые за время нашего разговора посмотрел мне в глаза. А я усмехнулась.

Мы простились возле моего подъезда. Мое нежелание прислушаться к дельному совету Артема раздосадовало, он отправился восвояси, а я, дождавшись, когда его машина скроется за углом, побрела в ближайший магазин. Не худо подумать о хлебе насущном. Но мысли мои были довольно далеки от этой темы и вертелись в основном вокруг разговора со следователем. Если отбросить всю шелуху, получается следующее. Боков уверен, что мой брат причастен к убийствам, да вот доказательств у него нет. Богатый человек с извращенными фантазиями, не побоявшийся эти фантазии осуществить. Считал, что деньги — залог его безнаказанности. Шофер, по мнению все того же следователя, был его сообщником. Скорее всего, именно он похищал девушек и доставлял их в уединенные места, где хозяин мог вдоволь развлекаться. Жертв подбирал на улице, и одной из них оказалась я. Учитывая, что с шофером до той поры мы ни разу не встречались, вполне вероятно. Меня привозят на бывший стадион, надежно скрытый от посторонних глаз, и тут братец видит, кто очередная жертва. Встает вопрос, что делать. Парочка наскоро придумывает историю с выкупом, Витька отправляется в милицию, а его подельник сообщает, где меня искать, изображая случайного свидетеля, который видел девушку, то есть меня, в заброшенной раздевалке. История заканчивается моим счастливым освобождением. Но менты оказались куда умнее. Делу дан ход, прекратить расследование Витька не в силах, несмотря на все свои деньги. И вскоре менты выходят на шофера. На первом же допросе он начинает каяться, причем путаясь в показаниях. Сначала он привез меня в одно место, потом выяснилось, что в другое. Но на это особого внимания никто не обратил, главное, похититель найден и дает показания. Здесь Валерию Павловичу в логике тоже не откажешь. Учитывая недавнее убийство, куда разумнее рассказать байку о выкупе в расчете на минимальный срок и благодарность хозяина, которого Нестеров покрывает. Похищение с недавним убийством не связывают, шофер отправляется в тюрьму, а богатый извращенец остается без сообщника и теперь орудует в одиночку. Но где-то допускает промах, заинтересованные лица узнают о его шалостях и шантажируют. Он получает письма по электронной почте с угрозами, а потом и венок от имени одной из жертв. После убийства сына Коршунов прекращает переговоры о слиянии фирм, это тоже вполне укладывается в версию следователя. Коршунову теперь нужен не бизнес, а скальп моего брата. Серьезные доказательства у авторитетного бизнесмена вряд ли есть, скорее догадки, учитывая, что Витьку арестовывать не спешат. Но догадки опасные, брат мог не сомневаться, что, имея деньги и влияние, Коршунов в конце концов неопровержимые доказательства раздобудет. В этой ситуации самое разумное для Витьки — исчезнуть. И в его квартире находят труп. История, достойная быть экранизированной. В главной роли звезда Голливуда, и успех обеспечен. То, что брат вдруг решил оставить мне записку, дав понять: все не так, как кажется, вносит дополнительную интригу. Моя роль, по версии следователя, тоже далеко не однозначна. Я знаю куда больше — вот и причина моего внезапного отъезда. Я не хотела рассказать правду о брате и сейчас не хочу. Он мертв, значит, убийства прекратятся, а его имя останется незапятнанным. Я могу вдоволь пользоваться его деньгами, и в спину никто шипеть не будет. Шофер после освобождения получает от Витьки некую сумму как компенсацию за годы страданий и исчезает в неизвестном направлении, меньше всего желая выслушивать вопросы, которые уже возникли. Вот так примерно выглядит версия Валерия Павловича, если я ничего не упустила, конечно.

Я криво усмехнулась, а потом огляделась. Супермаркет остался далеко позади. Я подумала, стоит ли вернуться или еще пройтись немного? И направилась в ближайший парк. Следователь так увлечен своей идеей, что на некоторые факты не обратил внимания или не хочет обращать. С шофером мы действительно впервые встретились в зале суда, но мои фотографии, целых три, стояли на столе в офисе Витьки. Допустить мысль, что Нестеров их ни разу не видел, я не могу. Мало того, одну из фотографий брат увеличил, найдя ее очень удачной, и повесил в приемной. Валька еще смеялся по этому поводу, мол, брата от гордости распирает и он спешит сообщить всему миру, тыча пальцем в портрет, что это его сестра. Допустим, до стола шефа шофер так ни разу и не добрел, но в приемной хоть однажды да появился. Значит, идея следователя о случайной ошибке гроша ломаного не стоит. Не было ошибки. Нестеров знал обо всех моих передвижениях, для этой цели больше месяца следил за мной. Собственно, с показаний свидетеля, что возле института, где я училась, шофера видели не раз, и возник интерес к нему следствия.

Еще один пункт, вызывающий у меня сомнение: выбор жертв. Если верить слухам, Голубову брат убил, потому что она предпочла ему Коршунова-младшего. Витька менял девок как перчатки и вряд ли в последнее время стал другим. Предположим, это был особый случай, и вовсе не любовь тому виной, а неприязнь к сопернику. Но недавняя подружка-блондинка на роль жертвы совсем не годилась. Витьке повезло, что о его романе с девушкой тогда еще не знали. Однако рассчитывать на такое везенье он не мог. Что его связывало с Петровой, не ясно, но умный парень, которым мой брат, безусловно, являлся, выбирал бы своих жертв куда осмотрительнее.

Мысль эта привела к совершенно неожиданным последствиям, я вдруг вспомнила о брелоке, найденном братом в своей машине. Брелок со стразами больше подошел бы девушке. Инициалы «В.П.» — Виктор Протасов. Или Вероника Петрова? А в утро убийства брелок вместе с ключами исчез из квартиры. Я решила, он нужен был убийце, чтобы покинуть парковку, а если существовала другая причина? Убийца боялся, что брелок привлечет внимание и история его появления у брата тоже?

Виктор оставил мне записку. Теперь у меня появился третий вариант толкования его слов. «Это не я». Неужели он боялся, что я поверю? Поверю в его виновность, в то, что он убийца? Да он просто спятил. Я знаю своего брата лучше, чем кто-либо другой, и даже если с десяток следователей заявят, что он виновен, я не поверю. В чем угодно, но только не в убийстве. Виктор знал, что о венке мне непременно расскажут, а еще оставил фотографии в ноутбуке. Я бы предпочла куда более понятное моему разуму послание, например письмо, в котором он подробно посвятил бы меня в свои догадки. А может, не было никаких догадок? Он плутал в беспросветной тьме, как я сейчас, безуспешно пытаясь понять, что происходит? И эта его записка — отчаянный крик о помощи? Черт, почему он не обратился к друзьям, своему адвокату, наконец. Почему пытался разобраться в одиночку? «Никому не верь», — написал Капитан Америка. Может, в этом все дело? Брат не мог никому довериться, потому что уже знал: убийца рядом, на расстоянии вытянутой руки, кто-то очень близкий... Через минуту я поздравила себя с тем, что фантазия у меня не хуже, чем у Валерия Павловича. История вышла впечатляющая, но, похоже, столь же малодоказательная.

Пора было возвращаться домой, и я направилась к супермаркету, поймав себя на мысли, что то и дело заглядываю в витрины. Само собой, не они меня интересовали, просто желала убедиться: никто не болтается за мной по пятам. Не хотелось признаваться в этом, но к тому моменту идея заговора прочно утвердилась в моей голове, каждый встречный мужчина казался подозрительным, а за стеклом любой притормозившей рядом машины мерещились враги.

В супермаркете среди людей я чувствовала себя в относительной безопасности, оттого и пробыла там куда дольше, чем планировала вначале. Вышла на улицу, нагруженная пакетами, огляделась и бодрым шагом устремилась к дому. Возле двери своей квартиры замерла, прислушиваясь, делая вид, что ищу ключи. Дверь вновь предпочла не закрывать, бросила пакеты в прихожей, прогулялась по квартире и, убедившись, что на этот раз обошлось без сюрпризов, вернулась в прихожую, заперла входную дверь и вздохнула с облегчением.

Выпив чаю, я стала готовить, запретив себе думать о брате, но это было проще сказать, чем сделать. Однако привычная нехитрая работа все-таки свои результаты принесла, я не только приготовила вполне сносный обед, но и успокоилась. Враги не таращились изо всех углов, и на малейший шорох я реагировать не спешила. Весело насвистывала, собирая на стол, и поела с большим аппетитом.

Я мыла посуду, когда раздался телефонный звонок. Прикидывая, кто это может быть, я сняла трубку и услышала голос, в нем было что-то фальшивое, механическое. Такое впечатление, что голос записали на пленку, а она за давностью стерлась, слова тонули в поскрипывании и прочих шумовых эффектах.

В следующую секунду мне уже было не до этих

размышлений, потому что мужчина на другом конце провода заявил:

— Вали из дома, быстро. К друзьям, в гостиницу, куда угодно. И без дурацких вопросов.

Само собой, вопросы у меня были, и я, несмотря на предупреждение, собиралась их задать, вот только выслушивать их никто не собирался. Последнюю фразу он еще не договорил, когда пошли короткие гудки. Повертев в руках трубку, я вернула ее на место и огляделась. В этом не было никакой необходимости, ничего особенно интересного увидеть в своей прихожей я не надеялась. А вот решить, что теперь делать, требовалось срочно. Дядя с механическим голосом вызвал бурю эмоций. Прежде всего злость: я заподозрила, что меня попросту запугивают.

— Уже бегу, — буркнула я и вернулась в кухню с намерением домыть посуду. Однако почти сразу закрыла кран и подошла к окну.

Двор был пуст, против обыкновения ни одной машины на парковке и ни единой живой души. Все словно попрятались. Мысль, безусловно, глупая, и свидетельствовала она о том, что вожделенного покоя в душе не было. Мало того, чем дольше я стояла возле окна, тем неувереннее себя чувствовала.

— Ладно, будем надеяться, ты знаешь, что делаешь, — пробормотала я, бог знает кого имея в виду, прошла в свою комнату, сунула ноутбук в рюкзак и через минуту покинула квартиру. Беспокойство с каждым мгновением усиливалось, и по лестнице я уже бежала. Глубокий вдох, и я на улице.

Двор по-прежнему был пуст, а я подумала в досаде, как, оказывается, легко меня запугать. Какой-то придурок позвонил по телефону, и вот я бегу прочь из дома со всех ног. Возвращаться в квартиру желания не было, хотя такая мысль и возникла. Вместо этого я направилась к гаражам, что были во дворе: старые, железные, с облупившейся краской. Они стояли слишком плотно друг к другу, и протиснуться между ними возможным не представлялось. Обойдя их по кругу, я обнаружила деревянную скамью, судя по пустым бутылкам, разбросанным по соседству, место посиделок подростков или бомжей. Скорее все-таки подростков, бутылки в основном из-под пива. Передвинув скамейку к ближайшему гаражу, я без особого труда забралась на его крышу и переползла на четвереньках к противоположному краю. Железо грохотало, а я думала, как глупо выгляжу. Если кто-то из соседей увидит меня в окно, то заподозрит в дурных намерениях. Чего доброго, милицию вызовут. Впрочем, в тот момент милиция не особенно пугала. Я распласталась на крыше, порадовавшись солнечному дню. Железо успело нагреться, и лежать на нем было даже приятно.

Через десять минут я начала злиться из-за нелепости своего положения. Если звонивший наблюдает за мной, то сейчас хохочет в голос. Прикидывая, стоит ли вернуться в квартиру немедленно или полежать немного на солнышке, я скоротала еще минут пятнадцать. А потом во дворе появился темно-зеленый джип, затормозил у моего подъезда, и из него выскочили двое дюжих парней. Третий, что был за рулем, остался в машине. Парочка бегом устремилась к двери, домофон их ненадолго задержал, но буквально через мгновение я увидела мужчин в окне подъезда между первым и вторым этажом, с удовлетворением отметив, что передвигались они куда быстрее, чем я недавно. В окне между вторым и третьим этажом они так и не возникли, из чего я сделала вывод: задержались они на втором. Через пять минут можно было похвалить себя за догадливость, а еще сказать спасибо позвонившему дяде: силуэт одного из приехавших типов замаячил на моей кухне. Несмотря на то что парочка жаждала встречи со мной, крепла уверенность: мне с ними встречаться не стоит.

Я перевернулась на спину и, глядя в голубое небо, немного погадала, что за добрый самаритянин поспешил меня предупредить. Кандидатов пруд пруди, но ни один по здравом размышлении не годился. С догадками, кто эти типы и по какой нужде явились, тоже было туго. Я даже подумала, может, стоило с ними встретиться, однако всерьез такую идею не рассматривала.

Дверь подъезда хлопнула, а я перекатилась на живот и смогла наблюдать, как парни спешно загружаются в свое транспортное средство. Я-то надеялась, они уедут, но наши помыслы вновь не совпали. Водитель загнал джип на парковку и заглушил двигатель, следовательно, не застав меня дома, парни решили ждать, когда я вернусь. Надеюсь все же, надолго их терпения не хватит, иначе у меня возникнут трудности: сколько я пролежу на этой крыше?

Тут дверь машины вновь распахнулась, один из парней выбрался наружу и припустился к гаражу, на крыше которого я лежала. Такого развития событий я не ожидала и, признаться, запаниковала.

Так и подмывало вскочить и дать деру, пока еще есть шанс. Однако здравый смысл победил. Маловероятно, что, заметив меня, парень направился ко мне в одиночку, да и заметить все-таки не должен, хотя как знать... В общем, я уткнулась носом в железо, стараясь по возможности с ним слиться, и даже временно дышать перестала. Через минуту выяснилось, что военных действий мужчина затевать не собирался, а к гаражу его привело желание справить нужду. Место выбрал совсем неподходящее, замерев буквально в шаге от гаража. Тот за давностью лет успел врасти в землю, а мужчина, как на грех, оказался высоким, и, если он вдруг вскинет голову, очень может быть, что меня увидит.

К счастью, голову поднимать он не стал, торопился сделать свое дело и бормотал вполне отчетливо:

— Бегай за этой сукой...

«А кто тебя просит?» — мысленно ответила я. Он развернулся и потрусил к джипу, а я подумала: искушать судьбу не стоит, а значит, надо выметаться. Пятясь задом, я начала отползать, подтягивая за собой рюкзак, очень надеясь, что внимания на мои передвижения не обратят, а грохота железа не услышат (грохотало не то чтобы сильно, но у страха, как известно, глаза велики).

Спустившись на землю, я направилась вдоль гаражей. От соседнего двора их отделяла ограда из металлической сетки, через нее не перелезть, а стоит мне высунуть нос из своего укрытия, ребята в джипе непременно меня увидят, если они не законченные олухи, конечно, и за двором наблюдают. Я рассчитывала расположиться на гараже, последнем в ряду, то есть подальше от вражеской машины, и обретаться там, насколько хватит терпения. Но не успела я преодолеть и двух десятков метров, как обнаружила в сетке огромную дыру. Моя большая благодарность подросткам, не желавшим тратить время, чтобы попасть из одного двора в другой, и избравшим самый короткий путь.

Через минуту я уже неслась к соседнему дому, но, заметив домик на детской площадке, устроилась в нем, благо что детворы поблизости не было, и задалась вопросом, куда податься. Можно к Артему. Я достала мобильный, собираясь звонить, но почти тут же вернула его в карман. Адвокат предпочел бы проводить меня в аэропорт на ближайший рейс, и мой рассказ о парнях в джипе укрепит его в правоте своих намерений. Слушать его увещевания в настоящий момент обременительно для моих нервов. Значит, Петька. Он тоже не подходил: очень многое пришлось бы объяснять. О Вальке я всерьез даже не думала. Можно податься к Маринке Щетининой, но, во-первых, я не знала, где ее следует искать, а во-вторых, и в-главных, тащить на хвосте неприятности отнюдь не по-дружески, тем более нас и подругами не назовешь. В общем, страдать ей в случае чего придется совершенно безвинно. Конечно, кроме этих четверых, были у меня знакомые, но свалиться им на голову после шести лет забвения — большое свинство. Болтаться по улицам вблизи дома опасно, вдруг парням надоест торчать во дворе и мы ненароком столкнемся? Уходить в подполье нет ни навыков, ни желания. В конце концов я выбрала самое простое решение: отправиться в квартиру брата. Там есть охрана, да и я буду начеку. И в случае необходимости вызову милицию. Кстати, почему бы ее не вызвать сейчас? А что я им скажу? Мне не нравятся типы, засевшие в моем дворе?

Через пять минут я смогла убедить себя, что ничего толковее мне не измыслить, и припустилась дворами в сторону универмага, где, как я помнила, была стоянка такси. Такси не оказалось, зато очень кстати подошел троллейбус, и, сделав две пересадки, я благополучно добралась до Виткиного дома. И, только войдя во двор, подумала с опозданием: если меня ждут возле родительской квартиры, отчего бы им и сюда не наведаться? Надо было решать: или двигать дальше, или уносить отсюда ноги. Я бы предпочла второе, вот только не знала куда и в результате оказалась в подъезде. Охранник кивнул без улыбки, когда я проходила мимо.

— Меня никто не спрашивал? — наугад спросила я. Он покачал головой, а я добавила: — Если будут интересоваться, меня нет дома.

Выходя из лифта, я посмотрела на дверь Виткиной квартиры, а потом перевела взгляд на противоположную дверь. Неудачные мысли обычно приходят парами, вот я и направилась к квартире соседа. Без определенных намерений. На дверь квартиры брата все-таки косилась, вдруг оттуда выскочат по мою душу звероватого вида ребятишки. По этой причине на кнопку звонка я давила в большом нетерпении. Феликсу вовсе необязательно находиться дома, он может быть где угодно... Он был дома, открыл дверь и расплылся в улыбке.

— Господь услышал мои молитвы, — пропел дурашливо. — Ты на моем пороге.

— А пройти можно? — спросила я, нахально его подвинув и торопясь закрыть дверь. — Ты обещал угостить меня кофе, — напомнила я с застенчивой улыбкой, которая с моим поведением сочеталась плохо, но Феликсу, вне всякого сомнения, понравилась, по крайней мере, он всем своим видом старался убедить меня в этом.

— Все, что угодно, — развел он руками. Я сбросила рюкзак и начала оглядываться.

— Ничего, если я немного прогуляюсь по квартире?

— Интересуешься интерьером?

— Ага. Любопытно взглянуть, как ты устроился.

— Валяй. Жду тебя в кухне.

Квартира оказалась даже больше Витькиной, но обстановка была куда скромней. В просторной гостиной только диван и телевизор в углу. На выкрашенных в фисташковый цвет стенах ни одной картины, в спальне кровать, застеленная пушистым пледом, и мохнатый ковер на полу. Журнальный столик, на нем лампа с золотистым абажуром. В комнате, которую условно можно было назвать кабинетом, письменный стол, роскошное кресло из тисненой кожи, ноутбук и еще один телевизор. Четвертая комната оказалась и вовсе пустой. Из нее вела дверь в гардеробную. Я-то ожидала, что она будет набита до отказа, но и здесь Феликс смог удивить, ничего лишнего.

На кухне царил образцовый порядок, хозяин замер возле плиты, помешивая кофе в турке.

— Давно ты здесь живешь?

— Два года. Мои холостяцкие привычки не пришлись по вкусу?

— Напротив. Миленько.

Я устроилась за столом, поглядывая на него. Уже первая наша встреча произвела впечатление, теперь вопросов прибавилось. Например, чем он зарабатывает на жизнь. В кабинете только ноутбук, ни книг, ни папок с бумагами, вообще ничего. Принтера и то нет.

— От работы не отрываю? — спросила я.

— Работа не волк, — засмеялся он, разлил кофе в чашки и одну подал мне. Сделав глоток, я с удовлетворением отметила, кое-что в его словах было правдой: готовить кофе он умел. — Ну как? — задал он вопрос, наблюдая за мной.

— Божественно.

— Не ожидал так скоро тебя увидеть, — заявил он с кошачьей улыбкой. — Я тебе нравлюсь.

— Приемлемо, — кивнула я. — Но есть еще вариант.

— Да? Какой?

— Захотелось выпить кофе на халяву.

— Золотое правило миллионера — копейка рубль бережет?

— Что-то в этом роде. Слушай, а я могу остаться у тебя на ночь?

Он с задумчивым видом поскреб за ухом.

— Это мое обаяние так действует или в своей квартире тебе неуютно?

— Честно? Кошмары замучили. Ты как будто не очень обрадовался, а я-то думала, рухнешь в обморок от счастья.

— Держусь из последних сил. Если я слягу без сознания, какая тебе от меня польза?

— Вообще-то, я не напрашиваюсь в твою постель, только в квартиру. Устроюсь на диванчике, а в качестве платы за постой вымою полы. Что скажешь?

— Святое дело услужить девушке, — засмеялся он. — Но плату я назначу сам.

— Только предупреди заранее, вдруг в цене не сойдемся.

— Сойдемся, — кивнул он. — Лишнего не спрошу.

Глаза его смотрели насмешливо, а я с опозданием поняла, что взяла неверный тон. Еще пять минут назад я и впрямь подумывала остаться, но теперь стало ясно: надо выметаться. Мысль эта настроения не прибавила, понятно, что надо, да вот куда? Мои размышления были прерваны звонком в дверь. Признаться, от неожиданности я вздрогнула, хорошо хоть не подпрыгнула, Феликс на мою нервозность внимания не обратил и выдал очередную улыбку.

— Ты кого-то ждешь? — спросила я.

— Последние десять лет только тебя, — засмеялся он. — Девушка моей мечты пьет кофе в моей кухне, собирается остаться на ночь, так чего мне еще желать?

В прихожую он не спешил, и это, признаться, порадовало. А ну как недруги, не застав меня дома, решили поинтересоваться у соседа, где меня следует искать? Мысль скорее глупая, но в тот момент казалась вполне вероятной.

Звонок настойчиво трезвонил, я хмурилась, а Феликс улыбался. На пятой минуте он все-таки терпения лишился и направился в прихожую. Я ухватила его за руку.

— Может, затаимся?

— Боюсь, это не тот случай, — вздохнул он и пошел дальше, прикрыв дверь в кухню.

Я вскочила и замерла рядом с ней, прислушиваясь. Через минуту стало ясно: мои страхи были напрасны. Если кому и следовало бояться гостей, то вовсе не мне, а Феликсу.

— Милая, как ты не вовремя, — пропел он, а я фыркнула, прикрыв рот рукой.

— Феликс, ты скотина... — женский голос звучал визгливо, а его обладательница знала толк в выражениях, они были истинными шедеврами словесности и восхищали яркой эмоциональностью.

— Не могла бы ты заткнуться, дорогая? — спросил Феликс, как только получил возможность вставить слово.

— Ты не звонишь уже несколько дней и на мои звонки не отвечаешь, — заявила девушка, неожиданно всхлипнув. — Что я должна думать?

— Что я занят.

— Но хоть раз позвонить ты мог?

— Вряд ли, если не позвонил. Я не планировал с тобой встречаться сегодня и, честное слово, не вижу причин свои планы менять.

— У тебя кто-то есть?

— Сейчас или вообще?

— Мерзавец, — вновь заверещала девица. — Где она? Черт...

Судя по возне в прихожей, гостья пыталась прорваться в квартиру, а хозяин этому препятствовал.

— Будешь буйствовать, выставлю за дверь.

— А что это за рюкзак? — спросила глазастая девица.

— Просто рюкзак, — ответил Феликс.

— Ты ходишь с рюкзаком? Что ты мне голову морочишь? У тебя правда никого нет? — Девушка сбавила обороты и перешла на ласковое поскуливание. А я в досаде покачала головой, наша сестра в тот миг в принципе восторга не вызывала.

— Правда. А вот работы пруд пруди. Так что выметайся.

— Ты мне позвонишь?

— Само собой.

— Когда?

— Завтра или послезавтра...

Ему таки удалось выставить ее на лестничную клетку, потом хлопнула дверь, и стало тихо. Я выглянула из кухни и сказала:

— Если ты из-за меня, то напрасно, я могла бы немного посидеть в шкафу, а потом тихо смыться.

— Вот только твоих советов мне еще не хватало, — буркнул он, сняв телефонную трубку; звонил он, как выяснилось, охране. — Какого черта вы ее опять пустили? — Что ответил охранник, мне неведомо, но настроение Феликса это не улучшило.

— Подружки донимают? — съехидничала я, когда трубку он в досаде бросил.

— Все начинается так мило, а заканчивается всегда одинаково, — пожаловался он.

— Сочувствую. Спасибо за кофе, — сказала я, подхватив с пола рюкзак.

— Куда ты? — нахмурился Феликс.

— Если концовку я уже знаю, на фига что-то начинать?

— А как же надежда? Всегда надо верить в лучшее. Вот сейчас я верю, что ты захочешь выпить еще кофе. Или хотя бы выслушаешь меня.

— Тебе есть что сказать? — удивилась я.

— Только одно: если ты уйдешь, я буду чувствовать себя последним идиотом. Упустил свой шанс, и все такое...

— Неприятно, — пришлось согласиться мне.

— Ага. Меня оправдывает элемент неожиданности, кто же мог предположить, что она появится. — Болтая таким образом, он смог отобрать у меня рюкзак, впрочем, не особенно я и сопротивлялась. — Давай выпьем, — улыбнулся он. — И начнем знакомиться заново. Я расскажу историю своей жизни, и ты поймешь, что я неплохой парень, а незначительные малоприятные черты моего характера — последствие неправильного воспитания. Мама очень баловала меня в детстве, и я вырос немного эгоистом.

— Теперь это в прошлом, — порадовала я.

— Не сомневаюсь, я готов перевоспитываться прямо сейчас.

Мы все еще топтались возле входной двери, и я прикидывала, стоит уйти немедленно или разумнее выждать время? Появление девицы, по непонятной причине, здорово разозлило, хотя какое мне дело до шашней Феликса, если в его квартире я просто намеревалась отсидеться? Мысль о том, что он мне нравится, я забраковала решительно и бесповоротно, по крайней мере, смогла себя в этом убедить. Тут мы услышали, как открылись двери лифта, а вслед за этим раздались шаги.

— Черт, неужели она вернулась? — буркнул Феликс, но и он, и я сразу поняли, это не так: поступь тяжелая, женщины так не ходят, даже если сильно гневаются, к тому же шли как минимум двое.

Я уткнулась в дверной глазок. Двое мужчин направлялись к квартире брата, замерли, прислушиваясь, а потом переглянулись, точно пытаясь решить, что делать дальше. Феликс, видя мою увлеченность, собрался задать вопрос, но я приложила палец к губам, призвав его к молчанию. Он легонько меня отодвинул и сам заглянул в глазок. Увиденное ему вряд ли понравилось, он нахмурился, взял меня за руку и увлек подальше от двери.

— Ты забрела на чашку кофе, не желая встречаться с гостями? — задал он вопрос.

— Разве не в правилах джентльмена помогать девицам в беде? — вопросом на вопрос ответила я. — Но если так далеко твое хорошее воспитание не распространяется, ты можешь выставить меня за дверь прямо сейчас.

— Ты просто хочешь переждать визит в моей квартире и мне не надо выходить, громко требовать объяснений, а потом спускать их с лестницы?

— Я бы хотела все это увидеть, но боевого задора в тебе кот наплакал.

— Я могу собраться с силами, — расправил он плечи. — С целью произвести впечатление.

— Лучше не надо. Будем надеяться, что они быстренько уберутся восвояси.

Феликс кивнул и вернулся к входной двери, я отправилась следом. У дверного глазка вышла заминка, заглянуть в него хотелось и ему, и мне, он на правах хозяина, конечно, имел преимущество, но гости-то все-таки мои. В общем, он джентльменски посторонился, и я смогла наблюдать, как один из парней крутит головой во все стороны, стоя к приятелю спиной, а тот нахально возится с замком. Решив, что наслаждаться этим зрелищем в одиночку невежливо, я посторонилась, и Феликс занял мое место.

— У ребят серьезные намерения, — шепнул он.

— Ага. Нахально лезут в чужую квартиру. И это называется дом повышенной безопасности, — легкость, с которой посторонние попадали в подъезд, и в самом деле удивила.

— Чего ты зубы скалишь? — возмутился он. — Что будем делать? Вызывать милицию?

— Есть идея получше, — ответила я.

— Да? И какая?

— Спрошу, что они тут забыли, вдруг да и узнаю что-нибудь путное.

— Что, вот так выйдешь и спросишь?

— Конечно. Любопытно ведь. А ты, если они окажутся людьми грубыми или вдруг затеют военные действия, позвонишь в милицию.

Мы стояли и таращились друг на друга, я — с улыбкой от уха до уха, Феликс — с неудовольствием.

— Ладно, обойдемся без милиции, — заявил он, шагнул к огромному шкафу-купе, выдвинул один из ящиков, а я вновь уставилась в глазок.

Копошение возле моей двери продолжалось, то ли замки оказались надежными, то ли навыков их вскрывать у парней не было. К тому моменту, когда я перевела взгляд на Феликса, он успел облачиться в пиджак, что вызвало недоумение. Он решительно приблизился и распахнул дверь, но на лестничную клетку я вышла первой.

— А вот и наша красотка, — пробасил один из

парней, тот самый, что все это время вертел головой, взгляд его переместился левее, и в лице наметилась растерянность. Он пихнул в бок своего приятеля, который при его словах успел повернуться и даже изобразить подобие усмешки, но она мгновенно сползла с его физиономии. Оба таращились вовсе не на меня, а на Феликса, и увиденное очень им не нравилось.

— Извините, что помешал, — произнес Феликс, распахивая полы пиджака и сунув руки в карманы брюк. А до меня наконец дошло, отчего парни вдруг приуныли. За ремнем брюк торчал пистолет, и что-то подсказывало: он настоящий. Я перевела глаза на лицо Феликса и поняла: настоящий, и он запросто им воспользуется, если решит, что это необходимо. Есть люди, которым веришь на слово, а есть такие, кому и взгляда достаточно. Феликс дал парням время рассмотреть оружие, понять, что он собой представляет, и, если хватит духу, что-нибудь ответить. С последним было туго.

— Вы квартиры перепутали? — пришла я им на помощь.

— Да, — с готовностью кивнул тот, что стоял ближе. Второй все еще таращился на Феликса, сделал шаг с неясным намерением и произнес:

— Ты...

— Пасть закрой, — перебил Феликс. — И оба быстро отсюда. Мой совет — держитесь от девушки подальше.

Парни переглянулись и с видимой неохотой стали спускаться по лестнице. Феликс взял меня за руку и потянул в свою квартиру, захлопнул дверь. На физиономии не было и намека на улыбку победителя, скорее раздражение и досада. Я ткнула пальцем в оружие.

— Это приложение к компьютеру?

— У меня есть разрешение, хочешь, покажу?

— Обойдусь. Лучше пистолет покажи.

— Зачем?

— Я любопытна.

— Оружие не игрушка, — ворчливо ответил он, убирая его в ящик шкафа-купе.

— С этим трудно не согласиться, тем более что пистолет не газовый. Напомни, пожалуйста, кому выдают разрешение на боевое оружие?

Он выдал свою лучшую улыбку, наверное, в надежде, что при виде ее все мысли меня покинут, кроме одной: недурно было бы устроиться на его груди.

— Ну, и где твоя благодарность? — засмеялся он.

— Осталась на лестничной клетке. В таких случаях говорят: из огня да в полымя.

— Что-то фантазия у тебя разыгралась. Дай мне ключи, проверю замки, может, придется их менять. — Не дожидаясь моего ответа, он взялся за дверную ручку, предусмотрительно заглянув в глазок, и вдруг махнул мне рукой, предлагая приблизиться. — А этому что надо? — едва слышно шепнул он.

Сменив его возле двери, я увидела соседа-художника, который с большой осторожностью приближался к квартире брата. Подошел вплотную, прислушался, потом посмотрел на противоположную дверь и на цыпочках направился в нашу сторону. Это выглядело бы даже забавно, если бы не выражение лица, хмурое, настороженное, точно мужчина в любой момент ожидал нападения. Теперь видеть его я не могла, но была уверена, он стоит в шаге от двери и прислушивается.

— Сумасшедший дом, — буркнул Феликс и распахнул дверь. Художник испуганно шарахнулся, а Феликс спросил: — Вы ко мне?

— Извините, — пролепетал тот. — Услышал шум на лестничной клетке. У вас все в порядке?

— Выяснял отношения со своей девушкой. Очень громко?

— Нет-нет, просто я подумал, мало ли что... Извините... — Художник поспешно удалился, а Феликс закрыл дверь.

— Похвальная бдительность. Давай ключи.

В мою квартиру мы отправились вместе и через минуту смогли убедиться: существенного урона замкам двое типов нанести не смогли, ключ легко повернулся, нижний замок оказался открытым, но тоже работал. Я вошла в холл и огляделась, сбросив рюкзак на пол.

— Интересно, что им здесь понадобилось? — подумала вслух.

— Ты, — ответил Феликс, с праздным видом прогуливаясь по гостиной. — Это следует из их собственных слов. Не хочешь объяснить, что происходит?

— Не-а, — покачала я головой.

— Твой брат погиб, в квартиру ломятся какие-то типы, а ты, вместо того чтобы вызвать милицию...

— Твое появление произвело эффект, — перебила я.

— Они не ожидали увидеть парня с оружием.

— Это точно. Но глаза у них полезли на лоб

чуть раньше того момента, когда ты продемонстрировал свою железку.

— Серьезно? Барышни в таких ситуациях склонны все преувеличивать.

Пока я прикидывала, что ответить на это, зазвонил мой мобильный.

— Ты где? — спросил Петька, забыв поздороваться.

— В квартире Виктора.

— Собственно, я звоню сказать, что о твоей просьбе помню, но пока ничего толкового не узнал, ну, я имею в виду Витькиных соседей. Художник, похоже, пользуется спросом, то есть его мазня. Сейчас замутил какой-то проект с упырями, не очень-то я понял, в чем там дело, одно смог уяснить: мужик помешался на всякой чертовщине. Для музея восковых фигур сделал Джека Потрошителя, рожа мерзкая, но главное не это, жертва выглядит уж очень впечатляюще, из перерезанного горла кровь хлещет, точно настоящая. Говорят, он в кино работал, делая грим покойникам...

— Что? — не поняла я.

— Ну, когда надо изобразить руки-ноги оторванные, морду в крови... или ее вовсе нет... чем страшней, тем лучше. И за такую хрень люди бабло платят... — Пока я пыталась оценить новость, Петька продолжил: — Сосед напротив — мутный тип. Чем занимается, не ясно, но его не раз видели в компании Дениса Коршунова и еще парочки любителей перекинуться в картишки. Сам знаю, фигня, а не сведения, но я стараюсь.

— Спасибо, — буркнула я, отбросила телефон и уставилась на Феликса.

— Чему обязан?.. — спросил тот через некоторое время, обратив внимание на мой пристальный взгляд.

— Чем больше я о тебе узнаю, тем меньше желания держать тебя в квартире.

— И что ты узнала? — Он плюхнулся на диван рядом со мной, закинул ногу на ногу и насмешливо улыбнулся. — Кстати, откуда такой интерес?

— Любопытство, — пожала я плечами.

— Только-то? Я надеялся, у тебя далеко идущие планы. Скажу без хвастовства, тут я могу порадовать: не женат, детей нет, порочащих связей не имею.

— Среди твоих знакомых был Денис Коршунов? — спросила я, сцепив на груди руки и давая понять, что шутки мне приелись.

— Коршунов? Не припомню.

— Да? Вы довольно часто играли с ним в карты.

— Ну и что? У меня полно друзей. Хочешь, я и твоим другом стану? Я даже могу поиграть с тобой в карты. Хотя предпочел бы другие игры.

— Незадолго до смерти моего брата, — медленно заговорила я, — прошел слух, что он причастен к убийству Дениса Коршунова. Теперь выясняется, что вас с этим типом не раз видели вместе. Вроде бы ерунда, но ерунды набирается слишком много. Мой друг сказал, парень ты мутный, и я склонна с ним согласиться.

— Не в моих правилах оправдываться, но ты мне нравишься, а твои черные мысли на мой счет — нет. Я незнаком с твоим братом, среди моих приятелей был тип по имени Денис, его действительно убили, возможно, его фамилия Коршунов, я не интересовался. Для того чтобы перекинуться в картишки, фамилия ни к чему. Карты — это то, чем я зарабатываю на жизнь. Девушке вроде тебя такое вряд ли понравится, поэтому я немного приврал, рассказывая о себе. Народ возле карточных столов крутится разный, а выигрыши бывают довольно существенными, оттого я и обзавелся пушкой. Вот и все. Мой рейтинг резко пошел вниз?

— Не обольщайся. Он и так был ниже некуда, — хмыкнула я.

— Кстати, а сколько тебе лет? — улыбнулся Феликс.

— Двадцать четыре.

— Да? Если отвлечься от твоего ангельского личика, создается впечатление, что у тебя за плечами суровая школа жизни.

— На свете есть места, где быстро взрослеешь, — в тон ему ответила я.

— Не приведи господи там оказаться, — хмыкнул он. — Вот что, деточка, как бы подозрительно я ни выглядел в твоих глазах, у меня куда больше поводов в тебе сомневаться. Прелестное создание, у которой недавно погиб брат, чьи миллионы она унаследовала, должна вести себя иначе.

— И как, по-твоему, я должна себя вести?

Мы немного посверлили взглядом друг друга.

— Ты знаешь куда больше, — произнес Феликс. — Об убийстве брата тоже. Но предпочитаешь молчать. Я вовсе не себя имею в виду...

— А кого?

— Ментов. Сомневаюсь, что с ними ты разговорчивей.

— Обмен любезностями предлагаю на этом закончить, — сказала я, Феликс покачал головой.

— Женщины больше не нуждаются в сильном мужском плече?

— С чего вдруг такая щедрость?

— Я ведь сказал: ты мне нравишься. Спятил, наверное.

— Наверное, — не стала я спорить.

— Испытания обычно сближают, — продолжил он с ухмылкой.

— Вряд ли это наш случай. Сближаться с тобой совсем не хочется, — честно призналась я. Он засмеялся.

— Ты мою бывшую подружку имеешь в виду?

— В комплексе. Ладно, будем считать, что ты мне здорово помог. А теперь с чувством выполненного долга выметайся.

— А если они вернутся?

— Маловероятно, ты ведь так усердно демонстрировал серьезность намерений.

— Может, они и впечатлились, но как отреагирует человек, пославший их сюда, еще вопрос. Мне в любом случае предстоит бессонная ночь, не заставляй меня до утра пастись под дверью, лучше мирно устроимся в одной из квартир. Ты какую предпочитаешь — свою или мою?

— Свою, — улыбнулась я. — Здесь я, по крайней мере, буду избавлена от визитов твоих подружек.

— Разумно, — кивнул Феликс.

Остаток вечера мы провели вполне мирно. Он отправился к себе и вскоре вернулся с бутылкой красного вина. Устроившись в гостиной, мы выпили, неспешно разговаривая. Со стороны беседа могла показаться совершенно обычной, если бы не одна деталь. Увлеченно о себе рассказывая,

Феликс умудрился не сообщить мне ничего существенного, и, отходя ко сну, я знала о нем ровно столько, сколько и до наших посиделок. Следуя чужому примеру, о себе я тоже помалкивала, в общем, мы походили на резидентов двух вражеских разведок, осторожно друг друга прощупывающих. Единственным достойным упоминания событием вечера был звонок на мобильный Феликса. Взглянув на дисплей, он едва заметно поморщился, но поспешил ответить.

— Да, отец. Извини, я очень занят. Перезвоню, как только смогу.

— Разговаривайте на здоровье, я подожду в другой комнате, — милостиво предложила я, считая родственные узы священными.

— Ничего срочного, — заверил меня Феликс. — Старику просто пришла охота поболтать. Навещу его завтра.

— Он живет один?

— Да, мама умерла два года назад.

Около двенадцати мы разбрелись по комнатам, я постелила Феликсу в гостевой, сама устроилась в Витькиной спальне И почти сразу пожалела об этом. Чувство такое, что брат был рядом, и избавиться от мыслей о нем возможным не представлялось, а я уже сатанела от догадок, подозрений и черных дум и попросту хотела уснуть. Была еще причина, заставлявшая ворочаться с боку на бок: портрет на стене. Видеть его в темноте я не могла, но девица со взглядом ведьмы здорово нервировала. Так и подмывало снять портрет со стены и куда-нибудь запихнуть, и только мысль о Феликсе останавливала: застань он меня сейчас за этим занятием, непременно бы решил, что я спятила. Промучившись часа три, я в конце концов уснула.

Разбудил меня какой-то звук, я открыла глаза и в следующий миг уже точно знала: хлопнула входная дверь. Словно в подтверждение догадки, раздались шаги. Я взглянула на часы и присвистнула: половина одиннадцатого. В тот момент я была уверена, по квартире бродит Феликс, появление незваных гостей представлялось маловероятным. Если я ошибаюсь, меня ждет неприятный сюрприз. Взяв телефонную трубку, я направилась к двери и осторожно выглянула. Так и есть, Феликс с объемистым пакетом в руках шел из холла в кухню.

— Привет, — сказала я, распахивая дверь пошире.

Он взглянул на меня, пристроил пакет на обеденный стол и приблизился. Губы его раздвинулись в улыбке, а потом он и вовсе начал смеяться.

— У меня вместо носа свиной пятачок? — спросила я не очень любезно, с неудовольствием подумав, что, должно быть, и впрямь выгляжу не лучшим образом.

— Ты очаровательна, — заявил он, ухватил меня за подбородок и легонько коснулся губами моих губ. Можно было послать его к черту, но почему-то не хотелось. — Симпатичная футболка, — отступив на шаг, продолжил он. — Мне нравится.

Футболка на мне была Витькина, что такого симпатичного в ней нашел Феликс, неведомо, но ухмыляться продолжал.

— Где ты был? — задала я вопрос, хотя ответ на него не требовался, достаточно взглянуть на пакет с провизией.

— Навестил своего старика и заскочил в магазин. Тебя будить не стал, ты спала так сладко...

Можешь еще немного поваляться в постели, пока я готовлю завтрак.

— Обольщение идет полным ходом, — съязвила я.

— Ты обо мне или о себе? Большая просьба, милая, оденься. Или давай я разденусь. Я, конечно, джентльмен, но тут никакого терпения не хватит.

Я поспешила ретироваться, чего доброго, Феликс вообразит, что я действительно пыталась соблазнить его и с этой целью разгуливала в одной футболке.

Я отправилась в ванную, где провела куда больше времени, чем обычно. Придирчиво разглядывала себя в зеркале и даже пожалела, что не взяла с собой косметику, хотя шесть лет счастливо без нее обходилась. В общем, хотелось мне того или нет, а Феликс уже что-то да значил для меня, и тот факт, что доверять ему я была не склонна, на данное обстоятельство никак не влиял.

В кухне я появилась в джинсах и майке, прошлепала босыми ногами по паркету и с независимым видом устроилась за столом. Феликс меня удивил, завтрак был обильным, а главное, вкусным. Вместо того чтобы сказать «спасибо», я буркнула:

— Нам необязательно жить одним домом.

— Необязательно, — кивнул он. — Но это так приятно... Кстати, ты умеешь готовить? Или это теперь моя почетная обязанность?

— Если враги затаились, может, и вовсе больше не появятся? — вслух подумала я.

— Поживем — увидим. Значит, готовить ты не умеешь?

— Умею. Но все это как-то...

— Неожиданно? — подсказал он.

— Скорее подозрительно.

— Я ведь честно признался, что ты мне нравишься. Ты утверждаешь, что я тебе — не очень. Так кто из нас ведет себя подозрительно?

— Ты образование где получал? В иезуитском колледже? Удивительная способность все переворачивать с ног на голову.

— В тех местах, где быстро взрослеют, мужчин что, вообще не было? Ты так отчаянно отстаиваешь свою независимость...

— Это плохо? — нахмурилась я, заподозрив, что он считает меня дурочкой.

— У тебя все получается очаровательно. Но если хочешь совета: расслабься и убери свои колючки. Мужчина нужен женщине, чтобы она могла быть слабой, сильной она может стать и без него.

— И как я должна это понимать? Успокойся, милая, у тебя больше нет проблем?

— Боюсь, что проблемы остались, но это теперь моя забота.

Мы посмотрели друг на друга, и я сказала:

— Охренеть... — а он поморщился:

— Леди так не выражаются.

Я не была леди, а он точно не был джентльменом, но разминка для меня закончилась с разгромным счетом. Немного подпортив чужой праздник, лишних очков я не набрала, однако настроение себе, безусловно, улучшила.

— Какие у тебя планы на сегодняшний день? — спросил Феликс, когда мы пили кофе.

— А у тебя? — вновь не удержалась я от язвительности.

— Охранять, защищать, в общем, быть рядом.

— Если ты нацелился на богатую невесту, тебя ждет разочарование.

— Брат не оставил тебе ни копейки? — поднял он брови. Я пожала плечами, а он продолжил: — Загадок только прибавилось. Мне своих денег хватает, а от тебя я бы не отказался. Хотя, может, еще и передумаю, — закончил он с усмешкой.

— Попробую выдержать испытательный срок, а уж потом оторвусь по полной.

— Звучит многообещающе. Так что там с планами?

— Нет никаких планов, — вздохнула я с печалью. — Хотя... хочу заглянуть в музей восковых фигур.

— Отголоски любознательного детства?

— Что-то вроде этого.

— Хорошо. Когда отправимся?

— Можно прямо сейчас.

Через полчаса мы, спустившись в паркинг, устроились в машине Феликса.

— Если уж мы теперь неразлучны, давай заедем на квартиру родителей, — предложила я. — Надо забрать кое-какие вещи, чтобы не травмировать тебя видом моей футболки.

— Я же сказал, она мне нравится, — засмеялся Феликс, выезжая из паркинга.

Я назвала адрес и, откинувшись в кресле, сделала вид, что наблюдаю за дорогой, но на Феликса, конечно, поглядывала.

— Хороший признак, — заявил он. — Ты уже глаз с меня не сводишь.

— Не скажешь, почему рядом с тобой я чувствую себя дурой? Не очень-то это способствует добрососедским отношениям.

— Ерунда, ничто так не подогревает женский интерес, как постоянные сомнения.

— А мужской?

— То же самое.

Мы сворачивали во двор моего дома, когда я заметила мужчину в темной ветровке. Не будь я занята болтовней с Феликсом, увидела бы его раньше. Он нырнул в переулок и теперь быстро удалялся, но на мгновение физиономия мужчины попала в поле моего зрения, и сомнения улетучились. Темные очки, бейсболка. Но, главное, конечно, походка. Он шел ссутулившись, вроде бы что-то высматривая на земле.

— Сдавай назад, — буркнула я, вытянув шею, очень боясь потерять парня из виду. Феликс выехал в переулок и вопросительно взглянул на меня.

— Планы опять меняются? Тебя заинтересовал тип в бейсболке?

Чужая наблюдательность произвела впечатление, я-то была уверена, Феликс на мужчину внимания не обратил.

— Еще как!

— Ну и вкусы у тебя, — хмыкнул он, продолжая следовать в нужном направлении. — И что такого есть у него, чего нет у меня?

— Ты не пас меня несколько дней подряд, не торчишь в моем дворе, хотя, если разобраться, твое поведение ничуть не лучше.

— Этот тип следил за тобой? — переспросил Феликс, судя по его лицу, шутить ему уже не хотелось.

— Может, мне померещилось.

Мы поравнялись с мужчиной в бейсболке, я предусмотрительно сползла на сиденье, чтобы он не смог меня увидеть. В конце переулка стоял старенький «Опель», к нему мужчина и направился. Сел в машину, но заводить ее не торопился. Феликс проехал вперед и свернул в ближайший двор, сделал плавный разворот и замер, наблюдая за дорогой. Наконец появился «Опель». Далее все было как в шпионских фильмах. «Опель» выехал на проспект, мы за ним, держась на расстоянии и стараясь не терять его из виду. С проспекта он свернул на улицу Мира и направился к промзоне. Машин здесь было куда меньше, и Феликс увеличил расстояние. Теперь «Опель» едва виднелся впереди. Я помалкивала, хоть и боялась, что «Опель» мы потеряем.

Феликс знал толк в слежке, это стало ясно очень быстро, и хоть в данном случае я видела в этом безусловную пользу, однако мои сомнения лишь удвоили его способности. Движение вновь стало оживленным, и мы приблизились. Слева появились несколько двухэтажных домов, к ним «Опель» и направился, а через минуту свернул во двор одного из них. Феликс проехал дальше и затормозил.

— Жди здесь, а я проверю...

Он ушел, а я разглядывала пейзаж за окном. Зрелище унылое. Старые обшарпанные дома, вокруг кучи мусора. Прогнившие рамы и покосившиеся палисадники, в которых вряд ли что могло произрастать, кроме крапивы. В таких местах начинаешь догадываться: когда отцы народа говорят о равных возможностях, понимать это надо примерно так: «Конечно, возможности у всех равные, но конкретно вас мы в виду не имели».

Феликс вернулся довольно быстро.

— Третий дом, первая квартира, — сказал он, устраиваясь в водительском кресле. — И ни одной души поблизости, чтобы задать наводящие вопросы. Соваться к соседям я не рискнул, но, если надо, могу попробовать.

Я немного поразмышляла и кивнула.

— Напросимся в гости.

— А цель?

— Задать вопросы, естественно. Начнет хитрить, набьешь ему морду. Ты, кстати, пистолет прихватил?

— Спятила? Набить человеку морду я всегда рад, вот только бы знать: за что?

— По дороге придумаю, — заверила я.

Ясное дело, идти ему не хотелось, а отпускать меня одну — тем более. Я немного погадала: он обо мне беспокоится или боится упустить что-то интересное? Ответа не нашла, так же как и на следующий вопрос: я-то чего жду от этой встречи?

Мы вошли в подъезд с деревянными полами, некрашеными, подгнившими, и замерли перед дверью с цифрой 1. Дверь тоже была деревянная, старая, ровесница дому, а цифра новенькая, под золото, что выглядело издевательски. Дверной глазок отсутствовал. Вздохнув, я нажала кнопку звонка. Дверь открылась незамедлительно, бейсболку, очки и ветровку мужчина успел снять. Щетина и сведенные у переносицы густые брови придавали ему разбойничий вид, а вот во взгляде была растерянность, даже испуг. Это придало мне нахальства, и я сказала:

— Привет.

Он машинально кивнул, перевел глаза на Феликса и сцепил челюсти. Мой друг ему не нравился. Сейчас это было скорее кстати.

— Мне звонить ментам или решим дело миром? — продолжила я, с удовлетворением отметив, что Феликс успел сделать пару шагов и теперь мужчина захлопнуть дверь перед моим носом не сможет.

— Вы мне угрожаете? — спросил хозяин квартиры, а я поразилась тому, как звучит его голос. Тихий, вкрадчивый, он так же мало подходил этому здоровяку, как мне героический бас.

— Я для этого слишком добрая. А вот он — нет, — ткнула я пальцем в Феликса.

Феликс послал мне благодарный взгляд, а я весело ему подмигнула, мол, хотел быть надеждой и опорой, так милости просим. Они примерно одного роста и комплекции, и, хотя хозяин квартиры производил впечатление человека, которому драки не в диковинку, Феликс в его дорогом костюме в тот момент на джентльмена совсем не походил, в общем, я решила, что силы равные и шанс у нас есть.

Мужчина вроде бы вовсе не услышал моих слов, смотрел на меня как-то странно, растерянность сменила печаль, что уж вовсе никуда не годилось, и этим своим тихим голосом он спросил:

— Кристина, вы меня не узнали?

Теперь пришла моя очередь хмуриться, я вглядывалась в его лицо, пока наконец не явилась догадка.

— Вы... — начала я и запнулась.

— Да, — кивнул он. — Мне очень нужно поговорить с вами. Наедине.

Сказать, что я слегка растерялась, значило сказать очень мало. Передо мной стоял мой похититель, шофер Виктора, Евгений Нестеров. Сомнения длились недолго, я повернулась к Феликсу и произнесла:

— Наедине — это значит без тебя.

— Еще чего, — хмыкнул он.

— Иди в машину, — понизила я голос почти до шепота. — Или вообще катись. На выбор.

— Жду в машине, дорогая, — сказал он. — Понадобится помощь, ори громче.

Феликс бросил прощальный взгляд на Нестерова и удалился, нарочито медленно, а я вошла в квартиру и прикрыла дверь.

— Ваше пристальное внимание никак не связано с намерением повторить попытку получить выкуп? — спросила я с усмешкой.

— Я... давно хотел... я хотел поговорить, да духу не хватало. Не был уверен, что вы выслушаете, а мне очень важно... Проходите, — всполошился он.

Мы оказались в небольшой комнате, которая служила ему и гостиной, и спальней. Потолки с потеками, отставшие от стен обои, мебель, которой место разве что на свалке.

— Квартира ваша или снимаете? — спросила я. Вид жилища наводил тоску, была во всем этом какая-то безнадега, нищета, щедро сдобренная утраченными иллюзиями.

— Снимаю, — ответил он, подхватил с дивана спортивные штаны с футболкой и сунул в шкаф со скрипучей дверцей, домашние тапки с рваными носами поспешно затолкал под диван. И покраснел. Даже сквозь щетину это было заметно.

Я устроилась на диване, а он, помедлив, — в продавленном кресле рядом, сцепил руки замком и принялся их разглядывать. Я терпеливо ждала, пытаясь понять, с чего вдруг испытываю жалость к этому типу. А потом вспомнила разговор со следователем, и явилось беспокойство, стремительно переходящее в страх: может, я поторопилась приписать слова Бокова буйным фантазиям?

— Я вас слушаю, — сказала я как можно мягче. Он поднял голову, провел ладонью по лицу.

— Я знал, что вы приедете, должны приехать, если Виктор погиб... караулил во дворе... В заброшенном доме, когда вы пошли за мной, хотел подойти, но не рискнул.

— Вы меня здорово напугали, — кивнула я.

— Извините. Я хотел с вами встретиться, чтобы объяснить... почему я это сделал тогда...

Я стиснула пальцы, его слова не сулили ничего хорошего, так и подмывало сбежать отсюда, но бежать в этом случае придется очень далеко. Бежать и забыть, а я точно знала: это невозможно.

— На суде вы сказали, что хотели получить деньги.

— Да... так и было. Но... я вас любил, — едва слышно произнес он и на меня уставился. Вот уж чего я никак не ожидала, оттого, наверное, физиономия у меня была в тот миг на редкость глупая.

— Выслушайте, пожалуйста, для меня это очень важно, — заторопился он.

— По-моему, до суда я вас не видела ни разу, — смогла-таки произнести я.

— Да, конечно... Представляю, как по-дурацки звучит, но я влюбился, еще ни разу вас не видя.

Я вздохнула с заметным облегчением, мои страхи внезапно испарились, на смену пришла легкая скука в преддверии душещипательного рассказа, который вряд ли вызовет сочувствие, так как конец истории мне хорошо известен. Но парня было жаль, и я призвала себя к терпению.

— Я знал, что у хозяина есть сестра, он часто говорил о вас... однажды оставил свой мобильный, вы должны были позвонить, он пошел на важную встречу... Вы позвонили... и меня словно током ударило. Голос у вас очень красивый... Я пытался представить, как вы выглядите, и... я постоянно думал о вас и ловил каждое слово Виктора... расспрашивать, конечно, боялся... Мы еще несколько раз говорили по телефону, конечно, вы не помните... Я придумывал дурацкие предлоги, чтобы позвонить, а потом не выдержал, решил взглянуть и... Очень трудно об этом рассказывать. Я и представить не мог, что вы так красивы... Это было вроде наваждения, ни о чем другом уже думать не можешь, гонишь мысли прочь, а они возвращаются... Конечно, я бы мог с вами познакомиться, я ж за вами по пятам ходил все свое свободное время. Отвезу Виктора, и быстрей к институту, ждать, когда вы появитесь... Целыми днями как в угаре, живешь от одной встречи до другой... Простите, что я вам это рассказываю, мне важно, чтобы вы поняли... Допустим, я бы рискнул подойти, и что дальше? Кто вы и кто я. Красивая девушка, которая за день могла потратить столько, сколько я за год не заработаю. И ваш брат никогда бы не согласился... вокруг полно парней куда лучше меня...Через полгода я так доконал себя этими мыслями, что впору было удавиться. И тогда я решил... — Нестеров замолчал и теперь смотрел на меня, не отрываясь, в глазах его стояли слезы.

Я ждала, когда он вновь заговорит, но он молчал, а я подумала, как долго будет продолжаться эта нелепая сцена. Можно было встать и уйти, но у меня имелись кое-какие вопросы, оттого я терпеливо ждала, надо выслушать его до конца, дав ему возможность выговориться, а потом спросить о том, что так для меня важно.

Пауза затягивалась, становясь мучительной для обоих; чем дольше он молчал, тем труднее ему было заговорить, а мне терпеливо ждать, потому что его растерянное лицо и эти слезы в глазах рождали в душе смятение, еще чуть-чуть — и я, пожалуй, начну его утешать. Вот уж бред... Парню никто никогда не говорил, что любовь не получишь обманом, а сам он до этого не додумался. И поплатился за это годами тюрьмы. А я... что я? Сколько раз за шесть лет мне снился один и тот же сон: я лежу в абсолютной темноте, руки и ноги связаны... И, просыпаясь в холодном поту, я торопливо шептала: «Это только сон»... Есть люди, которым лучше не встречаться, и, если судьба по нелепой прихоти все же сводит их, обоим достается по самое «не могу», и тут уж не до разбирательств, кто хлебнул больше. Вот так и в тот раз: звезды сошлись, и ничего хорошего из этого не вышло.

Тишина давила на уши, и видеть его рядом уже не было никаких сил, я хотела задать ему вопрос, в надежде, что свой рассказ он продолжит, но на языке вертелось: «Вы решили меня похитить, чтобы наконец познакомиться», но эти слова отдавали издевкой, чего-чего, а смеяться мне совсем не хотелось.

Нестеров потер лицо ладонями и заговорил, когда я уже потеряла всякую надежду услышать от него хоть что-нибудь:

— Я попросту спятил, я мог думать только о том, как встречусь с вами, — не шофером вашего брата, а богатым человеком, достойным вас, в общем, мне нужны были деньги, много денег, но как их заработать, я не знал, и тогда сам собой сложился план. Я вас похищаю, требую выкуп... Не думайте, будто я не понимаю, как это глупо звучит, хотя «глупо» — совсем не то слово. Крышу у меня к тому моменту начисто снесло, лишь этим я и могу объяснить... Я себя уговаривал, что в этом нет ничего плохого, ваши деньги к вам и вернутся, все до копейки... Я был уверен, если мы встретимся, когда я стану богат, вы обязательно меня полюбите и выйдете за меня замуж. Смешно, правда?

— Мне — нет, — серьезно ответила я, а он покачал головой.

— Идея была идиотской, а вышло все так, что хуже некуда.

— Вы меня похитили, что было дальше? — сказала я, опасаясь, что, занявшись самобичеванием, от темы он уйдет в сторону.

— Я оставил вас в надежном месте. Мне казалось, надежном, — теперь Нестеров говорил быстро, как будто боялся: если остановится, то продолжать уже не сможет. — Я бы не сделал вам ничего плохого, поверьте, пальцем бы не тронул... Я вообще был готов с вас пылинки сдувать... Оставлять вас одну мне очень не хотелось. Было предчувствие, если я вас хоть на минуту оставлю, случится что-то страшное. Но я должен был появиться на работе, чтобы Виктор ничего не заподозрил. Я уговаривал себя, что быстро вернусь, вы были без сознания, и я рассчитывал: когда вы придете в себя, я уже буду рядом и постараюсь сделать так, чтобы вы не перепугались. Приехал через два часа, но вас не было. Сначала я подумал, что вам удалось как-то освободиться и сбежать. Но все оказалось куда хуже. Дома вы не появились. Я понятия не имел, где вы, что с вами... Метался по городу как сумасшедший... Проклинал себя за собственную глупость и молился об одном — чтобы с вами ничего не случилось. Ни деньги, ни даже наше знакомство роли теперь не играли, лишь бы знать, что вы живы... За выкупом я, конечно, не явился, ваш брат был очень напуган этим. Он уже не верил, что когда-нибудь увидит вас, я тоже уже не верил, и вдруг звонок в милицию. Неизвестный сообщил, где вас искать...

— Неизвестный? — нахмурилась я. Нестеров кивнул.

— Я понятия не имею, кто звонил, и не знаю, как вы оказались на бывшем стадионе, в десятке километров от того места, где я вас оставил. Через несколько часов у меня появились оперативники, это как раз не удивило. В последние несколько часов я вел себя так глупо, что заподозрить меня были просто обязаны. Сил притворяться, врать и изворачиваться у меня не нашлось. К тому же я отлично понимал, что заслужил самое суровое наказание.

— Вы пытались рассказать правду, но вас не особо слушали, — кивнула я.

— На первом допросе я все рассказал, как было, но потом изменил показания.

— Вас заставили?

— Никто из меня признаний не выколачивал, если вы об этом. Свою вину я признал полностью. Следователь дал понять: история, что вас похитили вторично, звучит неубедительно.

— Значит, был еще похититель? — спросила я.

— Мне нет смысла обманывать вас, Кристина, — вздохнул Нестеров. — Я оставил вас в одном месте, а обнаружили вас в другом. Вы... вы что-нибудь помните? — задал он вопрос с робостью, но смотрел твердо, совсем не так, как несколько минут назад.

— Немного. Очнулась, связанная по рукам и ногам. А потом появились товарищи из милиции. Сколько прошло времени, понятия не имею. Мне казалось, очень долго.

— У меня была возможность все как следует обдумать, — вновь заговорил Нестеров. — Я уверен, кто-то следил за мной и понял, что я собираюсь сделать. И воспользовался этим. Вор украл у вора, — невесело усмехнулся он.

— Вы считаете, это тот самый человек, позвонивший в милицию? — задала я вопрос.

— Какой в этом смысл? — удивился он.

— Тогда у нас очень много действующих лиц. Вы, человек, похитивший меня вторично, и некто третий, видевший все это и сообщивший в милицию. По-вашему, он тоже наблюдал за вами или оказался на стадионе случайно?

— На эти вопросы я и пытался найти ответ все это время.

— Есть успехи?

— Нет. Освободившись, я уехал к сестре. Но успокоиться и жить дальше не получалось. Очень хотелось понять, а еще... очень хотелось увидеть вас и... объясниться, попросить прощения... Месяц назад я вернулся в этот город. И встретился с вашим братом.

— Вот как?

— Он всегда ко мне хорошо относился, и я подумал... я должен был поговорить с ним...

— Где вы встретились?

— Я ждал его возле офиса. Подошел, когда он направлялся к машине. Если честно, был уверен, разговаривать со мной он не захочет. Но он мне скорее обрадовался...

— Странно, — пожала я плечами.

— Не так уж странно, если учесть, что происходит.

— А что происходит? — невинно поинтересовалась я.

— Девушки... за шесть лет несколько похожих убийств. Девушек похищали, насиловали, а потом убивали.

— И какое это может иметь отношение ко мне?

— Что, если вас тогда похитил тот же тип? И только по чистой случайности вам удалось спастись.

Что ответить на это, я не знала, точнее, я знала куда больше, чем хотела бы признать, и тут же возникла мысль: Нестеров всей правды тоже недоговаривает, придерживает кое-что, как и я.

— О чем вы говорили с братом? — поспешно спросила я.

— От Виктора я и услышал об убийствах. Они его очень беспокоили.

— С какой стати?

— Разве вы не знаете? Две убитые девушки были его подругами. Елена Митрофанова и Голубова Ольга.

— Брат назвал вам обе эти фамилии? — нахмурилась я.

— Тогда было известно об убийстве Митрофановой, труп второй еще не нашли. Теперь и его обнаружили.

— А вы неплохо осведомлены.

— Разобраться в этой истории стало смыслом моей жизни, — пробормотал Нестеров, словно оправдываясь.

— Я так и не поняла, почему вы или мой брат связываете убийства девушек с моим похищением.

— Я думаю... Виктор был уверен, убийца — кто-то из близких ему людей, — произнес Нестеров и уставился на меня.

— Вы думаете или он был уверен? Давайте вернемся к вашему разговору.

— Хорошо. Мы встретились, я сказал, что хочу с ним поговорить. Он спросил: о чем? Я сказал: о похищении Кристины.

— И Виктора это не удивило?

— Нет. Скорее он насторожился. Посмотрел как-то странно, потом кивнул. Мы сели в машину, он сам был за рулем, в общем, мы могли свободно говорить. Я рассказал ему все, что рассказал вам. Он молча выслушал, так же как и вы, спросил, почему я молчал во время следствия. И на суде. Я ответил, что считал себя виноватым, а детали не так важны. Он вновь стал задавать вопросы, где я вас оставил, когда вернулся... все очень подробно. Кристина, наверное, я зря затеял этот разговор, возможно, вы решите, что я... просто придумываю то, чего не было... мне кажется, вашего брата шантажировали, и он так подробно меня расспрашивал, потому что...

— Заподозрил в этом вас?

— Да.

— Иными словами, мой брат и есть этот самый убийца? — Я постаралась, чтобы вопрос звучал насмешливо, хотя меньше всего в тот момент мне хотелось смеяться.

— Нет-нет, — испуганно покачал головой Нестеров. — Одна из его подружек погибла, другая исчезла... и ваше похищение... Кто-то отлично знал... очень много всего знал...

— Поэтому брат решил, это кто-то из близких людей?

— Наверное, было еще что-то, подтверждающее его догадки, но он не стал говорить об этом. Убийца выбирал жертв из окружения Виктора и действовал так, чтобы подозрение пало на вашего брата...

— И сам же его этим шантажировал? — подсказала я. — Не слишком ли затейливо?

— Не знаю, — Нестеров пожал плечами. — Может, я действительно успел навыдумывать всякого... но тогда мне показалось... нет, я был уверен, он напуган... его точно в угол загнали, понимаете?

— Не очень. Допустим, вы правы, но мой брат погиб, так ли уж важно, что он имел в виду тогда?

— Но... вы же сами сказали, Виктор убит, и убийца, скорее всего, тот самый человек...

— Необязательно. Есть еще господин Коршунов, желающий прибрать к рукам бизнес брата, это куда более вероятная причина убийства.

— Он искал его, — быстро проговорил Нестеров.

— Кто искал? Кого?

— Убийцу девушек. Я точно знаю. Потому что тоже его искал. Мы говорили с одними и теми же людьми. С родственниками девушек, знакомыми, с теми, кто видел их в день исчезновения.

— А милиция на вашу бурную деятельность никак не реагировала? — съязвила я.

— Я думаю, они могли подозревать вашего брата, — словно не слыша, продолжил Нестеров.

— Очень интересно. Но тогда в моем случае выбор жертвы довольно своеобразный. Меня брат тоже хотел убить?

— Конечно, нет. Он вас очень любил... Мне и в голову не пришло его подозревать, но его умело подставляли, и он знал об этом, потому и затеял расследование.

— Но вам он об этом не говорил?

— Я догадался позднее, уже после его гибели. Когда сам пытался разобраться. Я вас совсем запутал... — вздохнул он.

— Да уж. Давайте по порядку. Вы поговорили с братом, он рассказал о девушках, задал вам вопросы...

— Да. А я попросил разрешения встретиться с вами. Он сказал, вы уехали на следующий день после суда и, где вы находитесь сейчас, ему неизвестно. Я ему не поверил. Но знакомые подтвердили: в городе вас нет. Я понятия не имел, где вас искать. Начал следить за Виктором, в надежде, что вы встречаетесь. Вот тогда стало понятно, чем он занят, а когда Виктор погиб, я решил: он смог подобраться к убийце очень близко. И попытался узнать то, что к тому времени знал ваш брат.

— Судя по всему, особыми успехами вы похвастать не можете?

— Я убедился в одном: его действительно пытались подставить. Подруга Елены Митрофановой видела в день ее исчезновения машину вашего брата неподалеку от дома девушки.

— Почему бы Виктору в самом деле не заглянуть к подружке?

— В тот день он был в Москве, я знаю это совершенно точно. Машина должна была стоять в гараже его дома, потому что уехал он на поезде. Он и раньше предпочитал поезд, так куда удобней, в Москве его обычно ждала машина.

— Кто-то забрал его машину?

— И это мог быть только близкий человек... Пока я знаю слишком мало...

— Но намерены продолжить? — спросила я, вопрос ответа не требовал, но Нестеров ответил:

— Намерен. У меня для этого есть причины. Вы думаете по-другому?

— Я думаю, вам лучше встретиться со следователем и все рассказать.

— По своему опыту я знаю, как они любят разбираться... Спишут все на вашего брата, а убийца останется в стороне.

— Судя по его скверным привычкам, он вряд ли угомонится, и им придется его искать. За мной вы зачем следили?

— Я боялся за вас. Убийце наверняка известно, что вы вернулись...

— И он повторит попытку?

— Он же псих. У психов навязчивые идеи...

— Вы сказали, что пытались найти меня. Ограничились слежкой за братом? — По физиономии Нестерова было ясно: не ограничился, но и откровенничать не торопится. Пришлось его немного подтолкнуть. — К частному детективу случайно не обращались? — Он отвел взгляд и маетно вздохнул.

— У меня был знакомый, бывший мент...

— Кубышкин Константин Иванович?

Нестеров кивнул.

— Ему удалось напасть на ваш след. Он позвонил мне, а потом...

— Потом вы узнали, что он убит.

— Да. Его дочь мне сказала. Это подтвердило мои худшие предположения. Вы в опасности.

— Послушайте, — досадливо вздохнула я. — Вместе с Кубышкиным на турбазе, где я жила, появилась парочка бандитского вида на угнанной машине, тоже меня искали. Маньяки парами не ходят, и их появление и смерть Кубышкина только подтверждают: убийство брата связано с его бизнесом; и если кто-то спит и видит мои похороны, то это вовсе не псих, а дядя вполне здравомыслящий, охочий до чужого добра. А ваши игры в сыщика стоили человеку жизни. Что касается меня, то я вас давно простила. За несколько часов, что я мучилась страхом, вы расплатились сполна.

— Это только слова, — покачал он головой. — Вы не простили.

— Думайте что хотите, — поморщилась я. — Разубеждать вас я не собираюсь.

— Вы ищете убийцу брата. Но не хотите, чтобы я вам помог.

— С чего вы взяли, что я его ищу?

— Вы ездили в «Эдем»?

— Вы что, по пятам за мной ходите?

— Я боюсь за вас. Один раз вас уже увезли прямо у меня из-под носа, — невесело пошутил он.

— Я способна сама о себе позаботиться. Кстати, у следствия есть к вам вопросы, и ваше местонахождение их очень интересует.

— Вы им сообщите? — нахмурившись, поинтересовался он.

— На прямой вопрос мне придется дать правдивый ответ.

— Но, выйдя отсюда, сами звонить не станете?

— Нет, — подумав, сказала я. — Не в моих правилах давать советы, но о ваших отношениях с Кубышкиным лучше сообщить. Иначе найти его убийцу или убийц будет затруднительно. Дочь Кубышкина не знала, чем занимался в последнее время ее отец, или промолчала по вашей просьбе?

— Я ни о чем ее не просил.

— Выходит, не знала. Своим расследованием и беготней за мной вы вносите сумятицу, хотя и без того история темная. — Данные слова вполне можно было отнести и к моему поведению, может, потому они и прозвучали слишком резко, ничто не раздражает так, как собственные недостатки, которые мы видим в других.

Нестеров смотрел на меня с видом побитой собаки, стало ясно, вовсе не этого он ждал от нашей встречи. Мне было не до чужих иллюзий, хотя непрошеная жалость явилась как по заказу, а я гнала ее прочь, прекрасно понимая: ничего, кроме жалости, предложить ему я не могу, а он нуждался не в ней, или не только в ней. О любви ко мне он говорил в прошедшем времени, но все еще цеплялся за нее, может, потому, что она как-то оправдывала в его глазах собственные поступки, да и саму жизнь, которая, благодаря этим самым поступкам, пошла кувырком. У меня же было одно желание — поскорее с ним проститься.

Я поднялась с намерением уйти, он тоже поднялся и сделал шаг навстречу, то ли хотел меня остановить, то ли заключить в объятия, думаю, он и сам толком не знал, что ему делать, суетливо топтался рядом и наконец спросил:

— Я могу вам позвонить? — и добавил со вздохом: — Если вдруг что-то узнаю...

— Можете, — кивнула я, чтобы побыстрее прекратить все это, и продиктовала номер своего мобильного. Он молча проводил меня до входной двери и, уже открывая ее, опять задал вопрос:

— Этот молодой человек, кто он?

Я предпочла не отвечать, во-первых, не его это дело, а во-вторых, я и сама не знала. В общем, трогательного прощания не вышло, и хоть это было вполне ожидаемо, но Нестерова, безусловно, огорчило.

Оказавшись на улице, я смогла убедиться, что Феликс ждет меня в машине.

— У вас получился сердечный разговор? — спросил он, когда я устроилась на сиденье рядом с ним.

— Скорее монолог.

— Любимым ты его еще не называешь?

— С какой стати?

Феликс скалил зубы и говорил насмешливо, однако чувствовалось, что все еще злится на мое недавнее поведение.

— Может, скажешь, кто этот тип?

— Бывший шофер моего брата.

— Вот как? И что ему от тебя нужно?

— Долго объяснять, а я сейчас не склонна к разговорам. Кстати, тебе необязательно таскаться со мной по городу и ждать возле чужих подъездов.

— Это я уже слышал. Едем за твоими вещами или есть другие пожелания?

— Едем.

Феликс завел машину и тронулся с места, а я отвернулась к окну, надеясь, что у парня хватит ума не досаждать мне вопросами. Очень хотелось не спеша все обдумать. Теперь я знала, кто отправил ко мне частного сыщика и таскался за мной по городу, но особой ясности в общую картину это не внесло. По сути, ничего нового Нестеров не сообщил, если не считать истории его сомнительной любви. Шесть лет я ломала голову: кто позвонил в милицию, то есть кому я была обязана своим внезапным освобождением? Случайно ли он оказался на заброшенном стадионе? Как это иногда бывает, догадка явилась неожиданно, и мне захотелось немедленно ее проверить. Или хотя бы попытаться.

— Поворачивай направо, — сказала я Феликсу.

— И что у нас там? — буркнул он недовольно.

— Областная библиотека.

— Похвальное стремление к знаниям, но проще воспользоваться Интернетом.

— Только не в этот раз.

— Как скажешь, о прекраснейшая.

Здание библиотеки располагалось сразу за поворотом, Феликс притормозил, высматривая место, где можно оставить машину, а я решила быть вежливой.

— Я, скорее всего, надолго. Вернусь на такси.

— Даже не думай. Умираю от любопытства, что тебе здесь понадобилось.

Понадобились мне подшивки газет шестилетней давности, которые я получила довольно быстро. В читальном зале царила образцовая тишина, что не удивительно — кроме нас с Феликсом, здесь оказались только два посетителя. Мужчина лет шестидесяти листал журнал, сидя возле окна, и девушка лет семнадцати то ли читала, то ли дремала над книгой в глубине зала. Может, оттого, что народ сюда валом не валил, библиотекарь была вежливо-предупредительна.

— Вот тут все местные издания за интересующий вас год, — сказала она, совершив очередное паломничество за перегородку и положив на наш стол восьмую по счету подшивку газет. Я бы предпочла компьютер, но так далеко в этих стенах прогресс еще не шагнул.

— Что ищем? — шепнул Феликс, придвигая к себе ближайшую подшивку.

— Сама толком не знаю. Сгодится любое выдающееся событие от начала года до конца апреля. Во внимание принимаем только те, что произошли в нашем городе.

Не очень-то я рассчитывала на удачу, то есть когда ехала сюда, конечно, рассчитывала, но теперь возникли сомнения. Во-первых, необязательно, что искомое событие случилось у нас, а во-вторых, оно могло и не попасть в газеты. Но уж коли я здесь, следовало постараться.

Я просматривала успевшие пожелтеть газеты, страницу за страницей, вроде бы совершенно забыв о Феликсе. Он сам о себе напомнил.

— Это тот самый водила? — услышала я и, признаться, вздрогнула от неожиданности. И повернулась. Феликс хмуро смотрел на меня, ткнув пальцем в заметку, где речь шла о моем похищении. Надо сказать, примерно две недели о нем писала вся местная пресса, потом интерес пошел на убыль. Меньше всего я желала отвечать на его вопросы. — Все, что здесь написано, правда? — не унимался он.

— Разве можно не верить газетам?

Феликс едва слышно чертыхнулся и продолжил чтение, а я — свои поиски. Время шло, и настоящее, и газетное, в том смысле, что я вплотную приблизилась к дате своего похищения, надежды таяли, и вдруг на небесах что-то сложилось и подобие удачи замаячило впереди.

Поначалу статья не привлекла особого внимания, довольно большая, на четверть газетной страницы, озаглавленная: «Что делят наши мафиозо?» Предметами дележа оказались вполне материальный торговый центр «Восточный», насчитывающий тысячи метров площадей, и влияние в сфере строительного бизнеса. На то и на другое претендовали два авторитетных бизнесмена. Фамилия первого — Леденцов — ни о чем мне не говорила, а вот вторая оказалась знакомой: Коршунов Юрий Михайлович. В 11.20 в офис господина Леденцова вошел неизвестный, офис, кстати, находился в трех шагах от торгового центра «Восточный». Молодой человек в приличном костюме, очках, с аккуратной бородкой, довольно длинными волосами и дорогим портфелем в руке, показался девушке-секретарю симпатичным и абсолютно безопасным. Он назвался господином Григорьевым, с которым у Леденцова действительно была назначена встреча, и скрылся за дверями кабинета шефа, а вернулся минут через пять, что девушку удивило, мило улыбнулся ей и, вероятно, растворился в воздухе, потому что более его никто не видел. Потомившись немного, девушка заглянула в кабинет и обнаружила три бездыханных тела: шефа с пулей в голове, его зама с аналогичным украшением в той же области и полковника ФСБ, лежавшего под столом без сознания, но, к счастью, живого и невредимого. Что делал в кабинете Леденцова полковник ФСБ, узнать толком не удалось, но автор статьи язвительно намекал на личную дружбу и очень тесное сотрудничество этих двоих. Следствие установило: убийца вошел в кабинет, произвел два выстрела из пистолета с глушителем и спокойно удалился, полковник к тому моменту уже сполз под стол. Убивать его в чьи-то планы не входило. Несмотря на то что секретарь, полковник и еще несколько случайных прохожих видели мужчину с бородкой, напасть на его след так и не сумели. Ускользнуть из города он вроде бы не мог (аэропорт, вокзалы были взяты под наблюдение), люди Леденцова усердно искали убийцу, не очень рассчитывая на милицию, но не нашли. Доказать причастность Коршунова к преступлению не удалось, и нащупать его связь с киллером — тоже. Автор делал вывод, что к тому моменту киллер тоже лежал где-то с пулей в затылке. Удивляло отсутствие каких-либо слухов. По мнению автора статьи, будь киллер гастролер, слухи бы непременно возникли. Из местной публики, той, что не дружит с законом, никто ничего не знал, и это было вдвойне удивительно. На сей раз не для автора публикации, а для правоохранительных органов. Появились сомнения: а причастен ли к убийству Коршунов? Сомнения так сомнениями и остались, но торговый центр Коршунов к рукам прибрал.

Дочитав статью до конца, я немного поразмышляла, разглядывая стену напротив, не сразу сообразив, что Феликс наблюдает за мной, отодвинув свою подшивку с газетами и сцепив на груди руки.

— Нашла то, что искала? — задал он вопрос, а я пожала плечами, указав на статью, он быстро пробежал ее глазами и поджал губы. В лице сомнение, а еще недовольство. Судя по всему, Феликс считал, что потраченное время он мог провести с большей для себя пользой. — Какое отношение эта статья имеет к твоему брату?

— Никакого, — ответила я. — Если не считать одной фамилии.

— Ах, вот в чем дело... Твой брат перешел дорогу господину Коршунову?

— Точно.

— И статья служит подтверждением, что твоего брата тоже убил он?

— Дурные привычки неискоренимы.

— Допустим. Что дальше?

Вопрос я оставила без ответа и вновь начала просматривать газетные подшивки. Однако ничего интересного обнаружить не удалось.

Вскоре мы покинули библиотеку, Феликс шел рядом и продолжал хмуриться.

— Что все-таки ты надеялась найти? — распахивая передо мной дверь машины, спросил он. Хотел он того или нет, но в голосе слышалось беспокойство. — Ты ведь и раньше знала, что смерть твоего брата Коршунову на руку?

— Знала, — не стала я спорить и попросила, желая отвлечь его от расспросов: — Дай закурить.

— Ты не куришь, — мрачно бросил он и не спеша закурил сам, поглядывая в окно.

— Это для меня новость, — усмехнулась я, а Феликс покачал головой, потеряв интерес к пейзажу.

— У девушки вроде тебя не может быть вредных привычек.

— Ты меня совсем не знаешь.

— Ага. Но не прочь узнать поближе. Скажи-ка, милая, ты намерена найти убийцу брата? — вопрос прозвучал без намека на насмешку.

— По-твоему, у меня есть шанс?

— Нет, если будешь темнить и недоговаривать. Сдается мне, ты знаешь куда больше, чем менты. Но, действуя в одиночку, быстро окажешься на кладбище. А у меня на тебя виды, и я намерен этому воспрепятствовать. Было бы куда проще, расскажи ты мне всю правду. Тогда шанс найти убийцу появится.

— Напомни, кто ты: карточный шулер или частный сыщик?

— Ни то и ни другое, — ворчливо ответил он. — Я идиот, который готов впутаться в историю из-за красивой мордашки. Мозги к ней, к сожалению, не прилагаются.

— Действительно идиот, — кивнула я.

— Держи при себе свои секреты, я все равно о

них узнаю, — ответил он и даже улыбнулся, однако раздражение скрыть не сумел или не хотел, а я гадала, что вызвало это самое раздражение: мое нежелание открыть ему душу или было что-то еще? — Едем за твоими вещами? — направляясь в сторону проспекта, спросил Феликс.

— Давай заглянем в музей восковых фигур.

— Зачем?

— Расширим кругозор.

Вряд ли идея его вдохновила, но он включил навигатор, и через пару минут мы узнали, что музей занесен на карту города, и двинули по проложенному компьютером маршруту.

Находился музей в самом центре, от областной библиотеки в пяти троллейбусных остановках. Пока мы туда добирались, Феликс помалкивал, что позволило мне поразмышлять. Газетная заметка не шла из головы. Посетившую меня догадку принять можно было лишь с большой натяжкой, уж очень шаткой и фантастичной она казалась, но если все-таки принять, то становилось ясно, почему брат сам предложил Коршунову объединить бизнес, точнее, что заставило его сделать это предложение. Вовсе не угроза его жизни, как это могло бы показаться. Виктор человек не робкого десятка, терпеть не мог, когда на него давили, и был способен постоять за себя. Но если моя догадка верна... тогда ему просто не оставили выбора...

Музей оказался совсем маленьким. В шести комнатах бродили человек десять посетителей, в основном дети. В последней, шестой комнате с табличкой «Известные маньяки» из полумрака выступали несколько фигур. Ближайшая, с красивым мужским лицом, с бородкой клинышком, одета в камзол, расшитый золотом. Табличка в ногах гласила «Синяя Борода».

— Синяя Борода, — вместе со мной прочитав надпись, удивился Феликс. — Это ж сказки.

— Его прототипом был Жиль де Ре, — блеснула я познаниями.

— Что за тип?

— Маршал Франции, сподвижник Жанны д'Арк. Ты ее не знаешь.

— Какая жалость. А за что чувака в маньяки?

— Его обвинили в многочисленных убийствах детей.

— Детей? А я-то думал, он специализировался исключительно на женах, не в меру любопытных. Грех вполне извинительный. У самого руки так и чешутся.

— Найди им какое-нибудь применение.

Вторым маньяком оказался Иван Грозный, с безумным лицом и всклокоченными волосами, у его ног лежал убиенный им сын. Композиция воспроизводила известную картину, но смотреть на царевича было неприятно из-за чрезмерной натуралистичности: кровь казалась настоящей. Но Джек Потрошитель в этом смысле его переплюнул. Из темноты выплывала фигура со злодейской физиономией, подсвеченной снизу лампами, вмонтированными в пол. В руках бритва со следами крови, у ног жертва, девушка в платье конца девятнадцатого века, шея залита кровью, а лицо... должно быть, художник изрядно потрудился, но лучше бы он этого не делал. Не будь я в музее, решила бы, что передо мной настоящая жертва —

столько боли, ужаса и безнадежности было в ее лице.

— Сюда и детей пускают! — нахмурился Феликс.

— А что ты скажешь о художнике, который это создал? — спросила я.

— Скажу, что он сам маньяк.

— В кои-то веки наши мнения совпадают. Кстати, этот шедевр дело рук твоего соседа.

— И ты еще спрашиваешь, зачем мне пистолет.

В квартиру родителей мы попали уже ближе к вечеру. Заглянув во все комнаты, никаких перемен я не обнаружила, видимо, гости более не появлялись или вели себя куда осмотрительнее. Быстро собрав необходимые вещи, я прихватила ноутбук и зашагала к выходу, Феликс ждал меня в прихожей. Он уже полчаса жаловался на муки голода, и, покинув квартиру, мы поехали в ресторан. Я-то предложила вариант подемократичнее, даже вызвалась сама что-нибудь приготовить и услышала в ответ: Феликс готов съесть из моих рук все, что угодно, но пока я это «что угодно» приготовлю, он скончается в мучениях, а на кафешки у него стойкая аллергия. В результате мы оказались в зале с зеркалами и канделябрами, где Рогозин отдыхал душой, а я чувствовала себя не в своей тарелке. Расплачивался, конечно, он и оставил сумму, превышающую мою месячную зарплату на турбазе, что позволило мне усомниться в его рассудке. Сомнения я высказала, а Феликс усмехнулся:

— Начинай приспосабливаться. У меня дорогие привычки, да и ты теперь девушка с приданым.

— Мы не сможем создать ячейку общества, — с грустью заметила я.

— Это еще почему?

— Ввиду несовместимости взглядов и привычек.

— Нет ничего проще, я поменяю взгляды, ты — привычки, и будет не ячейка, а просто загляденье. Кстати, ты так и не объяснила: что тебе понадобилось в музее? — спросил он по дороге домой.

— Я же сказала, автор этих шедевров — твой сосед, теперь и мой тоже. По крайней мере, Джека Потрошителя точно ваял он.

— Прискорбное открытие, но сосед-то тебе чем интересен? Милой привычкой шнырять у чужих дверей?

— И этим тоже.

— Ну, дорогая, так полгорода можно подозревать.

Оставив машину на подземной парковке, мы поднялись на нужный этаж. Я направилась к двери Витькиной квартиры, но Феликс ухватил меня за руку.

— Жить будем у меня.

— Я без загса не могу, — покачала я головой.

— Кончай дурить. В моей квартире безопасней. В твоей мне всю ночь придется торчать в холле, таращась на входную дверь. Оно мне надо?

— Ты успел свести знакомство со злодеями, так что они быстро сообразят, где меня искать, если ты об этом.

— Вдруг повезет, и они не такие умные? — Феликс открыл дверь своей квартиры и легонько меня подтолкнул. — Черт, — буркнул он, поставив спортивную сумку с моими вещами на пол. — Надо было внести тебя на руках. Повторим?

— Ты — охотник за приданым, — напустив в глаза меланхолии, заметила я.

— В третий раз повторяю: своего бабла немерено.

Он подмигнул и направился в кухню, а я в спальню, которую Феликс милостиво уступил мне, решив, что сам ночи будет проводить на диване в гостиной. На то, чтобы распаковать сумку, ушло минут десять, и мы вновь встретились за барной стойкой, украшением которой были две чашки с дымящимся напитком. Устроившись на высоком стуле, я прихлебывала кофе, Феликс, сидевший рядом, протянул руку, положил ее на мою спину у основания шеи, а потом начал легонько массировать.

— Это что, прелюдия к ночи любви? — спросила я с усмешкой.

— Ты сидишь, уставившись в одну точку, не худо бы тебе немного расслабиться. Хотя против ночи любви я не возражаю.

— На самом деле меня мучает совесть. Вряд ли твоим подружкам понравится мое присутствие здесь, а лишать тебя их общества, пожалуй, нечестно. Ты не похож на парня, склонного к воздержанию.

— Как мило. К твоему сведению, эта проблема решается очень просто.

— Наша беседа движется по кругу и вновь возвращается к ночи любви.

— Признайся, идея становится навязчивой.

— Ты кого сейчас имеешь в виду?

— Себя, к сожалению. А ты что, против? Я тебе не нравлюсь?

— Не настолько, чтобы мы оказались в одной постели.

— Это просто свинство, — хмыкнул Феликс. — Героини всех фильмов, которые я видел, рыдают на груди придурка, вызвавшегося им помочь, а заканчивается все это жаркими объятиями.

— Наверное, мы смотрели разные фильмы.

— Не хочешь рассказать о шофере? Нестеров, кажется? — внезапно сменил он тему. — О чем вы так долго беседовали?

— Отвянь, — буркнула я. Феликс вздохнул и убрал руку, а я мстительно улыбнулась.

Я не желала становиться героиней его любимых фильмов, а он не был героем моих, по крайней мере, я старалась убедить его в этом. На месте Феликса я бы уже давно указала на дверь нахальной девице, но он испытывал ко мне необъяснимую слабость, а терпением обладал ангельским. Ангелы редко нисходят до нас, грешных, в общем, я была уверена, причина его покладистости вовсе не во внезапно вспыхнувшей страсти. Мы еще немного поязвили с намерением прощупать друг друга, а потом я удалилась в спальню, пожелав Феликсу спокойной ночи.

— Какой уж тут покой, — хмыкнул он, провожая меня взглядом, тем самым, от которого женщины пунцово краснеют или бросаются его обладателю на шею. Тут уж дело вкуса. Второй вариант мне не подходил, а мою покрасневшую физиономию он вряд ли успел заметить: ретировалась я очень быстро.

Оказавшись в комнате, я первым делом позвонила Артему. Поначалу он вроде бы мне обрадовался, но длилось это недолго, как раз до того мгновения, когда я обратилась с просьбой: разжиться сведениями о Коршунове-старшем. Разумеется, Феликса я тоже не забыла.

— Потакать твоим глупостям я не буду, — отрезал Артем.

— Никаких глупостей, — смиренно ответила я. — Просто хочу знать, с кем приходится иметь дело. — Он немного подобрел, что позволило продолжить беседу вполне мирно.

Закончив разговор, я подключила ноутбук и проверила почту. Ворох ненужной корреспонденции, Капитан Америка молчал. Впервые я об этом пожалела. Дверь открылась, и появился Феликс.

— Тебя не учили, что надо стучать? — спросила я, поспешно выключая компьютер, но Рогозин, конечно, успел увидеть страницу почты.

— Ждешь любовное послание? — Феликс плюхнулся в кресло, насмешливо на меня поглядывая.

Он успел переодеться и теперь щеголял в шортах и майке. Наряд, скорее всего, был выбран не случайно, может, конечно, у меня развивается паранойя, но это выглядело явной демонстрацией его физических достоинств. Самое скверное, что впечатление он произвел, то есть и в костюме он выглядел сокрушительно, но сейчас я бы оценила его внешность в двенадцать баллов по десятибалльной шкале.

— У тебя на вечер запланирован стриптиз? — серьезно спросила я.

— Я не любитель стриптиза, но чтобы сделать тебе приятное, так и быть, посмотрю. Как долго ты собираешься играть в молчанку, милая девушка? — хмуро поинтересовался он, а я вдруг поняла, что он едва сдерживается, и вовсе не любовный пыл тому причиной, похоже, я ему до смерти надоела.

— Я тебе ни на грош не верю, — как можно спокойнее сказала я, убирая ноутбук. — Строишь из себя придурка из своих любимых фильмов, но на них ты похож очень мало.

— И переубедить тебя шансов никаких?

— Малюсенький, — сказала я и улыбнулась, желая обратить все в шутку.

— Вот уж в самом деле загадка, — сказал он, поднимаясь. — Какого хрена я терплю все это?

Я бы могла ответить, что как раз данный вопрос и меня очень интересует, но сочла за благо промолчать.

Утром позвонил Петька.

— Кое-что надыбал для тебя, — заявил он без предисловий. — Не знаю, пригодится ли, но все, что мог.

— Спасибо. Мне подъехать в офис?

— У меня сейчас встреча, надеюсь освободиться минут через двадцать. Я хотел съездить на кладбище, — помедлив, продолжил он. — Составишь компанию?

— Да. Конечно.

В квартире было тихо. Заглянув в гостиную, я увидела, что диван, на котором Феликс провел ночь, пустует. Постельное белье убрано. На дверце холодильника листок бумаги, его придерживал магнит в форме сердца. «Счастье мое (пока недостижимое), часов до двух я буду занят. Из квартиры выходить не смей, на звонки не отвечай. И сделай милость, приготовь обед. В холодильнике богатый выбор продуктов».

— Перебьешься, — хмыкнула я, выпила кофе и отправилась к Петьке.

Ключей от квартиры Феликса у меня не было, но один из двух замков был английский, так что проблем это не вызвало.

Петька ждал меня в кафе «Мыши» в двух троллейбусных остановках от дома брата. Я предпочла передвигаться пешком. Не успела сделать и сотни шагов, как зазвонил мобильный.

— Где ты? — голос Феликса звучал сердито, стало ясно, о том, что я нарушила директивы своего нечаянного друга, ему уже известно. Охранник в подъезде проводил меня настороженным взглядом и сразу потянулся к телефону, уверена, звонил он Феликсу.

— Иду по улице.

— Идиотка. Вернись немедленно.

— Да пошел ты, — ответила я и на всякий случай телефон отключила.

Судя по Петькиной физиономии, недавняя деловая встреча особой радости не доставила.

— А ты хорошо выглядишь, — заявил он вроде бы с обидой, поднимаясь из-за столика при моем появлении. — Глаза горят, и все такое...

— Я же теперь богатая наследница. Мужики липнут как мухи, а я делаю вид, что мне это по фигу.

— Может, мне на тебе жениться? Поправил бы свои дела, что стоило бы тебе совсем недорого... — он махнул рукой и засмеялся. — Хочешь кофе?

— Если только за компанию.

— Я уже выпил пять чашек, обламывая одного хмыря.

— Удачно?

— Пока не понял, кто кого обломал. Маринка права, я просто лузер, бизнес не моя стезя. Был бы жив Витька... — он вздохнул. — Хорошо хоть ты вернулась, есть кому поплакаться в жилетку.

Из кожаной папки, лежавшей на столе, он достал два листа бумаги с красной канцелярской скрепкой и протянул мне.

— Вот, здесь все, что смог узнать о художнике. — Я быстро пробежала текст глазами, а Петька сказал: — Детство у парня не сахар, да и юность тоже... Не удивительно, что у него на портретах как баба, так непременно змея. — С этим было трудно не согласиться. — Родители хронические алкоголики, мамаша отцу в пьяной драке башку проломила и села на пять лет в тюрьму. Мальчишку забрала бабка, тоже не подарок. Говорят, к столу его привязывала, пока сама семечками торговала. Потом мамаша вернулась, с бабкой они что-то не поделили, и несколько лет он жил как бомж. Мать опять оказалась в тюрьме, а он в детском доме. Там на него обратил внимание учитель рисования, забрал к себе. Дядька умер рано, когда парню было всего пятнадцать, пришлось снова перебираться к бабке. В семнадцать ему подфартило, старушка отдала богу душу, и тут выяснилось, что бизнес у нее оказался прибыльным, в наследство осталась квартира и доллары в матрасе. Есть женщины в русских селеньях... Квартиранты исправно платили, доллары росли в цене, что позволило нашему гению поступить в художественное училище и его окончить. Четыре года жил в Америке, потом сюда вернулся. Говорят, у него были персональные выставки в Германии и Италии. Вот уж действительно, на вкус и цвет товарищей нет. В общем, сейчас он преуспевающий художник. Баб сторонится, ходили слухи, что он голубой, но толком никто ничего не знает. Натурщицы в его студии частенько задерживаются, а что у них там, поди разберись.

— Что ж, спасибо, — кивнула я.

— Да не за что. С другим соседом вообще ничего не ясно. Живет богато, а откуда бабло — тайна, покрытая мраком.

— Ты сказал, он игрок?

— Картишками балуется, но вряд ли это основная статья дохода. Будь он шулером, об этом быстро бы узнали, в полумиллионном городе любая новость распространяется быстро. Конечно, может, в карты ему везет, но об особо крупных выигрышах не слышно. Так что на свою шоколадную жизнь он зарабатывает чем-то другим. Вроде работает по договорам, что-то связано с компьютерами, но так это или нет, сказать не могу, ничего толком не известно. Налоги платит, небольшие, но это тоже ничего не значит, кому охота налоги платить.

— О налогах откуда знаешь?

— Есть у меня там подружка, бросила взгляд... какие-то программы продвижения, фирмы в основном московские. Все вроде бы чисто. У ментов к нему претензий никаких, даже в ГАИ ни одного штрафа.

— Ну, так это хорошо, — усмехнулась я.

— Наверное. Только как-то это... не по-людски. Вот спроси, к примеру, обо мне, и такого наговорят, слушать замучаешься, а на вопросы о нем лишь руками разводят.

— Ты говорил, он здесь недавно?

— Пару лет.

— О родителях что-нибудь известно?

— Ничего. Родился в Белгороде, судя по паспортным данным, должно быть, родители там остались.

— Отец здесь живет.

— Да? Это для меня новость. Что ж, почему бы и не перевезти родителя сюда? Бабло, поди, позволяет. Ну что, поехали?

По дороге на кладбище Петька все больше жаловался на неудачи, а я пыталась переварить полученные сведения. А потом вновь полезла с вопросами.

— Ты помнишь Витькиного шофера, Нестеров, кажется?

— Еще бы мне его не помнить, — хмыкнул он и как-то странно посмотрел на меня. — Кстати, он освободился, болтается где-то здесь. Неделю назад встретил его возле своего офиса.

— Что он там делал?

— Хрен его знает. С ним разговаривать я, по понятным причинам, не стал, а вот твой брат с ним встречался.

— Откуда знаешь?

— Витька сам и рассказал. Даже денег ему дал. Прикинь? В этом весь Витька. Просто удивительно, как с таким характером он смог сколотить миллионы.

— Так спросил бы.

— Я спрашивал. Он часа два толкал речь, что мир как зеркало, сколько отдашь, столько и вернется. Правда, пьян был в стельку, а за ворот залив основательно, любил завиральные идеи.

Подумав немного, я все-таки сказала:

— Вчера я встретила Нестерова. Случайно.

— Случайно? — поднял брови Петька.

— Ага. В гастрономе.

— И что?

— У меня создалось впечатление, убийство брата очень его огорчило.

— Еще бы, он, поди, надеялся не раз баблом разжиться.

— Какие у них были отношения?

— Крис, ну какие могут быть отношения с шофером? А после того, что он сделал, я б его собственными руками придушил. Витька попросту спятил, нашел кого жалеть... Почему тебя все-таки заинтересовал художник? — сменил тему Петька. — Ты что ж, думаешь, он мог... но с какой стати?

Я посмотрела на старого друга и нехотя ответила:

— В его квартире я видела портрет девушки, потом в милиции мне показали ее фотографию. Это Голубова Ольга.

— Ну, так Витька с ней любовь крутил, мог заказать портрет. Я ж говорю, братец твой с приветом, ему мазня соседа нравилась. Ты, кстати, где живешь? Я звонил сегодня на домашний, в квартиру родителей.

— Живу у Витьки.

— Поближе к подозрительным соседям? Слушай, может, ко мне на время переедешь?

— Хоть ты не доставай, — взмолилась я.

Тут мы подъехали к кладбищу, и разговор ненадолго прервался. Я купила цветов, Петька подумал и тоже купил две розы. Оставив машину на парковке, мы не спеша направились по аллее. День выдался пасмурным, я зябко ежилась, глядя по сторонам. Петька помрачнел, хмурился и кусал губы, вроде бы забыв про меня. Подошли к могиле, Петька положил розы поверх венков, потом передвинул их ближе к кресту.

— Надо о памятнике подумать, — сказал ворчливо. — Когда его ставят? После сорокового дня? Можем вместе съездить в мастерскую.

— Ага, — кивнула я.

— Чего «ага»? — взвился Петька.

— Можем поехать прямо сейчас, — предложила я.

— Между прочим, он твой брат.

— Я помню.

— Такое впечатление, что тебе по фигу.

— Мне не по фигу.

— Эх, Витька, Витька... — вздохнул он и вытер глаза ладонью, а я почувствовала себя свиньей, ясное дело, лить слезы следовало мне, а не Петьке. Или нам обоим.

В этот момент я вдруг вспомнила разговор с моим похитителем и спросила, желая отвлечь старого друга от тяжких раздумий:

— После ареста Нестерова у брата шофера не было. Позднее он опять им обзавелся?

— Нет. Ездил сам. Иногда, правда, кто-то из водителей фирмы возил его, но от случая к случаю. Почему ты спросила?

— Так, разные мысли лезут в голову... Значит, ездил сам. А свою машину никому не одалживал? Тебе, например?

— Зачем мне его машина? У меня своя есть. А-а... Ноговицын на ней катался одно время. Его машину благоверная забрала, он тачку заказал, но ее ждать пришлось, ну а Витька, как всегда, пришел человеку на помощь. Сам на тачке, которая на фирму записана, ездил. Месяц, может, даже больше.

— Мой брат практически святой.

— Давай без этих твоих шуточек, — разозлился Петька. — Идем. Зря я сюда с тобой приехал.

Он быстро зашагал по тропинке, а я, помедлив, отправилась за ним. Так, друг за другом, мы и шли по аллее. Долго злиться Петька никогда не умел, за это я его и любила. Он притормозил и, повернувшись, подождал, когда я окажусь рядом. Улыбнулся нерешительно и взял меня за руку. А я шагнула в сторону, но вовсе не потому, что затаила обиду, обижаться на него мне бы и в голову не пришло. Просто мы как раз поравнялись с тем местом, где в прошлое свое посещение я увидела женщину, оказавшуюся сотрудницей Витькиной фирмы. Я направилась к могиле с плачущим ангелом, а Петька удивленно спросил:

— Ты куда?

Проще было промолчать, чем ответить, вот я и молчала. Потоптавшись на аллее, он двинул за мной, и к могиле мы подошли вместе. В основании памятника мраморная плита с двумя фотографиями. Женщина лет сорока пяти и молодая девушка. Петрова Нина Аркадьевна, Петрова Вероника Александровна. Судя по датам рождения, мать и дочь. Под фамилией девушки еще одна надпись: «Трагически погибла». Мать пережила дочь всего на три месяца. Петька таращился на памятник, потом со вздохом перевел взгляд в мою сторону.

— Девчонке было всего восемнадцать. Наверное, авария.

А до меня наконец дошло. Петрова Вероника Александровна — одна из жертв предполагаемого серийного убийцы. От ее имени моему брату прислали венок.

— Черт, — пробормотала я и ухватилась за ангела, чтобы устоять на ногах, так на меня подействовало открытие. Петька смотрел с недоумением.

— Ты чего?

— Фамилия, — легонько клацая зубами, сказала я. — Витьке на день рождения венок прислали. Квитанция выписана на Петрову Веронику Александровну.

— Может... совпадение? — его тоже слегка тряхнуло, физиономия была совершенно несчастной. — Ты что же, знала? Знала, что она здесь похоронена? То есть... ничего не понимаю.

— У Витьки работала женщина. Софья Ильинична. Ты с ней знаком?

— Само собой. Она же сначала у меня работала. Софья-то здесь при чем?

— Она работала у тебя?

— Ну... довольно долго. Потом на брата твоего запала. Баба жутко странная. Старая дева, от мужиков шарахалась, хотя могла бы не беспокоиться, такую если кто и трахнет, то только инфаркт. И вдруг в брата твоего втюрилась, он, бывало, заедет ко мне в офис, она ужом вьется. Так и сманил к себе. Жалко было, работник хороший, но чего не сделаешь для друга!

— Идем, — позвала я и вернулась на аллею.

— Ничего не понимаю, — бормотал Петька. — Какое отношение к этой Петровой имеет Софья, а Петрова к твоему брату?

— Мне бы тоже хотелось знать.

Должно быть, выглядела я дико, оттого Петька с вопросами завязал, но задумался. А у меня было одно желание: поскорее встретиться с Софьей. Теперь я не сомневалась: оригинальный подарок к дню рождения брат получил от нее. Может, она и впрямь не в себе и выражала любовь к боссу, о которой я уже не в первый раз слышу, на свой особый манер, но было одно существенное «но». Убитая девушка. И все ранее слышанное теперь представлялось иначе. Вовсе не любовь заставила Софью сменить место работы... В то утро, когда погиб Витька, она дважды была у него, и труп обнаружила тоже она. Несмотря на возникшие догадки, мысль о том, что Витька затеял некую игру и попросту дурит всем головы, меня не оставляла. Может, я действительно просто не в состоянии смириться с его гибелью? Одно несомненно — Петька в его игре не участвует, горевал он по усопшему другу вполне искренне.

— Ты знаешь, где живет Софья? — спросила я.

— Знаю. Отвозил ее домой несколько раз. Зачем тебе Софья?

— Хочу с ней поговорить.

— О чем?

— О брате, естественно.

— Ты мне объяснишь, в конце концов, что происходит? — разозлился Петька.

— Это я и пытаюсь понять.

Мой ответ вряд ли его удовлетворил.

— Мистика какая-то... — буркнул он ворчливо,

надо полагать, относилось это к обнаруженной нами могиле Петровой. — Улица Ленина, дом семь, — произнес Петька скороговоркой, косясь на меня. — Квартира вроде бы одиннадцатая.

Мы добрались до машины, погруженные в свои мысли, в моих царил полный хаос, а Петькины остались мне неизвестны.

Как только мы въехали в город, я попросила притормозить у ближайшей троллейбусной остановки. Прежде чем проститься, Петька ухватил меня за руку и задал вопрос:

— Мы ведь друзья?

— Конечно, — кивнула я с намерением поскорее от него отделаться, меньше всего в тот момент я нуждалась в бесполезных разговорах, а полезной, как я это понимала, наша беседа быть не могла, по крайней мере сейчас. Делиться своими догадками со старым другом я не видела смысла, не потому, что не доверяла ему. Если и был человек, заслуживающий моего доверия, так это Петька. Но возьмись я объяснять, что к чему, непременно выйдет несуразица, и он либо решит, что я спятила (далеко не худший вариант), либо с энтузиазмом продолжит мусолить вместе со мной события последних дней, пытаясь найти им объяснения. А я боялась, что в бесконечных разговорах упущу ту едва наметившуюся связь, что мелькнула в сознании. Была она очень хрупкой и ни критики, ни чужих толкований просто бы не выдержала. Рассказать обо всем Петьке можно и в следующий раз, а сейчас хотелось остаться одной.

— Ты бы не стала от меня скрывать, если бы... — Он замолчал, не окончив фразы, и добавил совсем тихо: — Ты что-то знаешь, да?

— Дурацкий вопрос. Моя голова пухнет от ценных сведений.

— Не увиливай. Я имею в виду Витьку, его убийство.

— С какой стати мне молчать об этом? — серьезно ответила я. — Убийца должен сидеть в тюрьме, и со своими догадками я бы сразу отправилась к следователю.

Петька некоторое время сидел, не выпуская моей руки, вроде бы прикидывая, стоит мне верить или нет. Судя по маете в глазах, ничего толком не решил, но руку убрал.

— Я хочу знать, кто его убил, — сказал, отвернувшись. — Но если узнаю, к следователю не пойду. Я его сам шлепну.

— Плохая идея, — заметила я и поспешила покинуть машину.

Петька еще некоторое время наблюдал за мной, не трогаясь с места, а я уверенным шагом направилась к супермаркету, перед этим промямлив фразу насчет покупок, чтобы старый друг не воспринял мой поспешный уход как бегство от его вопросов. Делать в супермаркете мне было нечего, для визита к Софье время неподходящее, сейчас она, скорее всего, на работе, значит, придется ждать вечера. Ломать голову над загадками можно в любом месте, супермаркет вполне сгодится. Здесь было небольшое кафе, там я и устроилась. Выпила две чашки кофе и поздравила себя с тем, что призрачная логика событий таковой и осталась. И моя недавняя надежда, ухватившись за ниточку, распутать весь клубок — тоже. Теперь приходилось рассчитывать лишь на разговор с Софьей, который, при удачном расположении звезд, внесет ясность. Подумав, я заказала еще кофе и съела два пирожных, не столько от голода, сколько от нервов. Вспомнив, что телефон у меня отключен, я достала его из кармана джинсов, включила и только собралась положить на стол, как он зазвонил. Звонок был от Феликса. И этот факт вызвал подозрительное удовлетворение.

— Ты где? — грозно спросил он.

— Мог бы разнообразить свои вопросы.

— У меня нет желания шутить.

— Если ты не оставил идею меня спасать, валяй. Поторопись и спасешь от скуки. Даже твое общество сейчас кажется вполне сносным.

Я объяснила, где нахожусь, а он вызвался за мной приехать, хотя я вполне могла добраться на такси. Сидя за столиком возле окна, я вскоре увидела «Лексус», который сворачивал на парковку, а потом в кафе появился и сам Феликс.

— Очень хочется дать тебе хорошую затрещину, — сказал он, игнорируя мое предложение выпить кофе.

— Лучше не надо, — покачала я головой. — Мы пока еще недостаточно близки.

— Кофе здесь дрянной, — заявил он, ухватил меня за локоть, и мы пошли к выходу. — Где ты была? — не удержался он от вопроса, хотя вроде бы сомневался, что я отвечу.

— Ездила к брату на кладбище. С его старым другом.

— Почему бы не дождаться меня?

— Может, мне нанять тебя телохранителем? С хорошей зарплатой? Чтобы совесть не мучила.

— Нет у тебя совести, — усмехнулся Феликс. — А твои деньги мне не нужны, начни ты мне платить — и непременно вообразишь, что можешь мной помыкать. Впрочем, ты это и сейчас делаешь. Но я хотя бы могу сказать, что думаю по этому поводу.

Возвращаться в квартиру не хотелось, погода особо не радовала, но весна все равно чувствовалась, и четырем стенам я бы предпочла уличную суету. Феликс предложил прогуляться в парке, я выбрала тот, что был в центре города, с прекрасным видом на реку и древний собор.

Добрались мы туда минут за двадцать, а вот место для парковки искали куда дольше. В конце концов бросили машину в переулке за два квартала до входа в парк. Не успели мы дойти до середины длинной аллеи, как начался дождь. Пришлось укрыться в маленькой деревянной беседке, где, кроме нас, нашли приют еще две парочки.

Моросящий дождь набирал силу и очень скоро превратился в настоящий ливень, в сером небе громыхнуло, а я начала беспричинно улыбаться.

— Первая гроза в этом году, — произнес Феликс. Парочки за спиной шушукались, их присутствия он вроде бы не замечал, но от обычной болтовни воздерживался.

Меня слегка знобило, вместе с дождем пришел холод, легкая ветровка от него не спасала. Феликс расстегнул куртку и, обняв меня, запахнул полы куртки на моей груди. А я положила голову на его плечо. Рядом с ним было спокойно, оттого зрела в душе обида: встреться мы при других обстоятельствах, и все могло быть иначе, без затяжных подозрений, которые мне в тот миг казались дурацкими. Я чуть повернула голову, Феликс смотрел прямо перед собой, и мне показалось, что его мысли сродни моим, по крайней мере, поверить в это очень хотелось. Он передвинул руки и теперь обнимал меня за плечи, наклонился, а я закрыла глаза. Его губы коснулись моих губ, я вздохнула, словно освобождаясь от гнетущих мыслей, а в следующее мгновение... это было как удар током, но вовсе не его поцелуй заставил вздрогнуть, то есть, конечно, поцелуй, который вдруг перенес меня в другое время и в другое место. Воспоминание, как яркая вспышка... Я лежу, исходя ужасом, не в силах пошевелиться. На глазах плотная повязка, я ничего не вижу, не могу видеть, беспомощность и страх рождают догадки одна чудовищней другой. Слух фантастически обострился, я слышу шаги, замираю, а потом пытаюсь кричать, сознавая всю бесполезность своих криков. Руки на моих плечах и тихий голос: «Не бойся». Он срывает клейкую ленту с моих губ, я трясу головой и вновь кричу, на этот раз от боли, чувствуя его дыхание и его губы, совсем рядом. «Я позвонил в милицию, они уже едут. А пока их нет, я буду рядом. Ничего не бойся». Я не хотела верить, да и как я могла ему поверить, связанная, неподвижная, слепая, я опять закричала, слыша вместо собственного голоса надсадный хрип, а его губы коснулись моих губ. Он отстранился, провел ладонью по моему лицу, а я спросила, вдруг поверив: все, что он сказал, — правда. И этот кошмар скоро кончится. «Кто ты?» — «Никто, — усмехнулся он. — Потерпи еще немного. И ни слова обо мне. Договорились?» Шаги, скрип двери и тишина. А потом... потом появились сразу много людей, меня развязали, вынесли на руках к «Скорой помощи»... А я беспокойно оглядывалась, искала его в толпе со странной уверенностью, что непременно его узнаю. И никому никогда не сказала о нем ни слова...

— В чем дело? — испуганно спросил Феликс. Наверное, у меня был тот еще вид, если он так перепугался.

— Волшебная сила поцелуя, — смогла ответить я, удивляясь, что говорить в состоянии.

— Тогда, может, я тебя еще поцелую?

— Лучше не надо. От любовной лихорадки я могу рухнуть в обморок.

— Такое впечатление, что тебя никто никогда не целовал.

— Один раз шесть лет назад.

— Что?

— Шутка. Я в смятении и болтаю всякую чушь, в надежде его скрыть.

— Послал господь наказание, — проворчал Феликс, закатывая глаза. Обе парочки разглядывали нас, точно диковинных зверей, пребывая в молчании.

— Иди ко мне, — позвал Феликс, вновь обнимая меня. — Ты вся дрожишь, чего доброго, простудишься.

Он стоял у меня за спиной, и я радовалась, что он не видит моего лица, а еще пыталась справиться со слезами. Хотелось орать, топать ногами и непременно что-нибудь разбить.

К счастью, дождь вскоре кончился. Перескакивая через лужи, мы бегом припустились к выходу из парка, Феликс держал меня за руку и улыбался, но когда думал, что я не вижу его лица, начинал хмуриться. Если с самого начала нашего знакомства особым доверием между нами не пахло, то сейчас его и вовсе не осталось. Я разгадывала его

загадки, он — мои, и конца этому не предвиделось, по крайней мере, я сомневалась, что кто-то
из нас начнет откровенничать. Мысли эти вызвали гнетущую тоску, а отнюдь не злость, как мне
бы хотелось. Находиться рядом с ним стало невмоготу, срочно требовалась передышка: прийти в
себя, собраться с мыслями, а в идеале наметить
план действий. С последним было хуже всего.

— Мне надо в аптеку, — заявила я, увидев ее
неподалеку.

— Зачем?

— Купить успокоительные капли.

— Хорошо, идем, — пожал он плечами, шутить
был не расположен, и это слегка удивило.

— На самом деле мне нужно кое-что другое, о
чем приличная девушка малознакомому мужчине
не докладывает. Иди за машиной, встретимся через десять минут.

— А ты смыться не собираешься? — насторожился он.

— Что за недоверие.

В общем, он пошел за машиной, а я в аптеку.
Замерла возле окна и попыталась расслабиться.
Теперь своим ощущениям я не особо доверяла.
Вместе с сомнениями пришла злость. Что это я веду себя как кисейная барышня? Слезы, сопли, душевные переживания. Еще успеем поплакать и
попереживать, сейчас о деле надо думать. «Дело»
виделось расплывчато, но в целом мысль приш-
лась по душе. И когда я увидела «Лексус», тормо-
зящий на другой стороне улицы, была готова к великим свершениям.

Я вышла из аптеки, шагнула с тротуара, Феликс открыл окно и крикнул, ткнув рукой куда-то влево:

— Переход там.

Но я решила проигнорировать и его замечание, и переход и припустилась напрямую резвой рысью. Он недовольно покачал головой. Я уже добралась до середины дороги, и тут Феликс вдруг выскочил из машины и опрометью бросился ко мне. Если честно, я так и не успела понять, что происходит, до ближайшей машины далековато, да и водитель должен был затормозить, увидев меня. Но все вышло иначе. Подскочивший Феликс схватил меня в охапку, и мы вместе повалились на капот его «Лексуса», едва успев разминуться с машиной с заляпанными грязью номерами, которая на большой скорости проскочила мимо и через мгновение скрылась в потоке транспорта на проспекте.

— Твою мать! — рявкнул Феликс, принимая вертикальное положение.

— Согласна, улицу надо переходить в положенном месте.

— Идиотка, тебя убить хотели.

— Да ладно, — улыбнулась я.

— До тебя что, не дошло? Он сделал это нарочно. Тачка стояла в переулке, мотор работал, а когда ты появилась, он помчался как ошпаренный.

Феликс достал мобильный, а я дипломатично спросила:

— Кому звонишь?

— Ментам.

— Ты что, спятил? Я просто переходила улицу в неположенном месте.

Он смотрел на меня не меньше минуты, что

явилось испытанием, но телефон все-таки убрал, и я с облегчением вздохнула.

— Не скажешь, дорогая, почему ты шарахаешься от ментов как черт от ладана?

— В данном случае потому, что выглядеть мы будем глупо. Твой рассказ впечатления не произведет.

— Садись в машину, — вздохнул он.

Это я сделала охотно. Он сел рядом, но вместо того, чтобы тронуться с места, продолжал на меня пялиться. Надо сказать, несмотря на испуг, который имел место, не очень-то я верила своему спасителю. В том, что касалось машины и намерений ее водителя, я почти не сомневалась, но склонялась к мысли о некой постановочности происходящего. И причина такой театральщины была на поверхности. С парнем, который только что спас тебе жизнь, хитрить не станешь, наоборот, — поспешишь доверить все свои тайны, если таковые имеются. И злился сейчас Феликс не на мою бестолковость, а на нежелание раз и навсегда утвердиться в мысли, что он теперь герой.

— Ты спас мне жизнь, — расплылась я в улыбке с намерением ему польстить.

— Вряд ли надолго, — ответил он.

— Кажется, я знаю, кто прислал венок моему брату, — добавила я в голос сахара.

— Что?

— Конечно, мою догадку придется проверить. Этим мы и займемся вечером. А сейчас было бы здорово принять душ.

Через полчаса мы были в квартире Феликса. Он сразу же прошел к стойке, налил коньяк в две рюмки, одну пододвинул мне.

— Пей. Лечит все, кроме глупости. — Он выпил, и я тоже, исключительно с целью доставить ему удовольствие. — Еще раз выйдешь из дома одна, и я лично сверну тебе шею. Основную идею уловила?

— На сто процентов. Мы теперь сиамские близнецы, куда я, туда и ты.

— Ты хотела в душ, — сказал он и впервые улыбнулся.

— Вряд ли там подстерегает опасность.

— Вдруг ты поскользнешься на мокром полу?

— Тогда придется звать на помощь, а пока не спеши.

И мы разошлись по ванным комнатам, которых в квартире было две. В своей я пробыла недолго, приоткрыла дверь и прислушалась. Потом прошла в холл, предварительно убедившись, что ни в холле, ни в гостиной Феликса нет, а душ в его ванной комнате включен. Интересовали меня бумажник Феликса и его мобильный. Паспорт новенький, получен уже здесь. Рогозин Феликс Юрьевич, место рождения — город Белгород. Водительское удостоверение тоже получено недавно. Ничего интересного в его бумагах не было, что, впрочем, не удивило. На страницу в паспорте, где отмечают семейное положение, я все-таки заглянула, она оказалась девственно-чиста. Слабое утешение. В мобильном ни одной знакомой фамилии, женских имен тоже не оказалось, за исключением моего, что озадачило. Неужто с моим появлением всех своих девиц он поспешил вычеркнуть из жизни? Как-то в это не верилось. Общее впечатление: предусмотрительный и осторожный сукин сын. Я потратила время впустую, а могла бы наслаждаться душем. Вернув документы и мобильный на прежнее место, я отправилась в ванную, дверь тщательно заперла. Предосторожность излишняя, на мою честь покушаться не собирались. Приняв душ, я надела домашнее платье, а мокрые джинсы и кофту сунула в стиральную машину. Расчесала волосы, долго разглядывая себя в зеркале, наконец покинула ванную. Рогозин еще не появился. Чтобы немного подняться в его мнении, я решила приготовить обед.

Феликс возник на кухне минут через десять. Мокрые волосы зачесаны назад, он был в легких брюках цвета хаки и в голубой футболке, наверное, решил, что одной демонстрации достоинств вполне достаточно, хотя ни брюки, ни футболка скрыть их, конечно, не могли.

— Глазам своим не верю, — усмехнулся он. — Ты и вдруг у плиты.

— По-моему, сегодня ты заслужил свой обед. И в знак моей благодарности...

— Почему бы тебе не выразить ее как-нибудь иначе? — заявил он, приближаясь на опасное расстояние.

— Кончится тем, что готовить будешь ты, — съязвила я и посоветовала: — Сделай милость, займи себя чем-нибудь. Связь между сиамскими близнецами — чистое извращение.

Он хохотнул и устроился на диване в гостиной, дверь закрывать не стал, и мы могли наслаждаться обществом друг друга. Я-то ждала, что он начнет задавать вопросы, однако Феликс помалкивал, смотрел и улыбался с таким видом, точно ничего восхитительнее девицы у плиты вообразить не мог.

— Твой отец живет в городе? — молчание оказалось для меня серьезным испытанием.

— В пригороде. У него свой дом.

— Не хочешь нас познакомить?

— А что, уже пора?

— Если мы неразлучны, как ты сможешь его навещать?

— Не беспокойся об этом, старикан вполне проживет без меня несколько дней.

Феликс поднялся, подошел ко мне и замер за спиной, я делала вид, что этого не замечаю. Его взгляд жег затылок, и притворяться становилось все труднее. Я все-таки повернулась. Он стоял, опустив руки, вроде бы погруженный в раздумья.

— У тебя приступ столбняка? — спросила я недовольно.

— Нет. Внезапное предчувствие.

— Ничего, если я спрошу, какое?

— Наша встреча для меня добром не кончится.

— И чем же она закончится, по-твоему?

— Торжественным бракосочетанием, — засмеялся он.

— Много вас, желающих, на несчастную богатую девушку.

Говорил он вроде бы с иронией, но от беспокойства это не избавило. Конечно, я рассчитывала, что в случае необходимости смогу постоять за себя, да и он не производил впечатления человека, способного наброситься на женщину, но внешность, как известно, обманчива, а я не собиралась переводить наши отношения в плоскость откровенной вражды. Однако Феликс решил быть джентльменом и, вместо того чтобы докучать мне сомнительной болтовней, принял живейшее участие в приготовлении обеда. Между делом прочел лекцию о кулинарном искусстве, несколько раз вроде бы нечаянно наши руки соприкасались, и тогда взгляд его становился нежно-насмешливым, и на смену беспокойству пришло волнение. Это здорово злило. Обольщение шло полным ходом, а я, прекрасно понимая, что он не спеша приводит в действие некий план, все равно невольно подпадала под его обаяние. Как тут не согласиться с известным утверждением, что все бабы дуры. Чувствовать себя одной из них было неприятно, и лишь это позволило держать себя в руках. В общем, полтора часа нашего совместного бдения у плиты и последующий обед назвать особо приятным мне бы и в голову не пришло.

Около шести я напомнила Феликсу о своем намерении встретиться с Софьей. Он отправился в гардеробную и вернулся облаченным в костюм.

— Я собираюсь поговорить с ней с глазу на глаз, — мило улыбнулась я. — Просто болтовня двух женщин.

— Можно вопрос? У тебя все мужчины вызывают недоверие или только я?

— Как я могу не доверять человеку, спасшему мне жизнь? Твое присутствие вряд ли заставит ее быть откровенной. Обещаю пересказать наш разговор в деталях, если тебе интересно.

— От тебя дождешься, — хмыкнул он, но более возражать не стал.

Я набрала номер квартиры на домофоне и стала ждать, обратившись к господу с краткой молитвой о везении.

— Слушаю, — раздался женский голос.

— Софья Ильинична, это Кристина Протасова. Я хотела бы с вами поговорить.

Пауза, легкий щелчок, и я открыла дверь.

Квартира Софьи была на втором этаже, хозяйка ждала меня возле распахнутой настежь двери. На женщине был деловой костюм, как видно, она совсем недавно вернулась с работы и переодеться не успела. Руки сложены на груди, на губах подобие улыбки, но взгляд настороженный. Софья, скорее всего, была в замешательстве. Учитывая то, что мне теперь известно, к замешательству, возможно, прибавилось беспокойство, но так как она, по всеобщему мнению, души не чаяла в моем брате, вряд ли мой визит ее удивил, а уж тем более вызвал враждебность, вот она и старалась как могла проявлять дружелюбие.

— Проходите, — сказала Софья, пропуская меня в квартиру, сделала попытку улыбнуться шире и продолжила: — Я не ожидала, что вы придете... — Понимать это можно было как угодно, и я оставила замечание без ответа. — О чем вы хотели поговорить? — спросила она.

Мы стояли в прихожей, Софья вроде бы гадала, пригласить меня пройти в комнату или не торопиться, а я решила начать с главного:

— Софья Ильинична, это вы убили моего брата?

Губы ее дрогнули, рот приоткрылся, впечатление такое, будто она собиралась что-то сказать, но забыла что.

— Вы с ума сошли, — наконец выдавила она, голос звучал хрипло, едва слышно, она сунула руки в карманы пиджака, но я успела заметить: они не дрожали даже, а тряслись. — Как вам такое в голову пришло?

— Давайте я расскажу вам о своих догадках, — кивнула я. — Не возражаете, если мы пройдем в комнату?

Ей очень хотелось возразить, но услышать, что я собираюсь сказать, хотелось еще больше. Указав подбородком в сторону комнаты, она подождала, когда я сниму обувь и повешу ветровку в шкаф, и вошла в гостиную следом за мной. Гостиная была небольшой и как нельзя лучше соответствовала образу старой девы. Мягкая мебель двадцатилетней давности, стенка, в многочисленных шкафах которой посуда, дамские романы и милые сердцу сувениры. На одной из полок я увидела фотографию: Софья, рядом с ней Вероника Петрова и женщина лет сорока пяти, приглядевшись, я обнаружила явное сходство с фотографией на памятнике.

— Ваши родственники? — поставив фотографию на место, спросила я.

— Подруга с дочкой. Я вас слушаю. — Она хотела казаться твердой и уверенной в себе, но голос предательски дрогнул. Софья поспешно опустилась в кресло, словно стоять ей не хватало сил, может, так и было.

— Девушка погибла несколько лет назад, — кивнув на фото, сказала я. — Я видела вас на кладбище. Случайно. А еще заглянула в фирму ритуальных услуг «Эдем». Вы, конечно, постарались изменить внешность, но узнать вас не особенно сложно. По крайней мере, служащая узнала вас на фото. — Чистый блеф, но Софья поверила; судя по ее лицу, поверила сразу и безоговорочно и даже вопросов задавать не стала, откуда у меня, к примеру, ее фотография?

— Да, — кивнула она, неподвижно глядя на стену напротив. — Венок я прислала... но я не убивала Виктора. — Она закрыла лицо руками и сидела так некоторое время.

Я плюхнулась в кресло напротив, ожидая, когда она успокоится. Наконец Софья убрала руки от лица, сейчас у нее был вид человека, перенесшего тяжелую болезнь.

— Я не спрашиваю, зачем вы прислали ему венок, я просто хочу знать, почему вы решили, что мой брат имеет отношение к убийству Вероники. Ведь вы так решили?

— Это он, — глядя в одну точку, заявила она. — По-другому просто быть не может. Я вам все расскажу. Не думайте, что я боюсь вас или милиции, я расскажу, потому что... — она издала какой-то странный горловой звук.

— Я вас слушаю, — кивнула я.

Софья тяжело вздохнула, стиснула руки на коленях и заговорила:

— Я рано вышла замуж. Извините за подробности, но я хочу, чтобы вы поняли. Мы прожили пять лет, а потом муж оставил меня. Я не могла иметь детей. Я была очень молода, оттого, наверное, поступок мужа так меня потряс. Теперь я бы смогла понять его, а тогда считала предателем. И решила, что в моей жизни мужчинам больше места нет. Это было очень тяжелое для меня время. Помогла подруга. У нее на личном фронте тоже не складывалось, вот мы и поддерживали друг друга как могли. Потом у Нины появился мужчина. Женатый. Она забеременела, хотела родить, но он и слышать об этом не желал. Вскоре они расстались, а я уговорила подругу рожать. И появилась наша Вероника. Мне кажется, я любила ее больше родной матери. Подруга работала администратором в гостинице, и в те дни, когда была ее смена, Вероника жила у меня. И я была счастлива... — Софья криво улыбнулась. — Вы молоды и вряд ли поймете.

— Я понимаю, — заверила я. Она покачала головой, точно очень сомневаясь в этом.

— Вероника выросла, стала красивой девушкой, но когда ее мать работала, все равно приходила ко мне. У нее здесь была своя комната, и чувствовала она себя как дома. В тот день она зашла после института, мы вместе поужинали, а потом я проводила ее до остановки. Она запрыгнула на подножку троллейбуса и помахала мне рукой. Больше я ее не видела. Живой не видела... — Софья закусила губу, но слез в ее глазах не было, только отчаяние, не выплаканное, не проходящее, от которого вряд ли когда-нибудь избавишься. — Ее нашли через несколько дней. Все это время мы надеялись, обманывая себя. В милиции говорили, что она, возможно, где-то с подругами. Я-то знала, Вероника никогда бы не поступила так... Она ехала домой, от остановки до ее дома два квартала, я все думала, что случилось в эти несколько минут... Обнаружили ее в брошенном доме, связанную. Он изнасиловал ее, а потом задушил. Мою девочку... Убийцу так и не нашли. Подруга оказалась в больнице, сердце не выдержало. Потом второй инфаркт, и снова похороны. Моя жизнь рухнула в один миг. Единственное, что придавало ей смысл, — желание найти убийцу. Я пыталась сама, расспрашивала соседей, вдруг кто-то видел Веронику в тот вечер, когда она шла от остановки. Время шло, и надежд совсем не осталось. На работе никто не знал о моей трагедии, и вот однажды в офисе появился ваш брат. Конечно, он и до этого не раз там бывал. Так получилось, что Петр Петрович оказался занят, и развлекать гостя пришлось мне. Мы немного поболтали, тут вошел Щетинин, они собрались куда-то ехать, ваш брат достал из кармана ключи от машины, и я увидела брелок.

— Брелок со стразами и буквами «В.П.»?

— Да. Мой подарок. Я привезла его из Италии и сделала гравировку. Вещица недорогая, но оригинальная. Когда я ее увидела... не знаю, как я не упала в обморок. С большим трудом я все-таки смогла взять себя в руки и даже вести непринужденную беседу. В его следующий приезд я вновь увидела брелок — как будто нарочно он подбрасывал его на ладони — и спросила: это подарок подруги? Виктор ответил, что нашел его в своей машине, возможно, действительно оставил кто-то из знакомых девушек.

— Почему вы ему не поверили?

— Обычно мужчины не носят такие брелоки.

— На нем были его инициалы. «В.П.» — Виктор Протасов, — пожала я плечами.

— Я могла думать только о том, что это брелок Вероники, она носила на нем ключи от дома. А когда ее обнаружили, ключей при ней не было. Сумочка исчезла. Убийцы иногда оставляют себе на память вещь жертвы. Разве не так?

— Не знаю. Допустим, вы правы. Почему, узнав свой подарок, вы не отправились к следователю?

— И что бы это дало? Виктор ведь сказал, что нашел его. Прошло уже несколько лет, все успели забыть о моей девочке, а у вашего брата столько денег... Я хотела убедиться. Найти доказательства. Если бы я тогда пошла в милицию и они задали ему вопросы, Виктор стал бы осторожнее. У него есть деньги, а значит, могут быть лучшие адвокаты. Брелок, конечно, еще ничего не значил...

— И вы постарались быть ближе к моему брату?

— Да. Я очень старалась и в конце концов стала у него работать. А потом нашла дневник Вероники. Случайно. Разбирала книги и нашла, он был спрятан на полке, за книгами. Я и не знала, что она вела дневник.

— Виктор был знаком с Вероникой?

— Она не назвала имя. Писала о том, что встретила мужчину. В офисе, в коридоре. Он сделал ей комплимент, и они немного поговорили. Вероника несколько раз приходила ко мне на работу, а ваш брат часто приезжал к своему другу.

— Я могу взглянуть на ее дневник?

С минуту Софья раздумывала, затем решительно поднялась и направилась к одному из шкафов, достала розовую тетрадку с сердечками на обложке. Торопливо пролистала страницы и подала мне. Почерк у девушки был немного неразборчивый, но прочитать запись я смогла. Вернула тетрадь Софье и головой покачала.

— Здесь нет ничего о том, что встреча произошла в офисе Щетинина.

— Да, но о каком еще офисе может идти речь?

— О любом другом, где Вероника оказалась случайно. Например, пришла к подруге.

— Ее подруги учились вместе с ней, и никто из них не работал.

— Значит...

— Вот видите, — усмехнулась Софья. — То же самое мне бы сказал следователь, потому я и не пошла в милицию. Когда я провожала ее домой, было еще светло. Вряд ли убийца напал на нее прямо на улице. Значит, был на машине. Но она никогда бы не села в машину к незнакомому мужчине. Но если они встречались раньше, и там, где я работаю...

— Допустим. И вы отправили ему венок, чтобы лишить душевного спокойствия?

— Я хотела, чтобы он знал... знал, что кому-то известно, кто он на самом деле.

— И с этой целью забрасывали его письмами?

Она нахмурилась и размышляла некоторое время.

— Вы и об этом знаете? Да, я писала эти письма. Виктор доверял мне, и раздобыть адрес электронной почты, которой он пользовался в личных целях, было нетрудно.

— Вы рассчитывали, что мой брат занервничает и чем-то себя выдаст?

— Были ведь еще убийства. Очень похожие. Каждый раз в это время он уезжал из города. Я проверяла.

— У вас не было никаких доказательств, но вы убедили себя, что убийца Вероники — мой брат. И застрелили его.

— Я не убивала... — крикнула Софья, за все время нашего разговора впервые не сдержавшись. — Когда я приехала к нему в то утро, он был уже мертв. Дверь не заперта и чуть-чуть приоткрыта. Он лежал в холле. Я даже не помню, как оказалась на улице. Он получил по заслугам, но увидеть его мертвым было страшно. Я бы никогда не смогла выстрелить в человека.

— Почему вы вернулись? — спросила я. Она молчала довольно долго, собственно, ответ не трудно предугадать, но я терпеливо ждала.

— О сложных отношениях с Коршуновым я знала и не сомневалась, что застрелили Виктора по этой причине. Но мои письма могли обнаружить в его электронной почте. Я была осторожна, но ведь в милиции есть специалисты... и мое бегство они могли расценить по-другому.

— Вы боялись, что вас заподозрят?

— Боялась. И решила вернуться. Вызвать милицию...

— Брелок забрали вы?

— Да. Вместе с ключами, не было времени снять их. Ключи я выбросила.

— Надеюсь, вы понимаете, что теперь вам придется все рассказать следователю?

— Вы ведь знали, кто он? — в упор глядя на меня, вдруг спросила Софья. — Или догадывались. Поэтому и уехали. Не просто уехали, сбежали и прятались от него.

— Я уважаю ваше горе, — вздохнула я. — И даже поступки худо-бедно понять могу. Но в целом ваше поведение отдает белой горячкой.

— Убирайтесь вон, — по слогам произнесла она, и мне не осталось ничего другого.

— Жду подробного отчета о встрече на высшем уровне, — приглядываясь ко мне, сказал Феликс, как только я оказалась в машине.

— Это пошло, — ответила я.

— Не понял?..

— Пошло ловить даму на словах, сказанных сгоряча, в обстановке, крайне неблагоприятной для трезвого мышления.

— Так и быть, деталей не нужно, скажи главное.

— У нее была причина желать брату смерти, но вряд ли она его убила.

Феликс присвистнул.

— Что за причина?

— Личного характера.

— Неразделенная любовь?

— Что-то вроде этого.

— Причина, конечно, серьезная. Я сам подумываю, а не придушить ли тебя, чтобы избавиться от наваждения. Но твоего брата застрелили. Трудно представить сотрудницу офиса с пистолетом в руках, да и откуда ему взяться? Если дамочка, конечно, в прошлом не спецназовец.

— Старая дева слегка за пятьдесят.

— Есть еще подозреваемые?

Мы выехали на проспект, движение было оживленным, и Феликс вынужден был следить за дорогой, а не на меня таращиться.

— Подозрительные соседи.

— Один из них я? А повод?

— Я работаю над этим. Художник, кстати, тоже сгодится.

— У Соловьева есть студия, где он обычно работает над заказами. Квартира в мансарде, дом пять по улице Фрунзе. Можем взглянуть.

Я немного поразмышляла и согласно кивнула.

Дом номер пять по улице Фрунзе оказался типовой девятиэтажкой. Оставив меня ждать в машине, Феликс ушел на разведку. Прошло полчаса, а его все не было. Машину открытой не бросишь, а обозревать пейзаж за окном мне быстро надоело. Я набрала номер Феликса. Звонить пришлось трижды, прежде чем он ответил.

— Я свел знакомство с приятной женщиной, ты едва все не испортила, — заявил он.

— Может, мне перезвонить позднее, чтобы у тебя было время закрепить ваши отношения?

— Они уже и без того зашли слишком далеко. Сыщику необходимо терпение, тебе об этом никто не говорил? — тут я увидела, как он показался из-за угла, и дала отбой.

Феликс подошел быстрым шагом и устроился в машине.

— Докладываю. Соловьев здесь обычно работает днем, правда, иногда задерживается допоздна. Ведет себя тихо, девушки — частые гости, но на порядке в подъезде это не сказывается. Порядки там, кстати, жесткие.

— Тебе рассказала об этом милая девушка?

— Девушкой я бы не стал ее называть, ей чуть за семьдесят. Квартира на девятом этаже и бездна свободного времени, чтобы наблюдать за соседями. Мастерские занимают бывший техэтаж, их всего три. Нужная нам самая большая с огромным окном. Художники любят естественный свет. Есть еще два окна поменьше. Сегодня Соловьев там не появлялся, маловероятно, что нагрянет поздно вечером. Но я предлагаю дождаться, когда стемнеет.

— А как мы попадем в мастерскую?

— Понятия не имею. Но попытаться можно.

Ждать темноты предстояло довольно долго, Феликс предложил поужинать в ресторане. Возразить на это было нечего, и я согласилась. Своих барских замашек Феликс не оставил, и ресторан выбрал соответственный.

— Придется покупать вечернее платье, — фыркнула я.

— Боюсь заговаривать о смене гардероба, чтобы ты не сочла это посягательством на твою свободу.

Ужин особого удовольствия не доставил, хоть я и поплевывала на условности, но рядом с Феликсом, который выглядел так, точно полчаса назад снимался для обложки глянцевого журнала, чувствовала себя Золушкой в бытность ее замарашкой. Дамочки на нас поглядывали, и девять из десяти наверняка думали: «Что он в ней нашел?», и только мужские взгляды, обращенные ко мне, не позволяли впасть в депрессию. Когда ужинать мы закончили, я вздохнула с облегчением.

В целях конспирации мы оставили машину в двух кварталах от мастерской и отправились пешком. Не успели сделать и сотни шагов, как меня окликнули по имени. Повернувшись, я увидела Петькину тачку и его самого рядом с ней. Занятая предстоящим визитом, я едва не прошла мимо.

— Ты здесь какими судьбами? — спросил Петька, поглядывая на Феликса с тем особым выражением на физиономии, которое появляется у любящего папаши при первой встрече с потенциальным зятем.

— Прогуливаемся. А ты?

— Заехал к приятелю. Вижу, ты чешешь...

— Знакомьтесь, — сказала я без особого восторга. — Это Феликс, а это друг моего брата, и мой, конечно, тоже.

— Петр, — старый друг протянул руку, и Феликс ее пожал. Петька взглянул на меня с недоумением, а я поспешила проститься.

— Хорошо, что ты сирота, — усмехнулся Феликс. — Мужчины не способны видеть во мне доброе и светлое.

— Так, может, и нет ни того, ни другого? — в тон ему ответила я, ощущая некоторую нервозность.

Конечно, вовсе не встреча с Петькой была тому виной. Я попыталась ответить на вопрос: а чего, собственно, ожидаю от похода в мастерскую? Неприятностей, если нас застукают, непременно. Рассчитываю отыскать подтверждение своих фантазий, или самого Витьку, живого и здорового? В то, что он жив, верилось все меньше, но окончательно я с этой идеей не простилась. С одной стороны напирал Коршунов, с другой — Софья с венками и письмами. Хороший повод исчезнуть. Вот только откуда мог появиться труп, да еще такой, что ни Софья, ни Витькины друзья не усомнились: это мой брат.

На двери подъезда был кодовый замок, с которым Феликс справился за пару секунд. На лифте мы поднялись на девятый этаж, а дальше вверх по лестнице пешком. Перед нами были четыре двери, три добротные, железные, одна деревянная, обитая жестью. Я собралась задать вопрос, но Феликс, приложив палец к губам, подошел к неказистой двери и начал возиться с замком. Лампочка здесь отсутствовала или не горела, свет пробивался лишь с девятого этажа, к тому же Феликс стоял

спиной ко мне, и о происходящем я скорее догадывалась. Дверь с тихим скрипом отворилась,
впереди было чердачное окно, и света хватало,
чтобы разглядеть захламленное пространство, уг-
лы которого тонули в темноте. Легонько меня
подтолкнув, Феликс вошел и закрыл дверь.

— Зачем мы здесь? — шепнула я.

— Вопрос практически философский, но если
ты о наших намерениях, отвечу: ломиться в дверь
студии неосмотрительно. Соседи могут проявить
бдительность.

Феликс достал из кармана пиджака небольшой
фонарик, включил его и, осторожно ступая, направился к двери на крышу, к которой вела метал-
лическая лестница. Феликс поднялся первым,
дверь открыл довольно быстро, и мы оказались на
крыше. Добраться до окна мастерской Соловьева
труда не составило. Свет в мастерской не горел, и
ничего разглядеть я не смогла, хоть и старалась.
Феликс убрал фонарик и извлек из кармана от-
вертку, а я хихикнула:

— Джентльменский набор. Ты подготовился
основательно.

— Не слышу слов благодарности.

Тут до меня дошло, что он собирается делать, и
я зашипела:

— Ты хочешь...

— Не хочу, — огрызнулся он. — Ой, как не хочу, но придется.

Конечно, он был прав, другого способа попасть
в мастерскую и я не видела. Вдруг кое-что при-
влекло мое внимание, и я сказала:

— Портить чужую собственность без надобности, — и ткнула пальцем в соседнее окно, оно бы-

ло приоткрыто. Вместо того чтобы обрадоваться такой удаче, Феликс нахмурился.

— Возвращайся к машине...

— С какой стати? — удивилась я.

— Возможно, нас ждет сюрприз. Неприятный.

— Я хочу быть с тобой в горе и радости, — ответила я не особенно уверенно.

Феликс с минуту размышлял, потом приподнял раму, осветил помещение внизу, после чего, отдав мне фонарь, протиснулся в окно и ловко спрыгнул. Я последовала его примеру, и через несколько секунд он заключил меня в объятия. Я поспешно отстранилась и вновь включила фонарь. Мысль о неприятном сюрпризе прочно обосновалась в моей голове, оттого я едва не заорала в голос, увидев на стуле по соседству человеческую руку.

— Она не настоящая, — шепнул Феликс и отобрал у меня фонарик, сделал пару шагов до ближайшей стены, а вслед за этим в комнате вспыхнул свет.

Я огляделась и присвистнула. Помещение было просторным, но больше напоминало склад забытых вещей, чем мастерскую. Вдоль стен стеллажи с коробками, прямо посередине на невысоком подиуме незаконченная восковая фигура, очередной маньяк, надо полагать, судя по злодейской роже. Верстак, разбросанные рисунки на длинном столе, за ширмой диван, рядом дверь. Приоткрыв ее, я увидела крохотную комнату с унитазом и раковиной. В коробке, по соседству с дверью ворох женской одежды. Я заглянула в несколько коробок на стеллажах: барахло, то ли купленное на блошином рынке, то ли прибывшее сюда прямиком с помойки. Незабываемое впечатление произвели руки, ноги и головы кукол, все размером с человеческие, они были из какого-то мягкого пластика и выглядели почти как настоящие.

— А где гроб? — спросила я. Феликс вопроса не понял. — Тот, в котором он спит на самом деле, — продолжила я свою мысль.

— Да, мрачноватое зрелище, — согласился Рогозин и немного порылся в коробках, однако это занятие его не увлекло. — Есть идеи? — спросил он минут через пять.

— Есть, — кивнула я. — Сматываемся отсюда побыстрее.

На следующий день где-то около часа позвонил следователь и попросил подъехать ровно в три. Судя по его голосу, от встречи можно ожидать сюрпризов. Первой на ум пришла Софья, я хотела ей позвонить, но не решилась, наше свидание закончилось отнюдь не дружески, и на доверительный разговор рассчитывать не приходилось. Поразмышляв, я набрала номер Артема, он тут же вызвался меня сопровождать, и я предложение приняла. Что-то подсказывало: присутствие адвоката будет не лишним. Вслед за этим позвонила Нестерову.

— Кристина? — он вроде бы обрадовался моему звонку.

— Сегодня у меня встреча со следователем. Возможно, разговор коснется вас...

— Я понял. Спасибо, что предупредили. — Нестеров немного помялся, я уже хотела проститься, и тут он спросил: — Вы больше не живете в квартире родителей?

— Нет. Все еще болтаетесь в моем дворе?

— Я о вас беспокоюсь, — сказал он с намеком на обиду. — Где вы сейчас?

— В квартире брата.

— Рядом с вами кто-то есть?

— Я под надежной охраной.

— Хорошо. — Вряд ли его это порадовало, но он предпочел не демонстрировать своих чувств. Феликс пасся по соседству и разговор, безусловно, слышал.

— Я поеду с тобой, — заявил с серьезной миной.

— Да? И в каком качестве? Я буду напоминать даму из известного стихотворения: адвокат, картина, картонка и маленькая собачонка.

— Собачонка — это я?

— Ты больше похож на волкодава, но сути это не меняет.

В половине третьего Артем сообщил, что ждет меня возле въезда на парковку.

— Не вздумай болтаться по городу, — проворчал Феликс. — От следователя сразу домой.

— Поскучай немного, — ответила я, направляясь к двери.

Артем, в отличие от меня, особых сюрпризов не ждал, что не удивительно, о Софье ему известно не было. Прикидывая и так, и эдак, я решила: его следует просветить, чтобы парень был готов к неожиданностям. Я коротко рассказала о нашей встрече с Софьей и о том, что ей предшествовало, он выслушал молча, но пару раз поморщился.

— Значит, своей безумной идеи ты не оставила, — без насмешки произнес он.

— Кое-какая польза от моей суеты все же есть, ты это должен признать.

— Польза? — хмыкнул он. — Для кого? — Такой ответ насторожил, только я собралась развить тему, как он вновь заговорил: — Щетинин сказал, что видел тебя в компании соседа, Феликса Рогозина. Хочу предупредить, ты выбрала малоподходящего спутника, прошлое у парня довольно сомнительное.

— Да? Можно поподробней?

— В бытность свою в Белгороде он попал в поле зрения правоохранительных органов.

— Торговал просроченными консервами?

— Если тебе угодно шутить — пожалуйста. Но связи с одной из бандитских группировок вряд ли хороший повод для шуток.

— Связи? — переспросила я в надежде, что Артем продолжит свой рассказ.

— Подробностями не располагаю. Будь у ментов на него что-то серьезное, он бы сидел в тюрьме, а не болтался здесь. Но тот факт, что он еще на воле, говорит не о его невиновности, а о том лишь, что парень ловчее своих собратьев. Уверен, останься он в Белгороде, и повод для долгих бесед в прокуратуре у него бы непременно возник. Он предпочел не дожидаться, когда это произойдет, и покинул родной город. Живет на широкую ногу, но происхождение его благосостояния покрыто мраком, как и история его жизни.

— Значит, ты все-таки проявил интерес к его особе? — улыбнулась я, желая укрепить нашу пошатнувшуюся дружбу. Он пожал плечами, предлагая мне самой додумывать ответ.

— О его родителях что-нибудь известно?

— Мать умерла, других близких родственников нет.

— А отец?

— О нем ничего не известно. Мать не была замужем, воспитывала его одна. На алименты тоже не подавала, так что отцом мог быть любовник на одну ночь.

Я-то знала: отец у него есть, по крайней мере, есть человек, которого он так называет, но предпочла об этом помалкивать. Беседу пришлось прервать, мы уже прибыли к месту назначения.

— Постарайся говорить как можно меньше, — посоветовал Артем, выходя из машины.

Боков показался мне несколько возбужденным. Дождавшись, когда мы устроимся за столом, деловито начал:

— У следствия появились новые факты. Сегодня я имел беседу с сотрудницей фирмы вашего брата по фамилии Бортникова.

— Она сама к вам пришла? — не удержалась я и удостоилась недовольного взгляда Артема.

— Я же сказал, в деле появились новые факты, в связи с чем и возникла необходимость в этом разговоре. — Выходит, зарплату здесь не зря получают, и о связи Бортниковой с погибшей Вероникой Петровой успели узнать. — Кстати, о вашем визите к ней она тоже рассказала, — добавил Валерий Павлович и красноречивым взглядом выразил свое отношение к данному событию.

— Если бы вы не позвонили сегодня, я бы сама с вами связалась.

— Надеюсь.

Далее я в разговоре практически не участвовала, да и получился он довольно коротким. В связи «с открывшимися новыми фактами» Боков намеревался произвести повторный осмотр квартиры, принадлежавшей мне и моему брату, речь, как выяснилось, шла о родительской квартире. Ее, в отличие от той, где произошло убийство, осмотрели, по мнению следователя, недостаточно тщательно.

— Что вы надеетесь там обнаружить? — задал вопрос Артем. Боков улыбнулся.

— Любые детали, которые помогли бы раскрытию убийства.

Лично я не видела в его намерениях ничего особенного, и нервозность Артема, которую он пытался скрыть за маской профессионализма, была мне непонятна.

— Осматривайте на здоровье, — сказала я, желая побыстрее прекратить словесную перепалку двух юристов. Артем дернул щекой, должно быть, в обиде за то, что его стремление быть полезным по достоинству я не оценила, а Боков улыбнулся вторично.

— В таком случае мы могли бы отправиться прямо сейчас.

— Жаль, что ты не прислушалась к моему совету, — заметил Артем, когда мы вышли в коридор, где ожидали Бокова и его коллег.

— Не ты ли говорил, что надо дать людям возможность выполнить их работу?

— Мне это не нравится, — хмуро ответил он. — Темнит следак. Хотел бы я знать, что происходит.

Его опасений я не разделяла, при обыске мы будем присутствовать, если что-то и найдут в квартире, делу это лишь на пользу. Так думала я в ту минуту, не догадываясь, какой подарок готовит судьба.

Через полчаса мы входили в квартиру: я, Артем и Боков с двумя коллегами. Один из них удалился и вскоре вернулся с соседями-пенсионерами. Их устроили в креслах в гостиной, а Боков спросил, обращаясь ко мне:

— Кристина Олеговна, в квартире есть сейф, тайник или что-то подобное?

Вот тогда я почувствовала некое беспокойство, Боков вел себя так, точно знал, что следует искать. С минуту я размышляла, но ответила правду:

— Сейфа нет. Тайник в диване. Брат иногда там деньги хранил.

Я направилась к дивану с намерением показать, как открывается ящик, но один из мужчин остановил меня:

— Давайте лучше я.

Пожав плечами, я отошла в сторону и объяснила, что нужно делать. Тайник пуст, о чем мне было доподлинно известно, но беспокойство увеличилось. Я нашла глазами Артема, он стоял в дверях гостиной и, сдвинув брови, наблюдал за происходящим. Лист фанеры приподняли, я ожидала увидеть пустой ящик, а увидела довольно большой конверт. Это явилось полной неожиданностью, и я брякнула:

— Не может быть.

— Вы знаете, что находится в конверте?

— Нет, конечно. Впервые его вижу.

Конверт достали, положили на стол и попросили притихших пенсионеров подойти ближе. Артем, встав рядом со мной, разглядывал конверт. Он был из бумаги коричневого цвета, плотно набитый, но вряд ли тяжелый. Боков произнес приличествующие случаю слова, обращаясь в основном к пенсионерам, надорвал конверт и вытряхнул на стол его содержимое. Пять целлофановых пакетов с цветными тряпками внутри. Боков открыл первый пакет и извлек женские трусики. Пенсионеры озадаченно переглянулись, а я попятилась, потому что уже догадалась, что это. В каждом из пяти пакетов оказались женские вещицы: бюстгальтер, резинка для волос, сережки из белого металла в виде змейки, топ с блестками. Боков, дав точное описание каждого предмета, вновь убрал их в пакеты.

— Что это? — спросил Артем, ни к кому конкретно не обращаясь.

— Эти вещи будут предъявлены для опознания родственникам погибших девушек, — ответил Боков. — Уверен, они их узнают.

— Вы что, хотите сказать...

— Я хочу сказать, что у каждой из убитых девушек в момент, когда тела были обнаружены, недоставало определенных вещей. Убийцы в некоторых случаях оставляют вот такие сувениры на память.

Если верить Бокову (а с какой стати мне ему не верить?), за эти годы погибло шесть девушек, передо мной пять пакетов — пять «сувениров» на память. А шестой брат носил при себе с ключами от машины. Артем стиснул мою руку и сказал тихо:

— Этого не может быть... — наверное, хотел меня утешить, вопрос: верил ли он в это сам?

— Эти вещи появились здесь уже после смерти моего брата, — произнесла я, поражаясь собственному спокойствию. — Приехав в город, я сначала остановилась здесь и тайник проверила. Он был пуст.

— То есть эти вещи вам подбросили?

— Вот именно.

Я-то боялась, что Боков меня и слушать не станет, но он выслушал, причем внимательно. Я рассказала о незваных гостях и включенном телевизоре. Тут же последовал вполне ожидаемый вопрос:

— Если все так, почему вы не обратились к нам?

Ответить на него было не так просто. Что я могла сказать? Я сомневалась в гибели брата и заподозрила, что в мое отсутствие в квартире был он? Такое заявление вызовет не один вопрос, а сразу множество. Пришлось бы рассказать то, о чем я бы предпочла молчать, точнее, о чем хотела бы забыть.

— Не было уверенности, что все это мне не показалось, — хмуро отозвалась я. — Я была в том состоянии, когда человек плохо контролирует себя, могла сама включить телевизор, а потом забыть об этом.

— Но теперь вы уверены в обратном? — нахмурился Боков, в голосе не было и намека на усмешку, но я не сомневалась: он мне не верит.

— Тайник был пуст. — «Расскажи ему о ноутбуке», — шептал внутренний голос, однако я понимала: расскажи я о нем, и лишусь последнего доверия Бокова, если оно, конечно, оставалось. Объяснить, почему я промолчала о ноутбуке, затруднительно, не вдаваясь в наши отношения с братом, но ноутбук — важная улика, которую я скрыла от следствия, а значит, следуя логике, могла скрыть и те улики, что сейчас лежат на столе.

Беседа с Боковым продолжилась в его кабинете, Артем сделал мне знак молчать, и теперь совета я послушалась, каждый свой ответ тщательно взвешивала и по возможности отвечала коротко «да» или «нет», мысленно то и дело возвращаясь к разговору с Нестеровым. Он был уверен: моего брата подставили и убийца кто-то из близких ему людей. Настолько близких, что знал о существовании тайника. Я-то думала, о нем было известно только нам двоим. Теперь подозрения Нестерова становились реальностью. И вместе с тем... что, если Виктор предполагал подобное развитие сценария, оттого и исчез заблаговременно? «У меня паранойя или в моих догадках что-то есть?» — в который раз задалась я вопросом.

Лишь ближе к вечеру мы покинули кабинет Бокова, голову разламывало от боли, и вновь возникло чувство, что меня умело дурачат, вот только кто? В тот момент доверять кому-либо я была не склонна, впрочем, и ранее особой доверчивостью не отличалась. Боков мог думать что угодно, но я-то знала: «сувениры» появились в тайнике совсем недавно, уже после того, как я покинула квартиру. Обнаружив следы чужого пребывания, тайник я не проверила. Допустим, я бы это сделала и нашла конверт, отдала бы я его Бокову или предпочла перепрятать? Вопрос, ответить на который не так просто. Но теперь я со всей отчетливостью поняла: храня свои секреты и стараясь разобраться в происходящем самостоятельно, я вношу еще большую путаницу. И жалела, что не рассказала всей правды, к каким бы последствиям лично для меня это ни привело, однако, хотя эта здравая мысль в голове присутствовала, вернуться в кабинет Бокова я так и не решилась.

Хмурые, подавленные и оттого молчаливые, мы с Артемом направлялись к его машине и в нескольких метрах от нее заметили Петьку в компании Легостаева. Оба Витькиных друга нервно курили, нарезая круги; увидев нас, сигареты бросили и поспешили навстречу.

— Это правда? — спросил Валентин, шаря взглядом по лицу Артема.

— Что ты имеешь в виду? — вопросом на вопрос ответил тот.

— Брось, уже полгорода знает об этих тряпках, которые обнаружили в Витькиной квартире. — В мою сторону Легостаев так и не взглянул ни разу, как будто меня вовсе не было рядом. Артем покачал головой, усмехнувшись. Усмешка вряд ли относилась к самому факту обнаружения «сувениров», скорее ее вызвала та легкость, с которой новости распространялись в городе. Если учесть, что касались они расследования и должны были храниться в тайне, оставалось лишь руками развести.

— Мне приятель из прокуратуры позвонил, еще два часа назад, — со вздохом сообщил Петька. — Ну а я Вальке сказал, потому что все это в голове не укладывалось. — Он обнял меня и привлек к себе. — Бедная моя девочка... — опять вздохнул, на этот раз сочувственно, а Валька затряс головой.

— Какой удар по репутации...

— Ты что, спятил? — прикрикнул на него Петька. — Ты всерьез думаешь, что Виктор...

— Я сейчас о деле должен думать, о деле, — взвился тот.

— Вряд ли нам следует обсуждать все это на улице, — призвал их к порядку Артем.

— Поехали ко мне в офис, — предложил Петька. — Тут недалеко.

Мы расселись по машинам, я на мгновение замешкалась, с кем из троих следует отправиться мне, в конце концов устроилась рядом с Артемом, не потому, что в тот момент он виделся главным союзником, просто подумала, если я приехала с ним сюда, нам и впредь лучше держаться вместе.

Через пятнадцать минут мы сидели в тесном Петькином кабинете. Мужчины вплотную придвинулись к столу, их головы почти соприкасались, и я некстати решила, что они похожи на заговорщиков, а я здесь вроде бы лишняя.

— Прежде чем делать выводы, — начал Артем, — дождемся опознания. У нас нет уверенности, что найденные вещи принадлежат убитым девушкам.

— С какой стати Витьке прятать это барахло? — фыркнул Валька. — Память о былых возлюбленных?

— А что конкретно нашли? — спросил Петька.

Артем коротко пояснил, закончив свой рассказ неожиданным заявлением:

— Я думаю, они знали, что следует искать.

— Кто-то стукнул ментам?

— Почему бы и нет?

— Значит, барахло Витьке подбросили. Я уверен, так и было.

— Подбросили, вне всякого сомнения, — решила я принять участие в разговоре. — А насчет всего остального... Следователь сегодня беседовал с Софьей, а она убеждена: мой брат — убийца. Провести повторный обыск они были просто обязаны.

— Софья? — удивился Валька. — Софья Бортникова? Ее сегодня не было на работе... но при чем здесь Софья?

Пришлось рассказать.

— Ты видела этот дневник? — нахмурился Петька.

— Видела и даже читала запись, о которой она говорила. Ничего конкретного. Девушка описывала свою встречу с мужчиной в коридоре офиса. Что это за офис и что это за мужчина, остается лишь гадать.

— Дневник сейчас у следователя?

— Наверное, — пожала я плечами.

— Но если улики подбросили, кто реально мог это сделать? — горячился Петька. — Замок ведь не взламывали?

— Ключи от квартиры могли быть у убийцы или у кого-то из вас, — закончила я, задержав взгляд по очереди на физиономии каждого.

— Вот спасибо, — хмыкнул Валька. — Я, конечно, подозреваемый номер один, раз ключи хранились у меня.

— Уймись, никто в тебя пальцем не тычет, — прикрикнул Петька. — Допустим, это убийца. Витьку завалили из-за бизнеса, а чтобы запудрить ментам мозги, придумали всю эту чушь с девками.

— Кто придумал? — вновь хмыкнул Валька.

— Давай называть вещи своими именами, — сверля дружка взглядом, предложил Петька. — Всем известно, что Коршунов...

— Заткнись, — Легостаев пошел пятнами. — По-твоему, Коршунов убивал девок, чтобы обвинить в этом Витьку? Бред. А если нет, как эти шмотки оказались у него?

— Почему, мой друг, услышав фамилию Коршунов, ты начинаешь ерзать? Артем прав, еще надо доказать, что вещи принадлежали убитым девкам, а пакостные слухи уже ползут по городу. Может, Коршунов этого и добивался? Я знаю точно: Витька не убивал этих баб.

— Да? И откуда такая уверенность? — съязвил Валька.

— Он мой друг, и с головой у него был полный порядок, а убийца — псих.

— Я бы предпочел выработать линию поведения, — напомнил Артем. — Предлагаю оставить эмоции...

В этот момент у меня зазвонил мобильный, я решила, это Феликс, но звонил Нестеров. Я поднялась и отошла в сторону, уверенная, что мужчины заняты разговором, на мои слова внимания не обратят.

— Кристина, — голос Нестерова звучал возбужденно, — что произошло? Я был во дворе дома и видел...

Значит, Нестеров продолжал наблюдать за мной. Узнав, что я теперь живу в квартире брата, болтался по соседству и вслед за нами оказался во дворе родительского дома.

— В квартире появились вещи, которые можно считать доказательством вины моего брата, — скороговоркой произнесла я.

— Появились? — переспросил Нестеров.

— Пару дней назад их точно не было. — Возникла продолжительная пауза.

— Кристина, нам надо встретиться, сегодня... это очень важно, — в необходимости нашей встречи я сомневалась, но все-таки согласилась.

— Хорошо. Я к вам приеду.

— Нет, я теперь живу в другом месте. Встретимся где-нибудь в парке, и попозднее.

— Тогда в одиннадцать вечера в парке Пушкина.

Я дала отбой и вновь устроилась за столом. Телефон лежал под рукой, и тут явилась мысль: Нестеров до нашего разговора утром не знал, что я переехала, и болтался в моем дворе. Он мог обратить внимание на человека, проникшего в квартиру родителей. Если это знакомый, не мог не обратить. А всех близких Виктору людей он знал, по крайней мере, тех, кто был рядом с ним шесть лет назад. Меня так и подмывало покинуть кабинет и перезвонить. «Убийце вовсе не обязательно приходить самому, — воззвала я к здравому смыслу. — Его ведь могут узнать соседи. Проще появиться там ночью, а Нестеров вряд ли торчал во дворе по ночам». И, перебивая все прочие, настойчиво билась мысль: мой брат не убивал... Я поднялась из-за стола, а Петька спросил:

— Куда ты?

— Где туалет?

— Последняя дверь по коридору.

В туалете я пробыла довольно долго, умылась холодной водой и постаралась успокоиться. Когда я вернулась в кабинет, мужчины, закончив разговор, хмуро сидели за столом, избегая взглядов друг друга. Я заняла прежнее место и спросила:

— Достигли единодушия?

— Валька может думать только о бабле, наш законник — о том, чтобы играть по правилам. Я считаю, улики подбросили, и постараюсь это доказать. Поговорю с соседями, вдруг кто-то что-то видел, понадобится — найму частного детектива.

— Идиотизм, — стряхивая несуществующую соринку с пиджака, сквозь зубы произнес Артем.

— Вот видишь, — кивнул Петька. — Ты со мной или с ними?

— Есть человек, который, возможно, сумеет помочь, — сказала я.

— Что за человек? — насторожился Петька.

— Просто человек, которому нравилось торчать в моем дворе.

— Это он тебе звонил?

— Сегодня тебе уже пришлось поерзать, объясняя свои поступки, — сурово произнес Артем. — Может быть, хватит?

— Да пошел ты, — буркнул Петька и ко мне повернулся: — Поехали к твоему человеку.

— Я встречусь с ним, если понадобится твоя помощь, позвоню. Ну что, по домам?

— Прекрати все это, — сказал мне уже в машине Артем. — Слышишь, прекрати.

— О чем ты? — хмыкнула я, отворачиваясь к окну.

— Об этом дурацком расследовании. Ничем хорошим оно не кончится.

— Все, что я узнаю, непременно сообщу Бокову.

— Моих советов ты не слушаешь, может, тебе стоит найти другого адвоката?

— Я подумаю об этом.

Он чертыхнулся и больше не произнес ни слова, что меня вполне устроило. Возле дома мы простились, и я все-таки набрала номер Нестерова.

— Если все так повернулось, вам нет причин скрываться от милиции, — сказала я.

— Не думаю. Виктор мертв, а меня с радостью запишут в сообщники. Я сам найду эту сволочь. А потом можно и в милицию.

— Кого вы видели во дворе дома? Это был кто-то из друзей Виктора?

— Щетинин. Я видел, как он выходил из подъезда. Но дело даже не в этом: после того, что произошло, многое выглядит совсем иначе. Нам надо все обсудить, не по телефону. Встретимся вечером, как договаривались.

Мысль, что улики мог подбросить Петька, я отвергла сразу. Он считал, что живу я в квартире родителей, вот и заехал меня навестить. Щетинин, пожалуй, единственный, кто не верит в виновность брата. О том, *что* теперь, по мнению Нестерова, выглядит иначе, оставалось лишь гадать. Запасемся терпением и вскоре узнаем.

Феликс открыл дверь и сказал недовольно:

— Ты все это время была у следователя?

— Можно сказать и так.

— О новостях не спрашиваю. Судя по твоему виду, хороших нет, а плохие мешают быть оптимистом.

— И правильно, береги нервы.

— Одна новость есть и у меня, — продолжил болтовню Феликс, между делом поинтересовавшись, собираюсь ли я ужинать, и теперь накрывая на стол. — К нашему художнику нагрянули гости из ментовки и увезли его с собой.

Я замерла, разглядывая Рогозина, пытаясь решить, шутит он или все так и есть.

— Я не знаю, хорошая это новость или плохая, — развел он руками.

— Это правда?

— Конечно, правда. Охранник, что дежурит внизу, сообщил. Он в недоумении, я, признаться, тоже.

Я плюхнулась в кресло и задумалась.

— Если ты будешь хмуриться, на лбу появятся морщины.

— Они его арестовали?

— Этого охранник знать не может. Художник ушел вместе с ними и до сих пор не вернулся. Садись за стол, вряд ли следователь кормил тебя обедом, а ломать голову лучше на сытый желудок.

Я переместилась за стол и попробовала впихнуть в себя ужин.

— Так и быть, послушаю неприятные новости, — понаблюдав за мной и откладывая вилку в сторону, со вздохом сказал Феликс. А я перевела взгляд на часы.

— В одиннадцать у меня встреча.

— Любовное свидание?

— Нет.

— Но ты все равно поедешь одна, а мне придется ждать тебя здесь?

— Я бы предпочла поехать с тобой, но поговорить с глазу на глаз.

— Осточертели мне твои секреты, — заявил Феликс.

— Укажи мне на дверь, я не обижусь.

— Потерплю еще немного.

Собственно, скрывать от него то, что произошло в родительской квартире, было бессмысленно. Судя по той скорости, с которой новости распространяются в нашем городе, он об этом быстро узнает. И я, продолжая жевать, коротко все рассказала. Он слушал внимательно, хмурился, но по неведомой причине возникло ощущение: для него это не является неожиданностью. «Феликс за время моего отсутствия ни разу не позвонил, — подумала я. — Это на него не похоже. И еще... он был со мной в квартире родителей». Эта мысль мне особенно не понравилась. Феликс ждал меня в прихожей, но улучить момент и сунуть пакет в тайник, конечно, имел возможность. Но откуда ему знать о тайнике?

— Что ты скрываешь? — глядя на меня в упор, вдруг спросил Рогозин. — Твоего брата, единственно близкого тебе человека, обвиняют в серийных убийствах, а ты рассказываешь об этом так спокойно.

— Если я начну биться головой о стену, это поможет?

Он поднялся, подошел и, ухватившись за подлокотники стула, развернул меня к себе и замер, склонившись к моему лицу. Он так крепко стиснул челюсти, что мышцы на его физиономии стали образовывать узлы под загорелой кожей. Выдержать его взгляд было нелегко, и я принялась пялиться на свои ладони, лежавшие на коленях.

— Что на самом деле произошло шесть лет назад?

— На самом деле? — удивилась я, не поднимая глаз. Он схватил меня за подбородок, больно дернул, принуждая поднять взгляд. Я широко улыбнулась, а он влепил мне пощечину. — Ты спятил, — сказала я устало, для одного дня событий было чересчур много, и это — точно лишнее.

— Знаешь, что я о тебе думаю? — преувеличенно спокойно заговорил он.

— Узнаю, если скажешь.

— Я думаю, не было никакого похищения. Тебе тогда не исполнилось и восемнадцати, водила на семь лет старше. Двадцатичетырехлетний парень, не блиставший умом. Твой брат считал его неподходящей парой для единственной сестры. И тогда ушлые детишки придумали план. А когда он с треском провалился, водила взял всю вину на себя. И ты оказалась невинной жертвой. Но брат догадывался, что произошло в действительности, и тогда ты сбежала. Вот и причина вашей странной дружбы с Нестеровым. Как еще объяснить, что девушка отправляется к своему похитителю и полтора часа мило с ним беседует? Он тебя шантажирует?

— Нет, — ответила я. — Но ты можешь думать что угодно.

— Вот как? А может, тебе хорошо известно, кто убил твоего брата? Ты стала богатой наследницей, и твой дружок будет доить тебя до скончания века.

— Хватит! — рявкнула я, уставившись в его глаза.

— Скажи мне правду, — по слогам произнес он. Я попыталась подняться, но он этого не позволил, ткнув рукой мне в грудь.

— Хочешь еще раз меня ударить, валяй, — усмехнулась я.

— Может, и придется. Мне не нравится, когда

меня водят за нос. Повторяю вопрос еще раз: что в действительности произошло шесть лет назад?

— Твоя история ничуть не хуже моей. Давай на ней и сойдемся.

Мы опять уставились в глаза друг другу, не знаю, сколько это продолжалось. Феликс криво усмехнулся и сказал:

— Это был он? Твой брат? — А я внезапно почувствовала дурноту. Стены комнаты качнулись и не спеша встали на место, после того, как я ненадолго прикрыла веки. — Значит, я прав, — кивнул Рогозин, выпрямляясь, откинул волосы со лба и облизнул пересохшие губы. Я услышала свой голос точно со стороны:

— Он их не убивал. То, что произошло со мной... это совсем другое.

Феликс рассмеялся, коротко и зло, покачал головой.

— Другое?

А я поняла, что мне просто необходимо все рассказать, неважно кому, пусть даже Феликсу. Шесть лет я запрещала себе думать об этом, а теперь заговорила спокойно и неторопливо, точно история была не моей, а кем-то когда-то доверенной мне и благополучно забытой.

— Виктор был единственным близким мне человеком, тут ты прав. Мать я совсем не помню, да и отца, в общем-то, видела не часто. Брат заменил их обоих, рядом с ним я никогда не чувствовала себя сиротой. Я любила его, а он любил меня. Как брат. Пока мне не исполнилось шестнадцать. — Я вздохнула, делая чересчур длинную паузу.

— Его чувства перестали быть братскими? — пришел мне на помощь Феликс.

— Внешне — нет. Все было как раньше. Если бы я была старше, опытнее или просто внимательнее... я бы, наверное, поняла. Взгляды, которые иногда ловила на себе, тоску в глазах, смятение, нервозность... много чего. Я была счастливой дурой, а он мучился. «Не будь ты моей сестрой, я бы в тебя влюбился», — часто говорил он. Испытывал меня на прочность, а я смеялась. Ну а потом... потом Нестеров решил разбогатеть и тенью ходил за мной, строя планы похищения. Мы даже не были знакомы, и я ничего не подозревала. Зато брат очень быстро обратил внимание на некие странности в поведении своего шофера. Когда мысли двоих заняты одним и тем же и двигаются в одном направлении — это совсем не трудно. В общем, брат догадался о его намерениях и стал следить за ним. Он видел, как Нестеров подошел ко мне на улице, сунул под нос какую-то дрянь и запихнул в машину. А потом следовал за нами до самого дома, где Нестеров меня спрятал. Я очнулась связанной. Своего похитителя я не видела и даже предположить не могла, что это шофер брата, а город гудел от недавней страшной находки: трупа молодой девушки, которую изнасиловали и убили... Я вновь провалилась в беспамятство. Может, снотворное еще действовало, а может, я потеряла сознание от страха. Это было похоже на сон: кто-то нес меня на руках, шум двигателя, тряска... Думаю, брат, дождавшись, когда Нестеров, спрятав меня в подвале дачи, уедет, перевез меня в раздевалку на заброшенном стадионе. Стадион уже принадлежал ему, был обнесен забором и непрошеных гостей брат не опасался. Когда я очнулась во второй раз, голова была ясной. Ничего видеть я

не могла, потом мне сказали, что глаза мне закры-
вала черная пленка, намотанная в несколько сло-
ев. Но я сразу поняла, что нахожусь уже в другом
месте. А еще почувствовала, что рядом кто-то
есть. Мой брат.

— Он говорил с тобой?

— Нет.

— Тогда как ты...

— Узнать того, кого любишь, нетрудно. По рукам, по запаху, по дыханию, наконец.

— Он... — начал Феликс и замолчал, подбирая
слова.

— Я думаю, то, что он собирался сделать, его
самого пугало. Но к тому моменту он просто спятил и отпустить меня не мог. Он уехал, может
быть, чтобы не вызвать подозрение, а может, боялся того, чего так хотел.

— Черт, — выругался Феликс. — Твой брат попросту извращенец. И после этого ты уверена, что
девушек он не убивал?

— Ты не понял, — вздохнула я. — Убивать меня
он не собирался. Ему бы это и в голову не пришло.

Феликс кивнул.

— Он спятил от желания, которое считал по-
стыдным. Он никогда бы не смог его удовлетворить, потому что в этом случае потерял бы тебя.
И похищение показалось ему выходом. Он получит то, что хотел, а потом явится в роли спасителя.
Брата, который в трудную минуту всегда рядом,
поможет забыть весь этот кошмар... станет единственным мужчиной, заслуживающим твоего доверия, а там как знать, мысль о том, что братская
любовь может быть иного свойства, вовсе не вызовет у тебя отвращения.

Я пожала плечами:

— Нестеров этим похищением поневоле спровоцировал моего брата, подтолкнул его к тому, о чем он и думать боялся. Я верю, он бы не тронул меня. У него было время прийти в себя и одуматься. Оставив меня в раздевалке, он бы туда больше не вернулся и сам бы позвонил в милицию... По крайней мере, мне хочется думать, что все закончилось бы именно так...

— Ты ему сказала? Когда тебя освободили менты, ты сказала, что узнала его?

— Нет.

— Почему? — нахмурился Феликс.

— Это трудно объяснить. Я его любила, даже после этого. И ненавидела, потому что он предал меня. Жалела и презирала. В то время, что мы еще жили вместе, он старательно делал вид, будто ни о чем не догадывается. Нестеров взял всю вину на себя. Это не удивило, учитывая, что мой брат очень богатый человек. У меня хватило сил дождаться суда. А потом я уехала. Вот и все.

— Брат не пробовал тебя найти?

— Возможно. Но попыток связаться со мной не предпринимал. Мы всегда хорошо понимали друг друга. Он все понял правильно.

— Ты все мне рассказала или есть что-то еще?

— Разве этого не достаточно? — усмехнулась я.

— Как тебя смогли найти менты?

— Им позвонили и сообщили, где меня искать.

— Кто позвонил? Твой брат? Испугался того, что собирался сделать, и поспешил прекратить все это?

— В заброшенной раздевалке был еще человек.

Не спрашивай кто. Я сама очень бы хотела это знать.

Теперь я, не отрываясь, смотрела на Феликса, он вновь убрал волосы со лба, что позволило ему отвести взгляд.

— Откуда тебе знать, что там кто-то был?

— Он говорил со мной.

— Ты хотела знать, кто он, и поэтому рылась в старых газетах? По-твоему, заметка, которую ты обнаружила, как-то с ним связана?

— Всего лишь догадка. Возможно, я ошибаюсь. А сейчас, если ты не против, я бы выпила кофе.

Я поднялась и направилась к кофемашине. Руки дрожали, воспоминания дались мне нелегко, и все-таки я была рада, что все рассказала ему, вдруг почувствовав внезапное облегчение. Теперь это не было тайной, и я точно выпустила саму себя на свободу. Но с ней еще надо было свыкнуться, научиться жить по-другому.

— Тот человек что-то значит для тебя? — спросил Феликс, забирая из моих рук чашку кофе.

— Считай это банальным женским любопытством.

— Наверное, я должен извиниться перед тобой, — подумав, произнес он.

— Перебьюсь. На самом деле ты мне ничего не должен. У меня тоже есть вопрос. Ты считал, что я вожу тебя за нос, ты даже подозревал, что я причастна к убийству брата, но продолжал мне помогать. Есть причина?

— Есть, — кивнул он.

— Если я спрошу какая, ты не двинешь мне по физиономии еще раз?

— Причина простая, но о ней я расскажу как-нибудь потом. Сейчас не самое подходящее время объясняться тебе в любви.

— Верно. И позднее не спеши. Вряд ли я поверю.

— Самый близкий человек однажды предал тебя, и теперь верить никому ты попросту не хочешь?

— Подозрение, что я вожу тебя за нос, вызвало у тебя весьма бурную реакцию, значит, тебе не трудно представить, что я чувствую сейчас.

Он мог бы возразить или задать уточняющий вопрос, развить тему, желая понять, что я имею в виду. Но он не сделал ни того, ни другого. В общем, я дала ему шанс, но он им не воспользовался. И я догадывалась почему.

Кофе пили молча, а потом я выразила желание немного пройтись. Все лучше, чем находиться с ним в одной квартире.

— С кем у тебя встреча? — спросил Феликс.

— С Нестеровым, — смысла лгать я не видела.

— Еще нет и девяати...

— Будет время собраться с мыслями. Хочу побыть в одиночестве. — Он ничего не ответил, но взгляд был красноречивее слов. — Это я так, пошутила.

Через пятнадцать минут мы выехали из подземного паркинга. Машину бросили в центре и болтались по улицам, почти не разговаривая.

— Нам не пора? — наконец произнес Феликс, я кивнула.

Место для парковки опять искали долго. Часы на старом здании банка показывали 22.55. Следовало поторопиться. Быстрым шагом мы направились к парку. Вечер выдался теплый, и обилие парочек, прогуливавшихся по аллее, не удивило. Все скамьи были заняты. Я искала взглядом Нестерова, досадуя, что не уточнила, в каком месте парка буду его ждать. Дойдя до смотровой площадки, мы немного потоптались под фонарями. Скорее всего, Евгений уже заметил нас, но появление Феликса его смущало. Однако отделаться от Рогозина возможным не представлялось. В общем, если шофер намерен поговорить со мной сегодня, с его присутствием ему придется смириться.

— Может, он там? — кивнул Феликс в сторону асфальтовой дорожки, теряющейся в темноте.

— Проще позвонить, — я достала телефон, но по дорожке все же отправилась. Нестеров не ответил.

— Тебе это не кажется странным? — нахмурился Феликс.

— Телефон включен, должно быть, он просто не слышит звонка.

Мы успели удалиться от смотровой площадки на значительное расстояние, и тут впереди на скамейке я заметила мужчину. Свет едва доходил сюда, но я не сомневалась — это Нестеров, машинально отметив, что сидит он как-то странно, завалившись на один бок. Его можно было принять за пьяного, задремавшего на скамейке. На наше приближение он никак не реагировал.

— Вот так сюрприз, — пробормотал Феликс и быстро огляделся. Ни одной души по соседству не наблюдалось.

— Евгений, — не очень уверенно позвала я, подходя к Нестерову почти вплотную.

— Он мертв, — сказал Феликс и чертыхнулся.

— Мертв? — бестолково переспросила я.

— Смотри за дорогой, — буркнул Феликс, склоняясь к нему. Я отошла на несколько шагов, старательно вертела головой, чувствуя, как все холодеет внутри. — Сматываемся, — Рогозин взял меня за руку и потащил к смотровой площадке.

— Вызовем милицию?

— Ни тебе, ни мне это не надо.

— Мне, понятно почему, — заговорила я, с неизвестно откуда взявшейся рассудительностью. — Следователю о Нестерове я не рассказала, а, между тем, его местонахождением интересовались. А тебе?

— Не хочу неприятностей, — отмахнулся он.

— У меня неприятности в любом случае возникнут. Он звонил мне, а я ему.

— Его мобильный у меня. Надеюсь, у парня хватило ума телефон не регистрировать. Даже если предположить худший вариант, всегда найдется подходящее объяснение. Главное, побыстрее оказаться далеко отсюда.

Сомнения меня не оставили, но я продолжала идти рядом с Феликсом, и вскоре мы уже садились в машину. Я думала, мы возвращаемся домой, но на светофоре он свернул в противоположную сторону.

— Куда ты едешь? — спросила я.

— В один симпатичный ресторанчик.

— Спятил?

— Нет. Там подтвердят, что мы явились в 21.30 и пробыли у них до двенадцати часов.

В ресторан мы вошли через служебный вход, дверь открыл молодой человек в темном костюме, немного пошептался с Феликсом и проводил нас в отдельный кабинет. Здесь было две двери, одна, через которую мы вошли, сообщалась с коридором, выходившим к служебному входу, другая, как я догадалась, вела в зал. Будь я в ином состоянии, непременно задалась бы вопросом, что это за ресторан такой и для каких нужд предназначалась эта комната. Тот же мужчина принес нам чай и удалился. Феликс достал мобильный Нестерова и теперь просматривал записи.

— За несколько часов ни одного звонка, — сказал он. — Последний как раз от тебя. Есть догадки, почему парень скоропостижно скончался?

— Его застрелили? — крови я не заметила, впрочем, это ничего не значило.

— Думаю, кто-то подошел сзади и накинул удавку на шею. Так есть догадки?

Чтобы ответить на вопрос, пришлось кое-что объяснить. Мой рассказ занял куда больше времени, чем мне бы того хотелось.

— Есть знакомые фамилии? — Феликс протянул мне телефон.

Я быстро просмотрела контакты и покачала головой:

— Нет.

Рогозин достал из мобильного симку и позвонил в колокольчик, стоявший на столе. Тут же вошел сопровождавший нас мужчина.

— Уничтожь, — протягивая ему симку, сказал Феликс. Мужчина кивнул и исчез. — Он подозревал Щетинина? — обратился ко мне Феликс, как только дверь закрылась.

— В том, что Щетинин заезжал по старому адресу, нет ничего подозрительного. Нестеров сказал, что кое-какие факты теперь выглядят иначе, и предложил это обсудить.

— При разговоре присутствовали трое друзей твоего брата. Один из них убийца. Ты это понимаешь?

Конечно, Феликс прав. Но поверить в это было нелегко.

— Необязательно, — сказала я скорее из упрямства. — Кто-то из них мог рассказать об этом разговоре...

— Значит, он связан с убийцей. Сути это не меняет. Нестеров считал, убийца близкий твоему брату человек.

— Если бы я не была дурой и просто вышла из комнаты во время разговора... но как он мог узнать, что звонил именно Нестеров?

— Предположим, за шофером следили. И, обнаружив его в парке...

— Наверное. Другого варианта у меня все равно нет.

В полночь мы покинули ресторан. Прошли через общий зал, где еще оставались посетители.

— Ну что, поехали ко мне, дорогая, — громко произнес Феликс. Стало ясно, он просто хочет, чтобы на нас обратили внимание. Я хихикнула и повисла на его локте.

Оказавшись в квартире, я сразу же отправилась в спальню. Может, Феликс рассчитывал продолжить разговор, но я была на это не способна.

— Спокойной ночи, — сказала я, чувствуя, как нелепо это звучит.

Разбудил меня звонок мобильного. Ничего хорошего от жизни я не ждала и потянулась к нему с тяжким вздохом.

— Есть новости, — сказал Артем. Я была уверена, он хочет сообщить об убийстве Нестерова, но Артем его не упомянул. — **Вчера был задержан сосед твоего брата, Михаил Соловьев.**

— Задержан?

— Да. По подозрению в убийстве. В его мастерской провели обыск и нашли пистолет, спешно провели экспертизу и выяснили: Виктора застрелили из этого оружия.

— Ты как будто сомневаешься? — неуверенно спросила я.

— Всем этим событиям предшествовал анонимный звонок. Несколько дней назад у следователя подозреваемые отсутствовали, теперь их сразу два. Софья Бортникова и художник.

— Ему-то с какой стати убивать Виктора?

— У него была длительная связь с одной из натурщиц. Ольгой Голубовой. Он имел неосторожность познакомить ее с твоим братом. Потом появился Коршунов-младший. Девушка пользовалась успехом. Дальше объяснять? Ни Софья, ни художник свою вину не признают. Пока, по крайней мере. Как пистолет оказался в студии, Соловьев объяснить не в состоянии. Учитывая анонимный звонок, это и впрямь могло стать для него сюрпризом.

— Значит, мой брат маньяк, а его убийца вершил правосудие? — усмехнулась я.

— Вопрос: как далеко ты готова зайти, чтобы это опровергнуть?

Такой поворот насторожил. Похоже, Артем подозревает меня, вот только в чем? Я позвонила в милицию и подбросила пистолет? Чушь. Откуда он мог у меня взяться? Наше посещение мастерской было начисто лишено смысла, если только...

если только оружие не подбросил Феликс. А откуда у него пистолет, догадаться нетрудно. Я закрыла глаза, пытаясь справиться с тошнотой, и не сразу поняла, что произнес Артем.

— Досье на господина Коршунова могу отправить электронной почтой, если скажешь адрес. — Адрес я назвала, и мы простились.

Феликса в квартире не оказалось, записки тоже. Его отсутствию я скорее порадовалась. Как неприкаянная бродила по гостиной, размышляя. И Софья, и художник вполне подходили на роль убийцы, у них был и повод, и возможность совершить преступление, но в их виновности я сомневалась. Где Софья раздобыла оружие? Допустим, художнику достать его проще, но прятать *его* в собственной студии... неоправданный риск, если не сказать — глупость. Он что, рассчитывал воспользоваться им в будущем? Соловьев был просто обязан предвидеть, что непременно попадет в поле зрения следствия, если был знаком с братом и крутил любовь с его подружкой. Теперь ему предстоят долгие беседы со следователем. Я вновь подумала о брате. Он не мог рассчитывать на друзей, подозревая одного из них в убийствах девушек. Но доверился Нестерову, и после похорон брата именно он занялся расследованием. О чем Нестеров собирался со мной поговорить? Некоторые факты теперь выглядят иначе... Он догадался, кто убийца? А если Нестеров имел в виду совсем другое? Он, как и я, сомневался, что брат мертв... Наверное, присутствуй я на похоронах, эта мысль не возвращалась бы ко мне снова и снова.

Через час подобных размышлений я почти убедила себя, что мои догадки верны. Где мог скрываться Виктор? В городе опасно, случайных встреч здесь не избежать, слишком много приятелей и просто знакомых. Вместе с тем ему необходимо быть рядом, контролировать происходящее. Петькина дача... Почему бы и нет? Я вновь нервно забегала и вела сама с собой бесконечный спор, то истошно вопя: «чушь», то отвечая с сомнением: «почему бы и нет».

Часы показывали половину второго, Феликс так и не появился. В тот момент я жалела, что его нет рядом. Хотелось рассказать о своих сомнениях все равно кому, повтори он вслед за мной: «бред», и я бы успокоилась. Так мне казалось. Очень скоро стало ясно: если я не начну действовать, то просто доведу себя до нервного тика. Пусть бред, отчаянная глупость, я просто хочу убедиться...

Я позвонила Щетинину, очень не хотелось ставить его в известность о своих намерениях, но я понятия не имела, где находится его дача.

— Встретилась с человеком, о котором ты говорила? — тут же спросил он.

— Пока нет.

— Поторопись. Как вообще дела? Менты не донимают?

— У них без меня забот полно. Не возражаешь, если я загляну на твою дачу, может, даже останусь на пару дней.

— А-а... — должно быть, Петька гадал, с чего меня вдруг потянуло на природу, но приставать с расспросами не стал. — Ради бога, живи сколько хочешь. Только делать там совершенно нечего. Ни телика, ни радио... и ночью еще прохладно, придется печку топить.

— Как раз то, что нужно. Успокою нервы в тишине и покое.

Объяснение его, как видно, устроило, хотя он наверняка подумал, что я могла бы найти местечко и получше. Но на то и старые друзья, чтобы в нужный момент уметь промолчать. Он подробно объяснил, как доехать до уже не существующей деревни, я на всякий случай все записала.

— Ключ под крыльцом, сунешь руку и нащупаешь гвоздь, — закончил он объяснения. — К вечеру позвоню узнать, как устроилась.

Я быстро собралась, покидав в рюкзак теплую кофту, бутылку воды и бутерброды. Наблюдение за домом могло занять много времени. Тут я вспомнила о Феликсе. Проще оставить ему записку, чем звонить. По крайней мере, сумею избежать вопросов. Пока я искала листок бумаги и ручку, входная дверь открылась, и появился хозяин квартиры. Конечно, он не мог не обратить внимание на то, что я в ветровке, и на рюкзак, стоявший у двери, тоже.

— Куда собралась? — спросил хмуро.

— Тебя не было очень долго, — пожала я плечами.

— И ты решила отправиться на мои поиски? Я пытался узнать, что там с нашим покойником.

— И как успехи?

— Труп утром обнаружили дворники. Сейчас он в морге, пока не опознанный. Чем дольше он будет там лежать, тем лучше для нас. Мобильный он не регистрировал, по крайней мере в базе данных его нет. Это значит, в ближайшее время сюрпризов ждать не следует. Ты так и не ответила, куда собралась.

— Хочу взглянуть на Петькину дачу.

— Зачем?

— Объясню по дороге. — Феликс усмехнулся и, наплевав на мое нетерпение, приготовил кофе. — Тебе необязательно ехать со мной, — сказала я.

— Это у тебя вроде мантры? Сколько раз за последние дни ты повторяла эти слова? Одна ты никуда не поедешь. С твоего позволения, я приму душ. А еще не худо бы пообедать.

— Пообедать можно в каком-нибудь кафе.

— Я уже свыкся с мыслью, что остаток жизни придется довольствоваться ресторанами. Дорогая, ты скверная хозяйка.

— А ты зануда, — разозлилась я.

— Я в душ. Дверь заперта на верхний замок, без ключа ты не выйдешь, а ключ я возьму с собой.

— Белая горячка, — закатила я глаза.

— Разумная предосторожность. Нет уверенности, что, выйдя из ванной, застану тебя здесь.

Он удалился, а я на всякий случай проверила дверь, так и есть: без ключа ее не открыть. Возникло подозрение, что, уходя утром, он точно так же запер ее, чтобы я не могла покинуть квартиру. Ожидая Феликса, я выпила кофе и смогла запихнуть в себя бутерброд. Наконец Рогозин предстал передо мной во всей красе: чисто выбритым, в голубой водолазке и джинсах.

— Готов к великим свершениям, — хмыкнул он.

Вскоре мы покинули квартиру, но мои мытарства на этом не закончились. Мысль об обеде прочно обосновалась в его голове, и еще на полтора часа мы задержались в городе, ровно столько потребовалось, чтобы заехать в ресторан и отдать должное местной кухне.

— Ты можешь начать рассказывать прямо сейчас, — предложил Феликс, когда нам принесли заказ.

— Петька уверен, на его даче кто-то прятался, — буркнула я.

— И кто, по-твоему, это может быть?

— Не знаю.

— Я с места не сдвинусь, пока не получу вразумительный ответ.

— Здесь нет дверей, которые ты смог бы запереть на ключ.

Он зло фыркнул и покачал головой.

— Хотя бы намекни.

— Мало кому известно о его даче. Они с Виктором любили рыбачить в тех краях.

— Твой брат мертв, — он вдруг замолчал и хмуро таращился на меня не меньше минуты. — Так вот почему тебя заинтересовали эти кровавые монстры в музее... Неожиданный поворот сюжета... Вряд ли Соловьев был особенно дружен с твоим братом... хотя как знать. Хорошо, проверим дачу.

Петька дал очень подробное объяснение, и проселочную дорогу мы нашли легко. Некоторое время она петляла по лесу, а потом он внезапно кончился. Впереди поле, слева озеро, довольно большое, и одинокий домишко, который отсюда казался совсем крохотным. Моя идея понаблюдать за ним критики не выдерживала. Для этого потребовался бы мощный бинокль, а его у нас не было. Подобраться ближе без того, чтобы нас не заметили, попросту невозможно. Взглянуть на дачу захотелось еще больше.

Феликс остановил машину, вышел и начал оглядываться. Минут через пять вернулся на свое место и с сомнением посмотрел на меня.

— Я поеду один. А ты найдешь подходящий пенек и будешь терпеливо ждать.

— Еще чего.

— Ты можешь выйти сама. А можешь с моей помощью.

— Да с какой стати?

— Назовем это предчувствием. Я бы предпочел знать, что ты в безопасности. Если я не вернусь в течение получаса и не позвоню или поблизости появятся какие-то люди, двигай в лес, подальше отсюда, и сиди тихо. В крайнем случае звони в милицию. На дорогу ни в коем случае не выходи.

— Лучше я с тобой... — забеспокоилась я.

— Хуже. Я плохо соображаю, когда приходится за тебя волноваться. — Он притянул меня к себе и быстро поцеловал. — Надеюсь, расстаемся ненадолго. Иди, милая, ищи пенек.

— Придурок, — буркнула я, но из машины вышла и даже немного углубилась в лес, как он велел.

Феликс направился к дому. Дорога выглядела вполне сносно, но я вдруг подумала: если придется спешно покидать здешние места, большую скорость не разовьешь. Машина приближалась к дому, а я начала нервничать, в основном потому, что ничего толком видеть не могла, слишком большое расстояние. Достала мобильный, связь есть, и это порадовало. «Лексус» между тем остановился возле дома, об остальном можно только гадать. И вдруг я услышала выстрел.

— Господи, — пролепетала я, вновь хватая мобильный, но тут же сунула его в карман. И припустилась к дому, начисто забыв о словах Феликса. Я могла думать только об одном: он угодил в ловушку, возможно, он ранен, нуждается в помощи... В такие минуты в голову редко приходят разумные мысли, ни одной подобной ко мне точно не явилось, зато стало ясно: Феликс значит для меня слишком много, так много, что было безразлично, кто он в действительности и чего добивался, находясь рядом со мной. Важней было увидеть его, знать, что он жив...Типичный бред сентиментальной дуры, но мне и на это было наплевать.

Проселочная дорога не успела просохнуть под апрельским солнцем, ноги скользили, и я дважды упала, но все равно преодолела расстояние в рекордно короткий срок. Машина стояла в паре метров от крыльца. Дверь в дом открыта, оттуда не доносилось ни звука. Я поднялась на ступеньки и вошла в дом, боясь, что сердце внезапно остановится и я не успею сделать еще шаг, не успею увидеть его.

И тут дверь, ведущая из сеней в кухню, распахнулась, и показался Феликс. Я привалилась к стене, не в силах справиться со слезами, а он рявкнул:

— Твою мать... — но тут же обнял меня, прижав покрепче.

— Это ты стрелял? — пролепетала я.

— Бог миловал. Дверь была заперта, я полез за ключом, тут они и появились. Были бы умнее, не стали бы кидаться на меня вдвоем, мешая друг другу. Один успел выстрелить, но палил в божий свет, как в копеечку. Сейчас оба лежат в доме. Я боялся, ты, услышав выстрелы, позвонишь в милицию, вот и поторопился покинуть это милое место. Не хватало мне только объяснений с ментами. — Я отстранилась, заглядывая ему в глаза. — Ты где сейчас должна быть? — проворчал Феликс.

Теперь, когда я убедилась, что он жив, меня одолевало беспокойство другого рода. Не отвечая на вопрос, я распахнула дверь и вошла в кухню. Слева русская печь, возле нее, поджав ноги, лежал молодой мужчина в кожаной куртке. Рот его был приоткрыт, казалось, он крепко спит. Я наклонилась, внимательно его разглядывая. Он был жив, хоть и без сознания. И никаких кровавых ран. Второй тип устроился по соседству, спиной привалившись к деревянной перегородке. Тонкая струйка сбегала по носу из разбитого лба.

— Схлопотал по башке пистолетом, — прокомментировал Феликс, наблюдая за моими действиями. — Башка у него крепкая, так что скоро оклемается. Я затащил их в дом, чтоб глаза не мозолили, хотя вряд ли кто слышал выстрел, местечко людным не назовешь. Документов при них нет, но где-то поблизости должна быть машина.

— А если они здесь не одни? Сматываемся.

— Я бы предпочел дождаться, когда кто-нибудь из них очухается, и задать вопросы.

К тому моменту я успела прийти в себя и теперь разглядывала мужчин без дрожи душевной и со все возрастающим интересом. Мы, безусловно, уже встречались.

— Я их знаю. Точнее, я их видела раньше. Они приезжали на турбазу, искали меня.

— Думаю, и здесь они тебя поджидали. То, что явился я один, их здорово раздосадовало, и они затеяли военные действия. Должно быть, рассчитывали услышать, где следует тебя искать. В противном случае довольно глупо бросаться на человека, не спросив для начала, что ему тут понадобилось. — Феликс наклонился к сидевшему парню и похлопал его по щекам. — Эй, олух, пора прийти в себя.

Парень что-то невнятно промычал, Феликс ударил сильнее. Решив, что изображать забвение непродуктивно, молодой человек открыл глаза.

— Сукин сын, — сказал он очень выразительно.

— Брось, — усмехнулся Феликс. — Сукин сын пристрелил бы тебя, да и дело с концом. А ты жив-здоров и теперь сможешь хвастать симпатичным шрамом, они, как известно, украшают мужчин.

— Его менты ищут по подозрению в убийстве, — напомнила я. Мои слова пленному очень не понравились, он нервно завозился, а Феликс задал вопрос:

— Кто вас сюда отправил?

— Да пошел ты, — буркнул парень и схлопотал по физиономии.

Не желая присутствовать при допросе, я прошла в комнату, выглянула в окно и тут же испуганно отпрянула. Со стороны леса в направлении дома двигалась машина, черные бока джипа поблескивали на солнце. Я выскочила в кухню и сказала, стараясь скрыть страх:

— Машина.

Феликс выпрямился и кивнул на дверь. Чтобы добраться до «Лексуса», завести мотор и сорваться с места, нам потребовалось меньше минуты. Я смотрела в заднее стекло, джип набирал скорость, и тут случилось то, чего ни я, ни водитель джипа никак не ожидали. Тяжелую машину вдруг занесло, и она боком выехала в поле, передние колеса увязли в грязи. Я не сомневалась, что с возникшей проблемой водитель справится, но на это ушло время, его нам как раз хватило, чтобы увеличить расстояние. Через пару минут мы выбрались на асфальт, и Феликс показал, какую скорость способен развить «Лексус». Джип давно скрылся с глаз, и я вздохнула с облегчением. Правда, длилось оно недолго.

— Надо было сразу вызвать милицию, — заметила я ворчливо.

— Ага, — кивнул Феликс. — У страха глаза велики. Возможно, джип просто ехал себе мимо... Вернемся и проверим?

— Ну уж нет. Но если я не сообщу в милицию, этих типов еще долго будут искать. Еще вопрос, найдут ли...

— Меня больше интересует тот, кто их сюда послал. Кто знал о том, что ты едешь на дачу?

— Я, ты и Щетинин, — ответила я и вздохнула.

— Значит, Щетинин, — кивнул Феликс.

Тут и Петька объявился. Мобильный радостно трезвонил, и я поспешила ответить.

— Ты на даче? Как тебе местечко?

— Лучше не придумаешь. Скажи, ты кому-нибудь говорил, что я решила отдохнуть здесь пару дней?

— Нет.

— Точно нет?

— А что случилось? — забеспокоился Петька.

— Меня тут встретила парочка суровых ребят.

— Каких ребят? О чем ты?

— Они не представились, но я им нужна до зарезу.

— Черт... Крис, мы обедали вместе с Валькой, когда ты звонила, он после вчерашнего все никак не успокоится, вот и притащился ко мне...

— Он слышал наш разговор?

— Конечно, слышал. Это что же получается... да я ему башку оторву.

— Не спеши. Сделай милость, обо всем помалкивай. Посмотрим, что он будет делать дальше.

— Где ты? Я приеду...

— Не суетись. Просто сделай вид, что ни о чем не знаешь. Пока.

— Подожди, — заторопился Петька. — Крис, возможно, у меня крыша едет, но вчера, когда мы сидели в моем кабинете... в общем, когда ты вышла в туалет, Артем проверил твой телефон и сказал Вальке «Нестеров». Это Витькин водила тебе звонил?

— Извини, мне сейчас не до разговоров, — вздохнула я и дала отбой.

— Ну что? — спросил Феликс, приглядываясь ко мне.

— Валька. О нашей встрече с Нестеровым он тоже знал.

— Компаньон твоего брата? Как все просто, а я-то голову ломаю, кто устроил на тебя охоту.

«По словам Петьки, — думала я, — мой телефон проверял Артем. Выходит, он с Валькой заодно, если сказал ему о Нестерове. Прав был Капитан Америка, никому верить нельзя».

Я покосилась на Феликса, он был спокоен, правда, хмурился, наверное, его думы, как и мои, не веселые.

— Интересно, где твой Валька нашел этих уродов? Впрочем, скоро узнаем.

— Вломимся к нему в кабинет, надаем тумаков и заставим разговориться?

— Подождем возле офиса и интеллигентно побеседуем, задав наводящие вопросы.

Из здания, где находился офис, Валька вышел ровно в семь. Судя по довольной физиономии, подвоха от судьбы не ждал. Увидев меня, слегка удивился:

— Кристина?

Я расплылась в улыбке, Феликс к нему приблизился и ткнул дулом пистолета в бок.

— Садись в машину и не зли меня.

Валька переменился в лице.

— Вы в своем уме?

— Его в самом деле лучше не злить, — заметила я.

Валька затравленно завертел головой по сторонам, огляделся в поисках спасения, но прохожие не обращали на наше трио никакого внимания. Охранник, наблюдавший за этой сценой в окно, тоже ничего не заподозрил. Со стороны это выглядело встречей друзей, правда, на лице одного друга читалось явное беспокойство. Я бы на месте Вальки усомнилась, что Феликс действительно выстрелит, и попыталась смыться, но он, пройдя суровую школу девяностых, сомневаться не стал и покорно побрел к машине. Я села в водительское кресло, а они сзади. Куда следует ехать, Феликс сообщил мне заранее.

Через полчаса мы покинули город, преодолели двадцать километров объездной дороги и свернули в лес. Все это время Валька сидел насупившись, не произнося ни слова. Мы тоже молчали.

Проселочная дорога привела к берегу реки. Картина открылась безрадостная. Земля, еще лишенная травы, и кучи прошлогоднего мусора.

Феликс вышел из машины и выволок Вальку, сопротивляться тот даже не пытался.

— Ну, начинай рассказывать, — мрачно предложил Феликс.

— Кристина, — возмущенно заговорил Легостаев, но страха в голосе было куда больше. — Ты можешь объяснить, какого черта...

— Она не может, — перебил Феликс и ударил его ногой в живот. — А я с удовольствием.

Валька оказался на земле, привалился спиной к колесу и глухо простонал, может, от боли, но скорее от несправедливости судьбы и, как следствие, своего бедственного положения.

— Девчонку уже дважды пытались убить, — продолжил Феликс. Небольшое отклонение от истины, учитывая, что на даче напали все-таки на него, а не на меня. Но вносить поправки в его речь я не собиралась. — Я готов закопать тебя прямо здесь или утопить, как кота шелудивого, но она испытывает к тебе слабость, и я выслушаю твою покаянную речь. Скажешь правду — так и быть, отпущу, в память вашей крепкой дружбы, начнешь юлить — прострелю колено, одно или оба, а потом непременно утоплю. Начинай.

— Но я...

Грохнул выстрел, а я подпрыгнула, Валька завопил, и я вместе с ним, пока не поняла: орет он исключительно с перепугу.

— Последнее предупреждение! — рявкнул Феликс. И мы затихли.

— Да, я сообщил... — не совсем внятно, но с

большой готовностью залепетал Валька. — Но я
не хотел. Это все Фирсанов...

— Что за тип?

— Когда мы с Витькой только начинали, был
нашей «крышей». Тогда по-другому невозможно
было работать...

— Это опусти, на память не жалуюсь.

— Такие деньги ему отстегивали, — продолжил
Валька с внезапной обидой. — Но он их все спус-
кал, придурок. Потом времена сменились, Витька
подкидывал ему деньжат, но скорее по доброте.
Ему этих денег, конечно, не хватало, а заработать — ума нет. Пробовал заняться бизнесом, но
не пошло.

— И он отправил Протасова в мир иной, наме-
реваясь стать твоим компаньоном? Тебя это, конечно, устроило?

— Да вы что, — вытаращил Валька глаза. —
Витьку он не убивал. И я бы никогда не согласился. Но Витька погиб, и мы стали думать, как все
обернется. Выйдет Кристина замуж, и будет в
фирме хозяином какой-нибудь прохвост. Тогда
Фирсанов и предложил...

— Избавиться от наследницы?

— У него оставались кое-какие связи, в общем,
отыскать ее было нетрудно. Отправил своих людей, но они вернулись ни с чем. Точнее, оказались
в дерьме по самые уши. Столкнулись на базе с каким-то типом и убили его по глупости. Девчонка
жива, а их менты ищут. Фирсанов приказал им за-
лечь на дно, но рассчитывал ситуацию исправить.

— Они были в моей квартире? И стащили ноутбук? — задала я вопрос.

— Не знаю. Я вообще старался поменьше вникать... Фирсанов здорово злился, сказал, возле нее крутится какой-то мутный тип, стал требовать, чтобы я ему помог. Ну, я и сообщил, что ты на Петькину дачу собралась. Только и всего.

— И конечно, не догадывался, зачем он на эту дачу своих парней отправит? — хмыкнул Феликс.

Валька отвернулся, если и наблюдалось в нем сожаление, то вовсе не его поступок тому виной, а чужая прозорливость и малоприятное положение, в котором он оказался.

— Значит, Виктора Фирсанов не убивал? — помолчав немного, задумчиво спросил Феликс.

— Нет. Я же говорю, идея появилась уже после его смерти.

— А Коршунова-младшего?

Готова поклясться, Валька икнул от неожиданности, да так и замер. Правда, ненадолго.

— Вы что, спятили?

— Нет, — покачал головой Феликс. — Шлепнули парня, чтобы Виктора подставить. Рассчитывали, что Коршунов разберется по-свойски с убийцей сына?

— Не может быть... — Валька буквально позеленел от страха. — Я тут совершенно ни при чем... если Фирсанов... да не мог он. Он не раз с Коршуновым пересекался и знал, что старикана иметь врагом — верная дорога на кладбище. Нет, ни за что не поверю.

— И кто, по-твоему, убил?

— Витьку — точно Коршунов. Я эти байки о Софье и чокнутом художнике считаю глупостью. Коршунов давно на наш бизнес зарился, а он из тех, у кого слово с делом не расходится. Кто застрелил его сына, я не знаю и знать не хочу. Какой-нибудь наркоша вроде него.

— Или Виктор? — подсказал Рогозин.

— Виктор? Вы точно с ума сошли. Никого он не убивал, ни Коршунова-младшего, ни этих девок. С мозгами у него все в порядке было. Если не считать чересчур большой любви к сестрице. — Он посмотрел на меня и усмехнулся.

— О чем ты? — нахмурилась я.

— Думаешь, никто ничего не замечал? Он с ума по тебе сходил, и братских чувств там было самый минимум. Оттого ты в конце концов и сбежала. Про меня Петька проболтался? — задал Легостаев вопрос. — Вот урод. Еще друг называется.

— Петька сказал: когда мы совещались в его кабинете и я вышла в туалет, Артем проверил мой мобильный. Это правда?

— Правда. Ему очень не нравилось, что ты везде суешь свой нос, он о тебе беспокоился.

— Беспокоился?

— Ну да. Просил на тебя воздействовать. Я ответил, пусть делает что хочет, а он все не унимался. И после звонка Нестерова, когда ты вышла, показал мне телефон. Видишь, говорит, она общается со своим бывшим похитителем, кончится это плохо. По-моему, он в тебя влюблен. Последние дни ходит понурый, не удивительно, раз у тебя появился новый друг.

Мы с Феликсом переглянулись.

— О Нестерове ты Фирсанову рассказал?

— Ему-то что за дело до бывшего водилы? Конечно, нет. Кристина, если бы не этот тип с его бандитскими привычками, я бы никогда... Нам надо как-то вместе дело делать, ну, или расходиться по-человечески... Предлагаю забыть все и начать с чистого листа.

— Я поняла, — кивнула я с серьезным видом. — Ничего личного. Просто бизнес.

— Вот именно.

— Сейчас суну тебя башкой в воду, — разозлился Феликс, — и не будет ничего личного.

Валька вздохнул и отвернулся, но молчал недолго.

— Между прочим, твой Щетинин — чокнутый извращенец, — ядовито заговорил компаньон. — Он кайф ловит, только когда баб связывает и их колотит. Мне Маринка рассказывала. Ей это счастье надоело, и она Петьку послала. Думаешь, почему он без гроша сидит? Женушка ободрала его как липку, и он на все ее условия согласился, лишь бы избежать судебного разбирательства. Маринка стерва и так бы все красочно изложила, что Петьке бы точно не поздоровилось. Он просил ее молчать, и она помалкивала, но мне по пьяни проболталась. Если кто и убил этих девок, так вовсе не твой брат, а Петька. Хотя это, конечно, глупость.

Хоть он и сказал «глупость», но зерна сомнения посеял.

Мы вернулись в город, высадили Вальку возле офиса, где на парковке стояла его машина, и поехали домой. Я думала о Щетинине, а Феликс, скорее всего, о неведомом мне Фирсанове, потому что, войдя в квартиру, первым делом заявил:

— Вряд ли этот тип успокоится. Тебе надо на время уехать, лучше всего в Лондон.

— Чего я не видела в этом Лондоне? — проворчала я.

— Наверное, того, что скоро увидишь здесь.

— Никуда я не поеду.

— Ясно. Что ж, придется решать проблему по-другому.

— Как?

— По-другому, — отрезал Феликс. — С тобой трудно иметь дело. Сегодня я просил тебя ждать в лесу, а ты явилась на эту треклятую дачу. Хорошо, что к тому моменту враги уже дремали, а если бы нет?

— Я испугалась.

— Ну, так и делала бы, что велели.

— Я испугалась вовсе не за себя.

Феликс взглянул исподлобья, но промолчал. А я подошла к нему и попросила:

— Поцелуй меня.

Он, конечно, поцеловал, но как-то неуверенно. Я прижалась к нему потеснее, а потом попыталась расстегнуть его джинсы, чтобы не оставалось сомнений в моих намерениях.

— Это предложение? — спросил Феликс.

— Конечно.

— Немного неожиданно.

— На самом деле я была готова гораздо раньше, но ты не особо настаивал.

— А я-то думал, мне придется еще изрядно помучиться.

— Извини, что разочаровала.

— Дурочка... — Он подхватил меня на руки и понес в спальню.

В ту ночь я была бы абсолютно счастлива, не терзай меня сомнения в искренности чувств, которые Феликс демонстрировал с таким пылом. Я-то рассчитывала, что наша близость заставит его быть куда откровеннее, но все оказалось по-другому.

— Мы не могли встречаться раньше? — лежа рядом с ним, спросила я. Вопрос свидетельствовал о том, что надежд я не теряла, вот и пыталась ему помочь.

— Если только в прошлой жизни.

— У меня странное чувство, что ты уже целовал меня когда-то.

— Да? А у меня горькие сожаления, что я тратил время на других женщин. Слава богу, теперь это в прошлом. — Он смотрел мне в глаза, легонько касаясь моих губ пальцами. К тому моменту стало ясно: Феликс успел прочно обосноваться в моем девичьем сердце, и я решила дать ему еще один шанс, хоть и было это против правил.

— Там, на стадионе, был ты? — Он бы мог задать вопрос, что я имею в виду, но делать этого не стал. Лег на спину и закинул руки за голову.

— Нет.

— Нет?

— Ты всерьез ждала другого ответа? Чтобы задать еще вопрос: а что я там делал, почему прятался?

— Вполне естественный вопрос. Как считаешь?

— Спросить можно что угодно. А вот отвечать стоит далеко не на все вопросы, хотя бы потому, что ответ тебе может не понравиться. Моя жизнь до встречи с тобой была одна, а теперь совсем другая. Вот и все.

Утром Феликс выглядел чересчур задумчивым для человека, все мечты которого осуществились. Хотя это, конечно, тоже повод.

— Чувствую себя соблазнительницей, — заметила я.

— Что в этом плохого?

— Ничего, если бы не печаль на твоем лице.

Он засмеялся и поцеловал меня в нос, как целуют ребенка, когда хотят подурачиться.

— Уезжать ты отказываешься, а находиться здесь для тебя опасно. Пока я не найду решения проблемы, головная боль мне обеспечена. Придется тебе некоторое время терпеть мою хмурую физиономию.

— Почему бы нам не уехать вместе? — пожала я плечами.

— Потому что проблему в любом случае надо решать. Ты ведь не хочешь жить за границей до глубокой старости? Или хочешь?

— Я хочу жить с тобой, если ты не против.

— С чего бы мне быть против? — улыбнулся он.

— Ну так женись на мне. Самый простой способ решения проблемы. Если у меня появится муж, охота за мной потеряет всякий смысл. И за тобой тоже. Ведь у тебя есть отец, еще какие-нибудь родственники, то есть наследники.

— Фиктивный брак? — спросил Феликс и задумался.

— Если хочешь, то фиктивный. Но я бы предпочла настоящий.

— Ты бы в самом деле пошла за меня? — он вроде бы удивился.

— Вообще-то, ты не зовешь.

— Не увиливай.

— Разумеется, пошла бы.

— Ты ничего обо мне не знаешь.

— Расскажешь как-нибудь. Счастливым ты не

выглядишь... ладно, будем считать, что я пошутила.

— Никаких шуток. Я делаю официальное предложение руки и сердца. — Он опустился на одно колено, раздвинув рот до ушей. — Побыстрее говори «да», я чувствую себя ужасно глупо.

— Потому что жениться неохота?

— Потому что сам до этого не додумался. Оправдывает меня только одно: я был уверен, ты решишь, что пара я для тебя неподходящая.

— А не ты намекал, что никого лучше мне не найти?

— Болтовня самовлюбленного придурка. Так ты согласна?

— Ты, конечно, самовлюбленный придурок, но...

— Пойдешь за меня? — рявкнул он.

— Так и быть, пойду.

Феликс, смеясь, поднялся с колен и заключил меня в объятия.

— Сейчас посмотрю в Интернете, как работает загс. А до торжественного бракосочетания отсидимся где-нибудь у теплого моря.

— Я-то думала, мы распишемся сегодня, — надула я губы.

— Сегодня?

— Чего тянуть? Хотя, если ты не уверен...

— Я уверен. А как же... платье, лучший ресторан в городе, две сотни гостей?

— Предрассудки.

— Сегодня нас вряд ли распишут, — нахмурился он.

— Ты производишь впечатление человека, для которого нет ничего невозможного, — хихикнула я.

— Не собираюсь тебя разубеждать. Значит, так, ты готовишь обед, а я в загс, и будь я проклят, если сегодня нас не распишут. Хотя с обедом я, пожалуй, погорячился. Готовить ты не любишь и не умеешь, да и в светлый праздник как-то неловко заставлять тебя торчать у плиты. Дверь никому не открывать, на звонки не отвечать. Давай паспорт.

Паспорт я отдала, и Феликс с большой поспешностью покинул квартиру, я успела крикнуть вдогонку:

— Фамилию пока свою оставлю, чтобы не было лишних хлопот с наследством.

В тот же день нас расписали. По дороге в загс мы успели заехать в магазин за кольцами, так что наше бракосочетание состоялось по всем правилам. Из загса мы, конечно, отправились в ресторан.

— Наверное, надо было пригласить твоего отца, — заметила я.

— Он страшный зануда, начнет ворчать, что люди так не женятся. Сообщим ему позднее.

— Петьке я успела позвонить, думаю, уже завтра все заинтересованные лица будут знать, что я вышла замуж.

— Как насчет свадебного путешествия? — спросил Феликс, когда мы вернулись в его квартиру.

— Заманчивое предложение. Но сначала я бы хотела разобраться в этой истории до конца.

Он досадливо покачал головой.

— Я должен был предположить такой поворот сюжета. Что ж, оставим расследование на завтра, а сегодня... — Он не договорил, обнял меня и стал целовать.

Утро выдалось хмурым, шел дождь, Феликс, зевая, предложил оставаться в постели, но я напомнила, что завтра уже наступило.

— Расскажи мне всю историю с самого начала, — попросил Феликс, сунув подушку за спину и приготовившись слушать. Просьбу я охотно выполнила.

— У нас двое подозреваемых, — закончив свой рассказ, заметила я. — Артем и Щетинин.

— Или кто-то еще, о ком мы просто не знаем, — кивнул Феликс. — Щетинин после слов его дружка о причине развода с женой становится подозреваемым номер один. Вы ведь были довольно близки?

— Шесть лет назад я считала его членом семьи, кем-то вроде брата. Первая девушка погибла до моего похищения, Артем тогда еще не работал с Виктором. Но это, конечно, ничего не значит. Надо заставить их шевелиться.

— Ты знаешь как? — усмехнулся Феликс.

— Дать понять, что страшная тайна мне известна. Проще всего отправить смс и посмотреть, что каждый из них будет делать.

— Почему они должны что-то делать? — вновь усмехнулся Феликс.

— Потому что убийца чувствует себя весьма неуверенно.

— Дурацкая идея. Не сработает.

— Но попробовать-то можно. Что мы теряем?

— Каков будет текст смс?

— Не стану оригинальничать и воспользуюсь посланиями Софьи. «Я знаю, кто ты».

— Я бы не купился, — покачал головой Феликс.

— Но ты ведь девушек не убивал? Или стоит поискать скелет в шкафу?

— Ладно, попробуем. Но прежде чем ты отправишь свои смс, надо подготовиться.

Феликс отбросил одеяло в сторону, а я спросила:

— Уходишь?

— Ненадолго. Веди себя прилично, пока меня нет.

Он уже натягивал брюки, когда я опять спросила:

— У тебя есть еще пара минут?

— Пара минут? Обычно у меня это занимает куда больше времени, — засмеялся он, и я вновь оказалась в его объятиях.

Феликс отсутствовал часа три, где он был все это время, интересоваться я не стала, успев понять: есть некая сторона его жизни, вмешательство в которую он не приветствует. С этим надлежало смириться. Смс я отправила, теперь оставалось только ждать. Судя по поведению Феликса, в успех задуманного он не верил, и лишь нежелание задеть мое самолюбие останавливало его от едких насмешек в мой адрес. Признаться, к тому моменту и мне затея показалась глупой. Мы устроились на диване, то и дело поглядывая на мобильный. Но длилось это недолго, очень скоро телефон перестал нас интересовать, как и все тайны на свете.

Веселый мотивчик зазвучал не вовремя, я все-таки взглянула на дисплей, почему-то шепотом произнесла «Артем», а Феликс досадливо чертыхнулся, однако терпение проявил, что позволило мне ответить на звонок.

— Что это за чушь? — сердито спросил Артем. — «Я знаю, кто ты». Как я должен это понимать?

— А ты догадайся, — ответила я.

— По-моему, у тебя проблемы со здравым смыслом. Твое дурацкое замужество это только подтверждает. Ведь я предупреждал тебя, Рогозин — человек с темным прошлым... — как видно, только это Артема и волновало. Сообразив, что от интересующей меня темы мы значительно уклонились, я дала отбой.

— Он предупреждал? — сверля меня взглядом, спросил Феликс, который слышал наш разговор.

— Что-то припоминаю...

Я потянулась к нему с поцелуем, и вопросы мгновенно иссякли.

Петька на смс никак не отреагировал, я было решила, он попросту не обратил на него внимания, но тут вновь позвонили, теперь уже на мобильный Феликса. Он сгреб телефон с журнального столика и удалился в соседнюю комнату. Я решила: звонок касается его таинственных дел, но ошиблась.

— Твой Петька заехал в банк, где арендует ячейку, и в настоящий момент двигает из города с большой поспешностью. В багажнике две спортивные сумки, можно предположить, собрался он далеко и надолго.

Я попыталась осознать новость.

— По-твоему, он решил сбежать?

— Очень похоже.

— Но... — Я замешкалась, взгляд переместился на телефон. — Что же теперь делать? — Об этом, собственно, следовало подумать раньше, когда меня посетила гениальная идея с смс. — Звонить в милицию? — облизнув губы, произнесла я с сомнением, очень рассчитывая, что Феликс, в отличие от меня, знает, как поступить.

— Обойдемся без милиции. Пусть за ним еще понаблюдают.

— Кто? — насторожилась я.

— Мои друзья. Если он действительно надумал смыться, они вмешаются и помогут ему вернуться домой.

Ответ вовсе не успокоил. Я схватила мобильный и набрала Петькин номер, Феликс смотрел с недовольством, но останавливать меня не стал. Телефон старого друга был отключен. Рогозин сел рядом и обнял меня за плечи.

— Мы ведь предполагали, что это может быть он, — сказал едва ли не виновато.

— Да, — кивнула я, потому что возразить было нечего. — Но я все равно надеялась...

— Еще остается шанс, что он просто отправился отдохнуть, — пожал Феликс плечами.

Больше мы не говорили о Петьке до самого вечера, хотя еще дважды Феликсу звонили на мобильный, он каждый раз удалялся, чтобы я не слышала разговор. Часов в девять вечера позвонили в третий раз.

— Есть новости? — не выдержала я, когда Феликс появился в гостиной.

— Они тебе не понравятся.

— Где он?

— В городе. Вернулся с эскортом. И уже кается в грехах.

— Его арестовали? — не поняла я.

— Милая, прежде чем решить, что делать с ним

дальше, мы хотели убедиться: он тот, кто нам нужен.

— Мы? — переспросила я. Феликс едва заметно поморщился.

— Я и мои друзья.

— Здорово, — кивнула я. — А убеждаться как будут? Я хочу его видеть, — сказала я внешне спокойно, но Феликс все понял правильно, однако попытался избавить меня от этой идеи.

— Не думаю, что это хорошая мысль... — ласково начал он и даже заключил меня в объятия.

— Не думаю, что мы встретим рассвет вместе, если я не смогу увидеть Петьку.

— Похоже на ультиматум.

Я промолчала, предоставив ему решать, что будет дальше.

— Хорошо, поехали.

Ехать пришлось довольно далеко. Попетляв минут двадцать в промышленной зоне, мы наконец остановились возле двухэтажного здания, прятавшегося за высоким забором. Ворота нам открыл пожилой охранник в серой форме. Место напоминало то ли гараж, то ли склады какой-то фирмы. Феликс вышел из машины и помог выйти мне, мы замерли перед металлической дверью с дверным глазком. Мой спутник достал мобильный и начал набирать номер, но нам открыли раньше, чем он успел позвонить. Молодой мужчина в легком свитере и джинсах, молча кивнув, пропустил нас внутрь и запер дверь на засов.

Мы оказались в коридоре с несколькими дверями. Феликс уверенно подошел к ближайшей, распахнул ее и кивком предложил мне войти.

Комната самая обыкновенная, пустые стеллажи, стол, несколько стульев, жалюзи на окнах. Феликс включил свет и придвинул мне стул. В нем чувствовалось большое желание угодить мне.

— Пожалуйста, подожди здесь. Если хочешь кофе или чай, Володя принесет.

Володя, тот самый мужчина, что открыл нам дверь, в самом деле скоро появился с подносом в руках. Поставил его на стол передо мной и улыбнулся.

— Есть сахар и конфеты, на всякий случай я принес и то и другое, — сказал он. Термос, пакетики с кофе и чаем, чашка с блюдцем, сахарница и ваза с конфетами. Типичный офисный набор, чтобы потчевать гостей, разве что термос немного не вписывается. У меня появилось желание задать вопрос: где я нахожусь, но я была уверена, отвечать на него мужчина не станет, несмотря на всю его любезность.

Я пила чай и ждала Феликса. Прошло полчаса, а он так и не появился. Я подошла к двери, чуть приоткрыла ее, прислушиваясь. Коридор был пуст, ни одного звука сюда не долетало. Я вернулась за стол и, чуть сдвинув жалюзи, смотрела за окно. Охранник, сидя в будке, читал газету. Все вокруг было до скуки обычным, оттого, наверное, происходящее казалось особенно невероятным. Словно во сне, когда реальность и фантазии смешиваются, образуя нечто абсурдное, но такие сны, проснувшись, редко вспоминаешь, мне же рассчитывать на это не приходилось. Наконец вернулся Феликс.

— Извини, что заставил тебя ждать. — Он устроился за столом напротив и немного помолчал, глядя на меня с нерешительностью, так ему не свойственной и оттого пугающей. — Это он, — произнес Феликс с большой неохотой. — Рассказывает взахлеб, словно только и ждал случая покаяться. Девушки и Коршунов-младший — его работа. После исчезновения подружки Денис Коршунов затеял собственное расследование. Один из свидетелей видел машину Щетинина, но Денис был уверен, что это машина твоего брата. Номера почти одинаковые и марка... Об этом он и кричал в пьяном угаре, его мало кто понял ввиду бессвязности речи и обилия угроз, но Щетинин, присутствовавший при этой сцене, быстро сообразил, что к чему. И поспешил избавиться от парня, уверенный, что его уж точно никто не заподозрит. Примерно то же произошло с Нестеровым, Щетинин боялся, что шофер слишком уж приблизился к его тайне. С Вероникой Петровой он действительно познакомился, когда она пришла в его офис, он, а вовсе не Виктор. Потом он случайно встретил ее...

— А мой брат? — Я решительно встала. — Я хочу видеть Петьку, я хочу, чтобы он сам сказал мне...

— Успокойся. Успокойся и послушай. Не надо тебе его видеть. Он просил не пускать тебя к нему. Наверное, так будет лучше.

— Нет. Не будет, — твердо сказала я.

— Что ж, идем, — Феликс кивнул и взял меня за руку.

Мы поднялись на второй этаж и вошли в просторную комнату. Здесь, кроме Петьки, были еще двое молодых мужчин. Один стоял спиной к нам, второй устроился на подоконнике. Петька сидел

на стуле, стоявшем посреди комнаты, со скован-
ными за спиной руками. Я ожидала увидеть его
истерзанным, обливающимся кровью и оттого
слегка растерялась, не обнаружив следов побоев.
Но тут взгляд мой переместился на паяльную лам-
пу в трех шагах от стула, и я невольно поежилась.
Петька вскинул голову, услышав шум открываю-
щейся двери, и тут же отвел взгляд.

— Зачем? — пробормотал едва слышно.

Я подошла и теперь смотрела на него, а он
опускал голову все ниже и ниже, пока она не упала на грудь.

— Расскажи мне о брате, — с трудом произнесла я. Он молчал. Один из мужчин посмотрел на
Феликса, точно ожидая приказа, но тот лишь поднял руку, призывая к терпению. — Расскажи мне о
брате, — повторила я.

— Я не хотел, — покачав головой, ответил Петька. — Все из-за этого брелока... — Он то ли вздохнул, то ли простонал и поежился. — Я возвращался к машине, оставив в заброшенном доме мерт-
вую сучку, возбуждение еще не прошло... А тут
твой брат, как назло, ехал мимо. Он принял меня
за пьяного, сказал, что за руль мне сесть не даст,
сам отвезет домой, а тачку кто-нибудь перегонит.
Я и в самом деле был точно пьяный. Болтал без
умолку, руками размахивал и не заметил, как вы-
ронил брелок. Ключи я успел выбросить, а его
взял на память. Только дома хватился... надеялся,
что потерял где-то на улице, а не в Витькиной машине. Но он его нашел и стал носить с собой. Я не
мог забрать у него брелок, скажи я, что он мой, и...
В общем, об этом не могло быть и речи. Хотел его
украсть, но твой брат, словно нарочно, без при-

смотра его не оставлял, я даже пробовал разозлить Витьку, говорил, что он носит бабью безделушку... Наверное, это судьба. Сначала я здорово боялся, но время шло, а ничего не происходило. И я успокоился. И вдруг Софья увидела у него этот брелок. А дальше... дальше ты знаешь. Твой брат обо всем догадывался. У него не было доказательств, но он догадывался. В ту ночь мы крепко выпили, а выпивка здорово развязывает язык. И мне стало ясно... у меня просто не было другого выхода... Я пошел провожать девиц, прихватив ключи, и вырубил видеонаблюдение в подъезде. А потом поехал домой, за пистолетом. Он у меня остался еще с девяностых, а глушак я сделал сам. Давно, не спрашивай зачем, должно быть, знал, что пригодится. Вернулся утром, прошел через паркинг, чтобы охранник меня не заметил. Витька открыл дверь, он еще не протрезвел и даже ничего не заподозрил, увидев меня.

— Ты убил его, — сказала я, внезапно поняв, как нелегко смириться с этим. Мой брат мертв... — Нестеров видел тебя во дворе моего дома. Ты приходил, чтобы подбросить вещи девушек?

— А что мне оставалось? — вдруг разозлился Петька. — Ты везде совала свой нос. Ты же сама рассказала мне о художнике, вот я и подумал...

— Свалить убийство девушек на Виктора, а его убийство на соседа-художника? Скажи, почему именно девушки брата?

— Только две из них, — возразил Петька. — Только две... Так получилось, случайно... — Наши взгляды наконец-то встретились, и Щетинин усмехнулся: — Он всегда был удачливей меня.

Я развернулась и покинула комнату. Феликс

шел следом, возле лестницы поравнялся со мной и обнял за плечи.

— Что вы собираетесь с ним делать?

— Странно, что тебя заботит его судьба.

— Не его. Мне не хочется думать, что ты способен убить человека или равнодушно смотреть, как это сделают другие. Даже во имя справедливости. К тому же, если Щетинин не даст показания, Софья и художник так и останутся подозреваемыми.

Феликс на минуту задумался.

— Выбор у него невелик: либо пожизненное, либо... Когда Коршунов узнает, кто убил его сына, парень вряд ли проживет больше суток. Единственное надежное убежище — тюрьма. Хотя и там я бы на его месте не чувствовал себя в безопасности.

— С ним люди Коршунова? — задала я вопрос.

— С чего ты взяла? Просто мои друзья. Думаю, поразмышляв немного, Щетинин отправится с повинной, ребята на всякий случай его проводят, чтобы глупости не делал. Это тебя устроит?

— Вполне.

— Тогда едем домой.

На следующий день мне позвонил Боков. Голос его звучал слегка устало, но слышалось в нем удовлетворение и даже гордость. Он коротко сообщил, что убийца моего брата арестован и в настоящее время дает показания. Под конец не выдержал и заявил:

— Как видите, работать мы умеем.

— Не сомневаюсь, — ответила я.

Два дня мы с Феликсом наслаждались покоем, большую часть времени проводя в постели и совершая вылазки в ресторан. На третий день вновь позвонил следователь, а вскоре я уже сидела в его кабинете, готовясь к неприятным сюрпризам. Сюрприз действительно имел место, но вовсе не неприятный. Мне предложили опознать мужчин, появившихся в памятный вечер на турбазе, что я и сделала без всякого труда. Боков надувал щеки и демонстрировал деловитость профессионала. Пользуясь прекрасным расположением духа Валерия Павловича, я решилась задать вопрос: как следствию удалось выйти на эту парочку?

— Осведомитель сообщил о случайно услышанном разговоре между этими двумя. Разговор касался как раз недавнего путешествия, были там и прочие примечательные подробности. Пока они отпираются, но я уверен, это ненадолго. Скорее всего, нам еще придется встретиться с вами, — туманно закончил он.

— Всегда рада помочь, — ответила я.

К следователю меня сопровождал Артем, в присутствии Бокова вел себя так, как и положено адвокату солидного клиента, но когда мы остались одни, молчал и смотрел куда-то мимо. О признании Щетинина он, конечно, знал и, безусловно, догадался, почему я прислала ему смс. Наша дружба очередного испытания не выдержала, думаю, только обязательства перед моим братом удерживали Артема от того, чтобы не проститься со мной навсегда. Заметив Феликса, ожидавшего меня в машине, он презрительно вздернул губу и удалился, не сказав ни слова.

— Рожа у адвоката довольно кислая, — сказал Феликс, когда я оказалась рядом. — Как все прошло?

— Отлично.

— Расскажешь по дороге.

Я, конечно, рассказала, не преминув заметить:

— Осведомитель появился очень вовремя.

— Иногда и ментам везет, — беспечно отозвался Феликс.

На следующий день он отправился по делам. Как примерная жена, вопросов я задавать не стала. Воспользовавшись свободным временем, устроилась за ноутбуком и обнаружила письмо от Артема, отправленное еще несколько дней назад. Признаться, я успела о нем забыть, но все-таки решила ознакомиться с досье на господина Коршунова. Ничего особенно интересного в его биографии не было, за исключением одной детали: десять лет он прожил в Белгороде, дату рождения мужа я знала, и совпадения заставили задуматься. Оттого возвращения Феликса я ждала с большим нетерпением. Он появился с букетом роз и пирожными в картонной коробке.

— Скучала? — спросил, целуя меня.

— Не особенно.

— Что за женщина, — закатил он глаза.

— У отца был?

— Заглянул на пару минут. Потихоньку подготавливаю его к радостному известию. Обедом накормишь или пойдем в ресторан?

— Накормлю.

— Тогда я в душ.

Он скрылся в ванной, впервые проявив беспечность и оставив мобильный на столе, то есть без присмотра. Дождавшись, когда из ванной послышится шум льющейся воды, я взяла мобильный и позвонила по номеру с пометкой «отец».

— Юрий Михайлович?

С ответом чуть задержались.

— Да... Кто это?

— Кристина Протасова. Ваш сын на мне женился, правда, не знаю, сообщил ли вам об этом.

— Где Феликс? — голос звучал настороженно.

— В ванной. Он упорно отказывается нас знакомить. Я думаю, нам есть о чем поговорить. Но я бы предпочла, чтобы мой муж не знал об этом. Вряд ли ему понравится, что я проявляю инициативу. Мы можем встретиться? Прямо сейчас. Я как раз собралась за покупками.

— Хорошо. Я в офисе. — Он назвал адрес и отключился.

Рюкзак был собран заранее, ноутбук лежал в сумке. Я размашисто написала на листе бумаги: «Хочу сделать сюрприз» — и прикрепила листок на холодильник. На всякий случай отключила мобильный Феликса и сунула его под подушку, телефонный шнур вырвала и прихватила с собой. Вышла из квартиры и заперла дверь на верхний замок. Возможно, у Феликса есть запасные ключи, но предосторожность не лишняя. Ключи я оставила охраннику, сказав, что Феликс заберет их чуть позже.

К офису я подъехала на такси и попросила водителя меня подождать. С собой взяла только документы, чтобы не вызывать у Коршунова лишних размышлений.

Секретарь, дама почтенного возраста, пригласила меня в кабинет и поспешно удалилась. Передо мной сидел мужчина лет шестидесяти, темные волосы успели поредеть, оттого, наверное, он стригся очень коротко. Лицо боксера, приплюснутый нос и взгляд исподлобья. Костюм сидел на нем мешковато, ворот рубашки расстегнут. Я попыталась найти в нем что-то общее с Феликсом. Никакого сходства. Пока я рассматривала Коршунова, он изобразил на лице подобие улыбки.

— Значит, он на вас женился?

— Если честно, это была моя идея.

— Он был бы идиотом, если б отказался. — Коршунов хрипло рассмеялся, поднялся из-за стола и обнял меня за плечи. — Рад знакомству, — поцеловал меня в лоб, как и положено папаше при встрече с новоявленной снохой. — Кстати, тут мало кто знает, что он мой сын. На это есть причины. — О них он, конечно, говорить не стал, что меня не удивило. — О чем пойдет речь? — спросил Коршунов, вновь устраиваясь в кресле.

— Вам, должно быть, известно, что я богатая наследница? — Улыбка сползла с его лица, зато я продолжала радостно скалить зубы. — Феликс немного комплексует по этому поводу, хотя парень вроде тоже не бедный.

— Более чем, — усмехнулся Коршунов. — Уже сейчас половина моих денег принадлежит ему.

— Ну вот, я собираюсь к ним свои прибавить. Но он об этом не желает слышать. В общем, я хочу оформить генеральную доверенность на ведение всех моих дел. На имя вашего сына, конечно. В бизнесе я все равно ничего не смыслю, так что придется ему заниматься делами. Надеюсь, у вас есть знакомый нотариус и паспортные данные сына тоже есть.

Он смотрел на меня некоторое время, ожидая подвоха. А какой здесь подвох? Хотя бизнесмены народ недоверчивый...

— Хорошо, — наконец произнес он.

Через двадцать минут появился нотариус, пока он занимался бумагами в соседнем кабинете, я решила удовлетворить свое любопытство.

— Феликс ваш внебрачный сын?

— Да. С его матерью у нас не сложилось. Но мы всегда были с ним очень близки. Куда ближе, чем с моим вторым сыном.

Об остальном я могла догадаться. Артем намекал на темные пятна в биографии Феликса. Шесть лет назад у его отца возникла проблема, и любящий сын пришел на помощь. По иронии судьбы, он нашел себе укрытие в бывшей раздевалке на стадионе, куда после похищения привез меня брат. Феликс его, конечно, видел. Вот и причина редкой покладистости брата, сделавшего выгодное предложение Коршунову, Рогозин попросту его шантажировал. И соседом Виктора он вряд ли стал случайно. Намеревался контролировать ситуацию? А когда мы встретились в ресторане, он поспешил этим воспользоваться. Валька утверждал, что ничего о незваных гостях в родительской квартире ему не известно. В первый раз они, поджидая меня, заглянули в компьютер брата, письмо Софьи вызвало интерес и «гости» прихватили ноутбук с собой. Во второй раз их в квартиру, вполне возможно, отправил Феликс, а потом и позвонил, чтобы предупредить: из дома мне лучше выметаться. Неужто предвидел, что я переберусь к Витьке? Хотя был еще вариант: гости явились с подачи Коршунова, сынок же внес свои коррективы. Сейчас стало ясно, почему пришедшие за мной звероватого вида ребята вели себя так неуверенно: допустим, о том, что Феликс — сын Кор-

шунова, парни не знали, но об их близком зна-
комстве наверняка были наслышаны.

Коршунов ни разу не предпринял попытки
встретиться со мной, это тоже объяснимо: любимый сын заверил, что решит проблему сам. С некоторых пор папаша, по слухам, всецело полагает-
ся на таинственного советчика, кто он такой, со-
образить не трудно. Феликс стал жить в этом
городе постоянно два года назад, уже после смерти матери, и их любовь с отцом росла и крепла
вследствие полного взаимопонимания. Теперь оба
должны быть довольны: вожделенная фирма принадлежит им. Аминь.

Нотариус принес бумаги, я их подписала и с
улыбкой протянула Коршунову.

— Ну вот. Осталось сообщить об этом Феликсу.
Думаю, у вас это получится лучше. Но торопиться
я бы не стала.

— Отвезти вас домой? — спросил Коршунов,
несмотря на то что доверенность была у него в руках, некие сомнения его не покидали.

— Нет-нет. Приятно иногда пройтись пешком.

Мы тепло простились, старикан был так любе-
зен, что проводил меня до дверей приемной. Я помахала ему рукой, искренне надеясь, что больше
никогда его не увижу. Почему эти двое тщательно
скрывали свое родство? Может, Коршунов утаил
от жены наличие еще одного наследника и боялся
вражды между братьями, а может, была другая
причина, поди разберись. Собственно, не так уж
важно...

Таксист терпеливо ждал, я устроилась на зад-
нем сиденье и попросила отвезти меня в аэропорт.
Успела как раз к началу регистрации на рейс. Вы-

бросила мобильный в ближайшую урну и почувствовала себя свободной.

Самолет приземлился точно по расписанию. Выйдя из здания аэропорта, я вздохнула полной грудью, радуясь теплу, солнышку и близкому лету. В сезон работы у меня завались, и на душевные переживания времени не останется. В том, что переживания не замедлят появиться, я не сомневалась, но не сомневалась и в том, что с ними справлюсь. Когда предают те, кого любишь, боль неизбежна, но во второй раз ты, по крайней мере, знаешь, что сможешь это пережить.

На такси ушли последние деньги, и я усмехнулась, заподозрив в этом иронию судьбы: богатая наследница без гроша в кармане. Ирка, увидев, как я вхожу в бар, ахнула:

— Киса...

Мужики возле стойки радостно загалдели, а Борода заявил, перекрикивая всех:

— Я ж говорил, она вернется!

Хлопот и впрямь было достаточно, и первые два дня я буквально валилась с ног от усталости, чему втайне радовалась. На третий день, управившись с делами чуть раньше, устроилась перед ноутбуком, наотрез отказавшись от предложения скоротать вечерок в баре. За время моего отсутствия на базе появилась повариха и еще одна девушка на все руки, так что я была уверена: подруга и без меня прекрасно справится.

Открыв почту, я увидела послание от Капитана Америка, как всегда, лаконичное. «Жди в гости». Пока я на него таращилась, в комнату влетела Ирка, в первый момент я, признаться, решила: нас ограбили. Подруга пребывала в сильнейшем волнении.

— Киса, там тебя спрашивают, — пытаясь отдышаться, сообщила она.

— Кто? — нахмурилась я.

— Говорит, муж. Неужто правда? Красавец, просто глаз не отвести. Наши мужики сидят в прострации от такой-то новости. Ты что, замуж вышла? И почему тогда...

— Уймись, — попросила я, поднимаясь из-за стола. — Сейчас посмотрим, что там за муж.

Хоть я и ухмылялась презрительно, но сердце, конечно, екнуло. А потом явилось удовлетворение: вот и нет последней загадки.

Вслед за Иркой я направилась в бар, она неслась на всех парах, а я не особо спешила.

— Идет, — услышала я голос подруги, поражаясь гробовой тишине, царившей в баре. Картина, достойная быть увековеченной на пленке: взъерошенная Ирка, возле стойки сгрудились наши мужики, а посередине бара замер Феликс. Руки в карманах брюк, физиономия скорее недовольная. Теплый прием ему, кстати, никто не обещал.

— Привет, — сказала я. — Ты за разводом?

— Я за тобой.

— А...а... Тогда долгий путь ты проделал напрасно. Не замечала у тебя любви к комиксам. Как мало мы, в сущности, знаем друг о друге. Хотя я могла бы догадаться...

— Нам надо поговорить, — сказал Феликс, голос звучал непривычно мягко, даже просительно.

— Говори, — пожала я плечами. Он с неудовольствием оглядел заинтересованную аудиторию.

— Обязательно надо балаган устраивать? — мягкие ноты из голоса мгновенно исчезли.

— Просто я уверена: надолго ты не задержишься. Сказал «привет» и иди себе с миром.

— Я люблю тебя, — сказал он.

— И кого ты здесь думаешь этим поразить?

— Хорошо, — с трудом сдерживаясь, кивнул Феликс. — Я прекрасно понимаю, почему ты так поступила, почему уехала. Это точно плевок в лицо, «подавись своими деньгами».

— На самом деле они для меня мало что значат, с ними я расстаюсь легко.

— А со мной?

— Были сложности, но они преодолимы.

— То есть возвращаться ты не собираешься?

— Точно, — кивнула я.

— Что ж... — он вынул руки из карманов и шагнул к стойке. — Кто здесь главный? — спросил грозно. Все начали бестолково переглядываться, словно сомневаясь, правильно ли поняли вопрос, затем взгляды присутствующих остановились на Ирке, а она, почувствовав себя в центре внимания, нерешительно кивнула:

— Ну, я...

— Хочу устроиться на работу, — заявил Феликс.

— Что? — обалдела Ирка, пытаясь понять, к какому труду можно приспособить парня вроде Рогозина. Внешность его сбивала с толку мою бедную подругу. С одной стороны, дорогой костюм и прочие дорогие привычки, которые легко угадывались, с другой — было в его облике нечто далекое от цивилизации, и это нечто здорово тревожило. — Кем устроиться? — уточнила она.

— Да хоть дворником, — сквозь зубы ответил он, повернулся к Коле-Терминатору и рявкнул: — А ты, блондинка, посмей еще раз на мою жену глаза пялить, башку оторву.

Назвать Колю «блондинкой» мог лишь человек, начисто лишенный чувства самосохранения, но даже не этот факт потряс присутствующих, а то, что в толпе мужиков Феликс совершенно безошибочно вычислил потенциального соперника, хотя в тот момент пялились на меня, понятное дело, все. Больше других был потрясен Коля, он дважды моргнул, предпринял попытку что-то сказать, но так и замер с открытым ртом.

— Нелегко тебе здесь придется, — произнес Борода, единственный, кто на ту пору обрел дар речи.

— А я терпеливый, — ответил мой муж.

Пять месяцев спустя

Мы шли по берегу моря. К вечеру поднялся ветер, и лицо у меня было мокрым от соленых брызг.

— Озябла? — Феликс покрепче прижал меня к груди.

— Нет. Как быстро прошло лето, — вздохнула я. — Вот и сезон кончился. Пора возвращаться.

Он слегка отстранился и спросил, заглядывая мне в глаза:

— Ты хочешь вернуться?

— А ты нет?

— Я уже понял: с тобой лучше не хитрить, — усмехнулся он. — Конечно, хочу.

— Тоскуешь по дорогим ресторанам?

— Не тоскую. Места здесь чудесные, люди тоже. Но... мы не можем тут остаться навсегда.

— Конечно, ты прав. Глупо прятаться от жизни. Даже в таком чудесном месте... И все-таки я счастлива, что эти пять месяцев мы были здесь... Узнала о тебе много нового, — засмеялась я.

— Узнала, что я могу починить мотор и грязь под ногтями меня не смущает?

— И это тоже. А еще ты умеешь хранить свои секреты, если так и не сказал, почему шесть лет назад тебе пришлось прятаться.

— Мое прошлое тебя не касается, зато настоящее и будущее принадлежат тебе безраздельно. Идет?

— Ага, не стоит уподобляться любопытным женам Синей Бороды.

— Спасибо за сравнение, милая, — хмыкнул Феликс.

— Но на один вопрос ты бы все-таки смог ответить. Капитан Америка...

— Ты хочешь знать, действительно ли мне нравится этот комикс?

— Хочу знать причину пристального внимания ко мне.

Феликс снял ветровку и накинул ее мне на плечи. Он молчал, но я чувствовала, дело вовсе не в нежелании отвечать. Скорее он просто подбирал слова.

— Как бы объяснить потолковее... — Он улыбнулся и почесал бровь в раздумье. — Красивая девушка с завязанными глазами... Мне очень хотелось взглянуть на них. Но я не мог снять повязку, то есть, конечно, мог, но делать этого не следовало. Желание увидеть твои глаза не исчезло, напротив, оно стало навязчивой идеей. Я был возле здания суда, когда Нестерову выносили приговор, едва не столкнулся с тобой в дверях... А потом... мне важно было знать, где ты, чем занимаешься... Я считал это чем-то вроде игры. Уверен, на самом деле я влюбился в тебя уже тогда, шесть лет назад. И все эти годы меня не покидало чувство, что мы обязательно встретимся и все будет так, как и должно быть.

— Я тоже думала о тебе, — кивнула я, глядя вдаль, туда, где море сливалось с небом. — И чувство было похожее. Глупо влюбиться в парня, даже не видя его. Ты взял в жены дурочку.

— Браки заключаются на небесах. У меня для тебя две новости. С какой начать?

— Валяй с плохой.

— Ты строптивая, упрямая, вздорная девчонка, с которой чувствуешь себя точно на бочке с порохом.

— А хорошая новость? — скривилась я.

— Все вышеизложенное. Но другой мне не надо.

— Отлично. В таком случае у меня тоже две новости...

— Не стоит перечислять мои прекрасные душевные качества, — поморщился Феликс. — Переходи сразу к главному.

— К главному? — Я обняла его покрепче и сказала: — Я тебя люблю.

Литературно-художественное издание

АВАНТЮРНЫЙ ДЕТЕКТИВ

Полякова Татьяна Викторовна

УХОДИ КРАСИВО

Ответственный редактор *О. Рубис*
Редактор *Т. Другова*
Художественный редактор *С. Груздев*
Технический редактор *Н. Носова*
Компьютерная верстка *И. Ковалева*
Корректор *Т. Романова*

ООО «Издательство «Эксмо»
127299, Москва, ул. Клары Цеткин, д. 18/5. Тел. 411-68-86, 956-39-21.
Home page: **www.eksmo.ru** E-mail: **info@eksmo.ru**

Подписано в печать 21.06.2011.
Формат 84х108 $^1/_{32}$. Гарнитура «Ньютон».
Печать офсетная. Бум. офс. Усл. печ. л. 18,48.
Тираж 55 000 экз. Заказ 5538.

Отпечатано с электронных носителей издательства.
ОАО "Тверской полиграфический комбинат". 170024, г. Тверь, пр-т Ленина, 5.
Телефон: (4822) 44-52-03, 44-50-34, Телефон/факс: (4822)44-42-15
Home page - www.tverpk.ru Электронная почта (E-mail) - sales@tverpk.ru

ISBN 978-5-699-50659-0

9 785699 506590

Оптовая торговля книгами «Эксмо»:
ООО «ТД «Эксмо». 142700, Московская обл., Ленинский р-н, г. Видное,
Белокаменное ш., д. 1, многоканальный тел. 411-50-74.
E-mail: **reception@eksmo-sale.ru**

**По вопросам приобретения книг «Эксмо» зарубежными оптовыми
покупателями** обращаться в отдел зарубежных продаж ТД «Эксмо»
E-mail: **international@eksmo-sale.ru**

International Sales: International wholesale customers should contact
Foreign Sales Department of Trading House «Eksmo» for their orders.
international@eksmo-sale.ru

**По вопросам заказа книг корпоративным клиентам,
в том числе в специальном оформлении,**
обращаться по тел. 411-68-59, доб. 2115, 2117, 2118, 411-68-99, доб. 2762, 1234.
E-mail: **vipzakaz@eksmo.ru**

**Оптовая торговля бумажно-беловыми
и канцелярскими товарами для школы и офиса «Канц-Эксмо»:**
Компания «Канц-Эксмо»: 142702, Московская обл., Ленинский р-н, г. Видное-2,
Белокаменное ш., д. 1, а/я 5. Тел./факс +7 (495) 745-28-87 (многоканальный).
e-mail: **kanc@eksmo-sale.ru**, сайт: **www.kanc-eksmo.ru**

Полный ассортимент книг издательства «Эксмо» для оптовых покупателей:
В Санкт-Петербурге: ООО СЗКО, пр-т Обуховской Обороны, д. 84Е.
Тел. (812) 365-46-03/04.
В Нижнем Новгороде: ООО ТД «Эксмо НН», ул. Маршала Воронова, д. 3.
Тел. (8312) 72-36-70.
В Казани: Филиал ООО «РДЦ-Самара», ул. Фрезерная, д. 5.
Тел. (843) 570-40-45/46.
В Ростове-на-Дону: ООО «РДЦ-Ростов», пр. Стачки, 243А.
Тел. (863) 220-19-34.
В Самаре: ООО «РДЦ-Самара», пр-т Кирова, д. 75/1, литера «Е».
Тел. (846) 269-66-70.
В Екатеринбурге: ООО «РДЦ-Екатеринбург», ул. Прибалтийская, д. 24а.
Тел. +7 (343) 272-72-01/02/03/04/05/06/07/08.
В Новосибирске: ООО «РДЦ-Новосибирск», Комбинатский пер., д. 3.
Тел. +7 (383) 289-91-42. E-mail: **eksmo-nsk@yandex.ru**
В Киеве: ООО «РДЦ Эксмо-Украина», Московский пр-т, д. 9.
Тел./факс: (044) 495-79-80/81.
Во Львове: ТП ООО «Эксмо-Запад», ул. Бузкова, д. 2.
Тел./факс (032) 245-00-19.
В Симферополе: ООО «Эксмо-Крым», ул. Киевская, д. 153.
Тел./факс (0652) 22-90-03, 54-32-99.
В Казахстане: ТОО «РДЦ-Алматы», ул. Домбровского, д. 3а.
Тел./факс (727) 251-59-90/91. rdc-almaty@mail.ru

Полный ассортимент продукции издательства «Эксмо»
можно приобрести в магазинах «Новый книжный» и «Читай-город».
Телефон единой справочной: 8 (800) 444-8-444.
Звонок по России бесплатный.

В Санкт-Петербурге в сети магазинов «Буквоед»:
«Парк культуры и чтения», Невский пр-т, д. 46. Тел. (812) 601-0-601
www.bookvoed.ru

**По вопросам размещения рекламы в книгах издательства «Эксмо»
обращаться в рекламный отдел. Тел. 411-68-74.**

ОЛЬГА
ВОЛОДАРСКАЯ

СЕРИЯ «НЕТ ЗАПРЕТНЫХ ТЕМ»

Детективы Ольги Володарской сочетают остроту современной прозы и напряженность психологического триллера. В них вы найдете все, что хотели, но боялись узнать. Для Ольги Володарской нет запретных тем!

«Девять кругов рая»
«Призрак большого города»
«Ножницы судьбы»